我不想見任何人

教育特別費

極度遺憾

花千樹

高麗重訊

高麗重訊

度重視

時生活圈

我不想見任何人

教育待份書

極度遺憾

高度重視

高度重視

中文解毒

增訂版

陳雲 著

目錄

乙部　文字學解毒

增訂本序言

十年過去，妖言不滅。拙作《中文解毒》出版至今，已屆十年。書中揭露當權者以機械無文之官僚套語取代活潑生動之傳統語詞，使平民丟失語詞而無法表達其情志，便於政府及商家操縱。然而神通不敵業力，傳媒、學校與權貴勾結，至今通街是「優化」與「打造」，而且顛倒用途。「優化」即使可用，也限於程序之精簡、總量之增加之類，不是路邊的鐵石整修工程。「打造」是鍛造鐵器五金器皿，不是打造歌曲。現在，能見的叫優化，不能見的叫打造。

二〇一九年一月十五日，香港無綫電視《2018年度勁歌金曲頒獎典禮》以「撐廣東話、打造香港廣東歌」為主題，識者嗤之以鼻。粵語流行曲早已流行，舊形態的粵語歌甚至開到荼蘼，該用的詞是「刷新」，「刷新香港廣東歌」，淘汰舊的，創造新的，謂之「刷新」。此詞也算時髦，是崇洋趨新的民國所造，如葉聖陶《某城紀事》：「他剛抽罷一支卷煙，好像生命又經過一番刷新。」香港在上世紀八十年代造的詞「突破」[1]也可以用，總好過用「打造」。「打造」是新打、重新打、換個方式打、推倒重來地打，都不知道「打造」沒有帶來準確的意思，因為「打」與「造」，都是語義含糊的近義詞。尤其是北方話的「打」，從打人、打鐵、打水、打魚到打車，都可以用「打」，「打」可以與水、鐵、車、魚等意思實在的構詞，而形成準確意思，但「打」與「造」這個意思寬闊的詞連在一起，就是大糊塗字搭上了小糊塗字，伊于胡底，不知要糊弄甚麼。

一失足成千古恨，再回頭是百年人。[2] 洋化中文、詆譭傳統，乃五四新文化運動之禍害，青年辱罵傳統，華夏沉淪如故。拙作增訂出版之年，恰好是新文學運動（一九一八年）一百零一年，五四運動（一九一九年）一百年，全世界的華人社會在吹捧五四新文化運動，只有筆者在香港帶動全面批判五四運動的輿論。

1 此詞因基督教青年雜誌《突破》（*Breakthrough*）而在二十世紀八十年代於香港流行。

2 此句原出明朝唐伯虎，後句俗作「再回頭是百年身」。出自明代的《明良記》：「唐解元寅既廢棄，詩云：『一失足成千古笑，再回頭是百年人。』」唐伯虎生於富家，年少輕狂，縱酒遊樂，無所用心。後來發奮閉門苦讀，十六歲參加秀才考試，中了第一名案首。二十九歲往南京參加鄉試，高中解元（第一名）。可惜是次鄉試考官受賄，洩漏試題，考官被罷免，唐伯虎被牽連，解元功名剝奪，無法赴北京考進士，更入了監獄。出獄後，唐伯虎感歎道：「一失足成千古笑，再回頭是百年人。」

我構思香港城邦自治論、引導香港本土政治運動的時候，是連帶五四運動和民國史觀一起批判的。在中國鼓吹白話文運動的時候，香港是做古文運動的（金文泰總督和賴際熙翰林等人發起）。[3]這令到香港與整個華夏世界有不同的進路。

意念是打不死的，尤其是正確的意念。

錯誤的意念，如五四運動的全盤西化論、不顧本土的普世價值論、鏟除傳統文化論，也是打不死的。中國大陸和台灣正是五四運動的龜孫子、好兒女，你想他們聰明起來也不行。

《紅樓夢》第一回曰，「字字看來皆是血，十年辛苦不尋常。」今日文章潤飾及增訂功成，感謝當年天窗出版社同仁賞識及如今花千樹出版社同仁愛護，天窗出版社原編輯陳秀慧女士親自為此書編輯，曾玉英女士、Rebecca Kwok 及 Deki Lin 為此書統籌，James Chan 及 Peggy Lo 為此書奔走推銷，令此書成為歷久不衰之暢銷書，尤其功不可沒。花千樹接手出修訂本，同仁勤加督促，令此書可以趕及書展出版，更是感激不盡。

陳雲　序於香港沙田
民國一百零八年夏曆己亥年四月初八日
西元二〇一九年五月十二日

3 詳見拙文〈金文泰總督復興香港古文教育〉，載拙作《粵語學中文 愈學愈精神》，香港：花千樹，二〇一四，頁一七七至一八七。

序言

洋化赤化，衰埋一堆

古語云：「言之無文，行而不遠」。說話無文采與條理，流傳就唔慌會久遠。舊時香港官府重辭令，民間重口才，洋化俗化之餘，饒有一方特色。英國侵佔香港，成立政府之初，港英謹慎言文，以免傷及唐人嘅文化自尊心。譬如霸佔中華國土，建立香港皇室殖民地（crown colony），港英官方創立咗個中性名詞，叫「開埠」，以通商之海港掩蓋政治之基地。大家唐人跟住咁叫，盲中中，口噏噏，久之咪忘記咗鴉片戰爭嘅血淚史囉。

一九六七年工人暴動之後，港府驚覺官民疏離，於是改弦易轍，轉變政策，結合唐人師爺嘅智慧，引入一套新嘅公共語彙，譬如英文有「統治」（rule）轉為「管治」（govern），「Colony」（殖民地）改稱「Territory」（轄區），中文就有「華民」改稱「市民」，「手續」改稱「程序」。廉政、諮詢、共識、問責與透明度，更係上世紀八九十年代嘅洋化新猷，成為香港嘅制度文化傳承，而今重有機會返傳大陸嗮。民間則用快捷音譯或巧妙意譯，吸收巴士、

T恤、冷氣、電腦、窩輪等新鮮事物，俗話又保存「有何貴幹」、「求之不得」、「唯你是問」、「豈有此理」等格式古文。即使市井俗話，大家夾定錢食飯，到時「多除少補」，都比英文嘅「Any surplus money will be refunded, while any shortfall will have to be made up by the contributors」，精簡得多。翻譯法律條文，「whichever is the highest」，用古文「以多者為準」、「取其多者」，綽綽有餘。古文、白話，加埋番文，係香港「三及第中文」嘅營養素，食到我地港式文化大大隻隻，重可以揚威海外。

我地唐人由甲骨文開始，用文字記事，開化咗五千年。漢唐之後，中外交通頻仍，用翻譯吸收外來事物無數，乜事情未處理過？乜風浪未見過？借用英文之前，先揞入祖宗嘅語言百寶袋度剷下，睇下有無家生可以拎出來用，改良一下。咪以為識得用英文就好馨香，連唐話都變咗好似番話咁先至叫 in，先至叫潮。香港回歸咗俾大陸之後，啲人嘅文化自尊心重比以前俾紅毛鬼統治嘅時候差咗。無他嘅，以前香港重有一批老派文人坐鎮，假假地都有啲漢唐氣魄，寫隻字都講究過人，英國佬係識貨之人，唔睇僧面都睇佛面。而今嗰，統治我地嘅共產黨，專門破四舊，搞文革，「去中國化」不遺餘力。呢班大官人，以前認俄國佬做契哥，而今又拜美國佬為師父，連今年北京奧運會嘅主題曲都用英文，叫 *We are ready*。香港作曲者金培達解釋歌名、歌詞要用英文嘅原因：「用英文，是奧運組織委員會提議的。而 We are ready 三字的確比中文『我們準備好了』更加直接有力。」中共音樂學院院長金鐵霖話：「歌詞的 We are ready 疊句，令人過耳不忘，將成為北京奧運倒數一周年內慶祝活動的最強音。」寫奧運歌嗰位香港紅人話，呢句話用中文講，要講「我們準備好了」，好長氣，講到氣咳，唔夠英文三個字咁精簡嗰。渠唔知道，中文好似有句成語，叫「萬事俱備」，俗話有「一切就緒」、「打點妥當」，都係粵語「搞掂晒」咁解，街市婆都識得講啦，爛口街市佬最多係中間加個撚字啫。「見到唐人講番話，見到鬼佬口啞啞」。係中國人民面前，呢啲黨官就好似詐唔識中文咁，扮晒野，丟晒我地啲唐人嘅架。

正所謂內外交困，喺呢啲惡劣風氣影響之下，有啲香港人就變咗質，盲左心，講開幾十年嘅「只收現金」、「恕無找續」（或「不設找續」）、「有何貴幹」（或「有何關照」、「有乜幫襯」、「有乜嘢可以效勞」），忽然間要由英文譯返轉頭，變成「只接受現金」（We accept cash only）、「請付準確車資」（Please tender the exact fare）、「有乜嘢可以幫到你呢？」（Can/May I help you?），好似我地唐人係未見過世面嘅深山大野人，連呢啲嘢都要由英文翻譯轉頭，俾鬼佬教返我地。呢啲咪叫做數典忘祖，洋化無譜囉。有次，踏入舖頭，有染金毛後生仔問：「先生，有乜嘢可以幫到你呢？」真係好想答：「唉，乜都幫唔到呀，你講好啲中文先啦。」

回歸之後，由於大陸比香港重崇洋，本身又有共產八股，於是香港洋化加上大陸嘅洋化與赤化，變本加厲，大家衰埋一堆。香港民間也喪失語言自覺，同音錯亂（玩「食字」），懶音橫行，黐脷根粵語雄霸電台。政府亂用洋化詞，取代固有雅詞，如自我增值（進修）、邀請承投意向書（招標）與持份者（受影響者）。洋化波及句法，污染中文，如講「我對這事有保留」（不敢苟同）、「不排除……（的可能性）」（難保、難免）、作為特首（身為特首）、請你被告知（敬告閣下）。大陸用語南下香港，劣幣驅逐良幣，如領導（首長）、超標（過度）、達標（及格）、勢頭（趨勢）、高檔（貴格）、尖子（精英）等。香港電視台新聞報導，家下要講「國家隊」、「國家總理」，唔講「中國隊」、「中國總理」，之但係報導員明明有加拿大國籍個噃！中共唔用優雅嘅舊譯名維珍尼亞州（Virginia），改稱弗吉尼亞州，諧音「弗（不）吉利呀」，真係大吉利市之至，維珍尼亞州啲人多得你唔少也。

噫！當年國共混戰，南海陳公博口占打油詩云：「國事丟那媽，心思亂如麻。」觀乎香港近年言文，吾踵其步武曰：「文事丟那媽，筆下亂如麻。」

新書既成，感激不已。二〇〇一年秋，《信報》原總編輯邱翔鐘先生建議撰文論述大陸之共產中文，吾於是搜集資料而成篇，幸得當年文化版編輯梁冠麗君破格採用，於二〇〇二年五月十五至十七日一連三日登載，此香港文字學系列之緣起也。後得編輯周淑賢君賞識，轉而講論香港官方及民間之文辭，綱舉目張，欲罷不能，幾成二十餘篇。連同舊作，荷蒙天窗出版社選入《信報》系列出版，馬家輝先生、林沛理先生、羅耕先生及蘇真真先生慨然依允，賜予序文，同人戮力相助，乃有所成。雖云世道衰微，回天乏力，然仁人致力，亦有可為焉。

陳雲　序於香港沙田
民國九十七年十一月十五日
夏曆戊子年十月十八日

甲部

解毒文字學

程序

古時帝王革命開基，造天立極，靠的是文治與武功；人亡政息之後，留下予人懷緬的，就是言文與儀表，如《貞觀政要》記載唐太宗之正言與威儀。無正言與威儀留下者，則託大臣編寫正音正字之典籍傳世，如朱明洪武皇帝留下《洪武正韻》，滿清康熙皇帝留下《康熙字典》。近人毛澤東開新朝，詩詞有霸王意氣，然而為了貶抑文士，驅策農奴，政令言文，盡見粗鄙而浮誇。所謂近墨者黑，香港回歸之後，亦習染虛浮言文，如本年（二〇〇六年）二月二十二日，財政司總結預算案曰：「我深信，廣大市民會以更大的承擔，來把握現時得來不易的經濟勢頭，發揮我們的優勢。我深信，只要大家同心協力，包容共濟，我們一定可以把握當前最好的時機，成為祖國最燦爛的明珠。」港人非不知共產中文之荒謬，不過靠山食山，靠祖國就「食阿公」，自然鸚鵡學舌，亦步亦趨，豈敢如台灣施明德，竄改祖訓「天下為公」為「天下圍攻」？[1]

舊文新語

古語有云，「言之無文，行而不遠」。說話無文采與條理，流傳就不久遠。英人治港，不尚虛文，留下的多是平實的行政、司法等公共領域詞彙。雖不見雅馴，然而影響深遠，甚至北傳大陸。一代有一代之詞彙，如粵語片時期的薦人館，即今之「職業介紹所」，甚至「獵頭公司」；衙門曰「阻差辦公」，警署稱「浪費警力」。鳳冠霞被者，往稱「嫁衣」，為唐裝；今日新娘白衣素裹，改稱「婚紗」，為西服。生意失敗，公司清盤，舊時香港謂「報窮」(bankrupt的諧音妙譯)，今曰「破產」。[2]今古詞之改易，隨風俗而變化，無可厚非。然而，公共領域詞彙之改換，涉及政治概念與公共權力的更秩，當中有詭詐，也有正經。如二〇〇六年八月修訂通過的《截取通訊及監察條例》，就將「偷聽」、「竊聽」改為「截取通訊」，簡稱「截聽」，此乃賦予合法性與正當性的名詞改換，使人不再警惕政府之行為。可惜香港傳媒不肖，追趕潮流惟恐不及，急忙丟棄「竊聽」之貶義詞，以「截聽」之中性詞報導，甘為政府集權之共犯。[3]為免名詞「習而不察」，民眾習慣了便不易察覺出當中的價值轉向，引致思想僵化而不知，故仍

1 民進黨第六屆主席施明德於二〇〇六年十月發起民眾政治訴求運動，抗議陳水扁貪污，要求下台。二〇〇六年十月十日之圍堵總統府行動，名為「天下圍攻」。

2 「報窮」一語，早見於清代政法之書。晚清文人鄭觀應，在一八八〇年出版《易言》一書，批評政府處理華商與洋商欠債的手法不公平時，就有言：「西人若有折閲，雖饒私蓄，循例報窮，僅將家具拍賣。」而華人欠債，則要全數償還，更往往會被判囚及遭毆打。報窮之後，則入「窮籍」。今日南洋華文報紙，仍用「報窮」及「窮籍」之詞。

3 拙文刊登之後，余若薇律師在《明報》二〇〇七年六月十二日〈行政主導 無名無實〉一文，稱此法例為竊聽法例，令人敬佩。

有必要作一番「陌生化」[4]的處理，從新考察，既是日用名詞之考古，也是思想生機之恢復也。

即使在滿洲積弱時期，中國仍是文化古國。早在侵佔香港成立殖民地之初，英國統治者已謹慎處理官方行文，避免觸動中國人的文化自尊。例如一八四一年成立殖民地，中文則稱為「開埠」，以通商之海港掩蓋政治之基地。今日動植物公園的佐治六世銅像旁之銅匾，中文寫「香港開埠一百周年紀念（一八四一至一九四一）」，英文則寫「to commemorate the Founding of the Colony of Hong Kong」（紀念在香港建立殖民地）。英軍登陸之Possession Street（佔領街），中文則用土名「水坑口街」；曾參與侵略中國之英國將領或外交官，其名字在香港一律另譯，以免勾起華人之國族舊恨，如璞鼎查（Pottinger）

在港譯為砵甸乍，額爾金（Elgin）在港譯為伊利近，二人在港島俱有街道紀念，也用港譯。一九六七年港共暴動之後，港府驚覺官民疏離，民間社會在工業化之後迅速壯大，必須改弦易轍，由統治（rule）轉為管治（govern），政策轉變之際，衍生一套新的公共語彙。當時政府對外的英文宣傳，不再稱香港為Colony（殖民地），改稱「Territory」（轄區），中文則維持「香港」、「本港」之名；小學的國文課本，改稱「中文」[5]，國史改稱「中國歷史」；治內的華民政務司，改名「民政司」；統治則改為「管治」、「行政」、「管理」與「治理」，不一而足。香港民間如明清遺民，不知有國，出國曰「出埠」或「離港」，回國曰「回港」（或返唐山），中國是唐山，國人是唐人，中文是唐文、唐字（客家人的講法）。港府親民之餘，在言文上避免承襲大陸或台灣的公共語彙，此舉既可障隔國共影響，又可建立新的港人身份。王荊公詩云：「看似平常最奇絕，成如容易卻艱難。」「市民」之名，是最重要的名詞轉換，可替代共產中國的「人民」與民國的「國民」，有若干權利與義務，但又不至於「公民」之嚴重。移民法例則沿用「居民」。其次就是用「權益」替代「權利」，避開國際通行的公民權利，

4 此乃戲詞。「陌生化」本是俄國文學理論家維克托・什克洛夫斯基（Viktor Shklovsky），以文學修辭將事物變得陌生而引起讀者重新思考該事物的意義。

5 然而，直至上世紀八十年代，香港中文大學一年級的中文補修課程，仍稱「大一國文」。中文系的學生免修該課程，其餘學系一律需修讀。

自成一國。此外，用「社群」代「社會」或「群眾」，「階層」代「階級」，並相繼以「勞苦大眾」、「低下階層」、「基層」、「低收入人士」、「草根」（grassroots）、「貧困戶」等稱呼窮人。九七過渡期，為處理香港土生南亞人士的國籍，造出「族裔」一詞，避免「種族」、「血統」、「民族」與「國族」。至於「國家」、「國立」、「國民」、「國人」等，香港只是民間沿用，維繫民國血脈，港英用「政府」與「官立」取代之，如用「政府獎券」（government lottery），不用「國家獎券」，如用「官立學校」（government school），不用「國民學校」，然而民間則有國民學校，在離島長洲也。惟「英皇」、「皇家」（royal）則照用如儀，蒙賜「英皇」或「皇家」冠名之機構，遍及英聯邦國家，乃品質之嘉許，如皇家香港天文台，並無效忠英國之意。當中最諷刺者，是「英皇御准香港賽馬會」，賭馬得到英皇御准，乃合法化之賭博。

社區建設

港府巧譯「sense of belonging」為「歸屬感」，透過香港電台及電視台，廣泛宣揚。然而，社區建設（community building）的核心字，是公共屋邨的「邨」字，借用「村」的異體字[6]，建立新的社區意識，伴隨分區的公共服務，以及街坊會、社工、雛形政黨等，形成影響超過一半香港人口的政治群體。香港電台《獅子山下》電視片集，以横頭磡邨為背景，宣揚新的居住風俗及鄰里人情。

公共屋邨初稱廉租屋邨，簡稱「廉租屋」，有平實的社會補貼之意，後來稱公共屋邨，簡稱「公屋」，其公共政治之意識，反比其他政治掛帥之華人地區更為明顯。[7] 一九五三年十二月，石硤尾寮屋區火災，政府成立「政府廉租屋計劃」，由政府出資興建樓房，以廉價租金出租予合乎「上樓」資格之貧民或其寮屋遭政府清拆之木屋居民。政府擁有樓房業權，負責管理與維修。撇除地價，租金大可抵銷開支，而清拆寮屋而起回拍賣之官地，更可令庫房進帳甚多。[8] 翌年四月，港府成立「屋宇建設委

6 《康熙字典》曰，「邨」是古字，「村」字後出，引《玉篇》，「邨」乃別墅、別館，引《增韻》説是聚落。此「邨」從邑從屯，有遷徙於外而聚居之意，用諸今之公共屋邨，詞義甚合。

7 中國大陸稱「經濟適用房」，台灣稱「國民住宅」（簡稱「國宅」），澳門稱「社會房屋」（歐陸國家亦稱「社會房屋」），新加坡稱「組屋」。

8 興建公屋是經濟與政治考慮之下的結果。在經濟上有賣地收益，加快現代城市規劃，並以公屋輔助工業區成長。廉租屋圍繞工廠區興建，工人可以就近上班，節省車費及時間，屋租補貼可令工資維持較低及穩定水平，工人依靠微薄薪金而生活餘裕，有閑錢消費，帶動市面興旺。殖民政府當時的政術如此：受災人士或寮屋居民要先在環境極其惡劣的安置區居住數月（無明文期限），始可編排上樓。安置區如酷刑阻嚇，令部分人知難而退，不貪圖公屋，亦可令甫即上樓之居民，恍如地獄超升至仙境，對公屋的新環境，產生的遽然改善的心理效果（surprise effect）。政治方面，據加拿大人類學家司馬雅倫（Alan Smart）的考證，寮屋火災有時是居民放火，博取公屋安置，有時恐怕是政府有意促成，以便鏟除非法寮屋以及政治社團勢力。當時共產中國經常給予香港災民米糧救濟，殖民政府深恐中共勢力滲透社區，為了穩定管治，唯有興建公屋，徙置災民。見其專著 *The Shek Kip Mei Myth: Squatters, Fires and Colonial Rule in Hong Kong, 1950-1963*, Hong Kong University Press, 2006.

員會」（簡稱「屋建會」），建屋安民。一九七三年四月，屋建會改組為「香港房屋委員會」（簡稱「房委會」），為市民興建品質較佳之居所。自一九六二年至一九七五年，共有十六個政府廉租屋邨落成。一九七三年四月一日，徙置事務處及市政事務署屋宇建設處合併為房屋署；屋宇建設委員會改組為香港房屋委員會，從此香港的徙置區、屋宇建設委員會廉租屋邨及政府廉租屋邨統稱為公共屋邨。同時推行的清潔運動，創造了「市容」一詞，初始是潔淨衛生之公民習慣，如清洗公眾地方、滅鼠、不准隨地吐痰及扔垃圾等，回歸之後，淪為潔癖式的都市規管，杜絕小販擺賣營生，連隨處坐臥談笑等市民閑散行為也犯禁。公屋居民在窗外或戶外曬衣裳被褥，也藉詞「有礙觀瞻」，嚴加取締。

港府鼓吹市民參與政治，發表意見，棄用「商議」、「磋商」等通行語，起用生僻的「諮詢」（consultation），並帶動「資訊」、「訊息」等詞，以「訊」代「信」，區別於大陸的「信息」。配合新聞與資訊開放，簡稱大眾傳媒媒介（mass media）為「傳媒」。初生的政府福利，亦推動「分享」[9]、「愛心」、「幸福」、「關愛」、「關注」等詞，以及公共設施（public facilities）、機構（institutions）等語。語詞之間，各有配對，不能隨便share習慣。中文說「有福同享，有難同當」，英文都說「share」，中文是好事則分享，壞事則分擔。「分享」說滑了嘴皮，令「分擔煩惱」亦說成「分享煩惱」，在語言運用上，起了鈍化作用（dumbing effect）。舊詞「關懷」、「關心」少用；舊說「好福氣」，新說「很幸福」。重視兒童教育與福利，以「小朋友」之親暱語（由電台的兒童節目推動），取代兒童、小孩、細路（仔）之類。推行福利之時，亦同時興起「資源」（resources）的經濟學概念，官員經常說「資源所限」，解釋公共服務及福利須受財政節度，量入為出，市民享用服務及福利，也是適可而止。

然而，為了掩飾民主政治，不刺激港人的民主期望，在翻譯 Council 時，刻意用了「局」來泛稱不同層面的 Council 與服務組織。「局」在香港中文，只是執行級的政府部門，如警局、郵局、消防局；或是民間服務組織或善堂；略有商業道義的行業，也以局為名，如藥房叫「藥局」，醫院叫「醫局」，書店叫「書局」。不論是決策級的 Executive Council（行政局），立法級的 Legislative Council（立法局）與管理級的 Urban Council（市政局），都用「局」，前兩者應用議會，末者是市議會。民國已用行政院與立法院之名，今日台灣也沿用。只是英國最高司法機關 Privy Council，則無可奈何，港英譯之為「樞密院」，否則不成體統了。上世紀八十年代推出區議會，英文名是

9 此詞來自基督教會見證信仰之「分享會」（sharing session）。

District Board，但港英強調推行民主進程，中文便叫「區議會」。回歸之後，行政與立法都用議會之名，簡稱「會」。至於中文名本有「局」的民間組織，港英則用「kuk」來音譯中文的善堂或鄉社用的「局」，如收容孤兒的保良局（Po Leung Kuk）及鄉村同盟的鄉議局（Heung Yee Kuk）。

經濟轉型

上世紀七十、八十年代，經濟轉型期間，出現兩個核心詞：「專業」與「效率」。「專業」(professional）有「專於業」之意，先是名詞，後來可用作形容詞（今日流行語甚至說「很pro」），並衍生「專業人士」一詞，見證香港服務型經濟之後形成的中產階級。當時在大陸，專業指大學之分科。舊日香港說某人專業，會說「在行」、「熟行」、「熟手」或「拿手」(以工匠為主）；未有專業人士的統稱之前，只會列舉醫生、律師、洋行經理之類，稱之為「高尚職業」。至於專家（expert），則借用中文舊詞，原是專於某門詩書學問之人，科學時代，則指科學家，尤其是六十年代起推銷新出西藥，廣告皆說「專家話呢……」。

「效率」是演員劉一帆在《七十三》電視片集「想當年……」之外的另一口頭禪。

本是物理學概念，指儀器所輸出的有效能量與輸入儀器的總能量的比值，引申為所付出之能力與所獲得之功效的比率。舊說手腳麻利、辦事快捷，今說辦事有效率，此後並衍生「效益」與「效應」。九七香港主權移交之後，民間反二十三條立法，催生寒蟬「效應」一詞。

約法社會

港府在八十年代推行法治的靈魂術語，是「程序」一詞[10]，舉凡「司法公正」、「廉政」、「透明度」，都因官方處事程序之公開而衍生。政府懂得自我約束權力，是約法社會與政治現代化之始。「程序」的舊稱是「手續」，程序官民共守，手續有長有短，加快手續，要付「手續費」（行賄）。一詞之易，如換新天。

描述政府機關與討論公共行政，衍生「運作」、「機制」、「核實」（舊稱「作實」）、「監管」、「投訴」（舊稱「申冤」）等語。操作機器的「operate」，借用為政府的「運

10 「程」乃法式、規章，古有「程式」、「法程」等詞，見《商君書‧定分》。程序乃今詞，由「程序法」引申。民初版《辭海》收「程序法」一詞，無「程序」一詞。「程序法」亦稱「助法」、「手續法」，是指規定實體法（民法、刑法）運用程序之法律。

作」或公共機構的「營運」。本指生物上各組織或器官之間相互作用的 mechanism，化作描述互動關係微妙而複雜的「機制」；此詞的極致演繹，是運輸署與巴士公司制訂的票價「可加可減機制」。政府公開處事程序之後，「考查」、「覆核」的舊詞少用，英文的 check 清楚，check 一下流行，「核實」、「確認」及英文的「confirm」、「re-confirm」同時使用。大陸及台灣用的「監察」、「檢察」或「管制」，香港則用諮詢組織「監管」公共服務，「督導」（monitor）公共工程，「規管」經濟活動（如金融市場）。政府受理投訴之後，「個案」及「調查跟進」（follow up）等亦成為日用語。

消費者委員會成立之後，舉報不法商業，推動消費者「權益」，亦令「消費者」一詞流行，漸代「顧客」與「客仔」。然而，新政之下，仍有舊詞揮之不去，如監獄署雖易名懲教署，但獄卒之名不去；警局、警員（police constable）與督察（inspector）譯名雖雅，惟「差館」、「差人」與「幫辦」舊名不去。[11] 至於看更阿伯（如同英文之 watchman）或後來身穿制服的護衛員（security guard），則因推行保安員登記制，逐漸換作「保安員」，戲稱「實Q」或「石Q」。如港人不愛「潛水員」，偏愛「蛙人」，舊詞「沒水銅人」（「沒」音「味」）則往矣。[12] 園丁戲稱「花王」，捉蛇佬及蛇店老闆戲稱「蛇王」，通渠工自稱「渠王」[13]，也是一名風行，至今不改。消防員的職責擴大，包括一切救援事務之後，舊稱「救火員」、「火燭鬼」之名消逝，「火燭車」的韌力仍在，消防局則取得水車館矣（今元朗仍有街名「水車館里」）。房屋署「寮屋管制組」（「寮仔部」[14]）的人員，職級叫「房事助理」，後稱「房事主任」，名稱離奇，引人遐想——莫非是家庭計劃指導會的人員，負責輔導閨房之事？是故民間仍以「寮仔部」人員稱之。勞工處譯出工業意外、工業行動、按章工作等術語，但工會或工人立場的工傷、罷工、怠工依然流行。可見往日官民角力，也有言文之爭，豈如今日傳媒之繳械投降，紛紛改口，稱「竊聽」為「截聽」耶？

原刊於《信報》，二〇〇六年九月二十八日，增訂版潤飾

11 在茶樓食店及食品工場監察食物安全的衛生督察，俗稱「衛生幫辦」，簡稱「衛生幫」，舊名更是頑固。

12 沒水，潛水之意，音轉為「味」水也。《晉書・卷七十九・謝安傳》：「小將田汐請行，乃沒水潛行，將趣城，為賊所獲。」

13 香港街頭見招紙寫「渠王免棚」，令外地人費解。招紙乃炫耀通渠工不須在戶外搭棚拆渠以貫通之，自有獨門方法，在室內灌洗污水渠，使之暢通，喻其功夫高也。

14 戰後難民湧來香港，在山邊自行搭建木屋暫且棲身，官府稱「寮屋」，俗稱「寮仔」。

問責

蘇軾《艾子雜說》謂：「艾子行於海上，初見蝤蛑，繼見螃蟹及彭越，形皆相似而體愈小，因歎曰：『何一蟹不如一蟹也？』」從政者皆須圓通，致勝於談笑之際，折衝於樽俎之間，有時不免迂迴前進，繞行若蟹。為成就大事而繞行之政治家，巨蟹也；捨正路而弗由，模仿巨蟹繞行，故弄玄虛，表演權術與親民術之政客或過客，皆小蟹也。

高下立見

政壇輪替，你方唱罷我登場，恰如眾蟹羅列，庶民百姓，將其存世格言一一品評，便可高下立見。如港英末朝彭定康之執政格言，為「民主問責」，賦權予市民過問政事。香港主權移交中共之後，前朝是「共渡時艱」，其政術刻薄寡恩，出爾反爾（如前特首董建華說的「八萬五不存在」[1]）；今朝是「親疏有別」，其政術分化離間，使民相打。如二〇〇六年十月十一日提出（偽）「學券」制[2]，資助幼兒家長，但又分化學校，學券只適用於官府指定的非牟利集團幼兒園。資助就是用付款合約支配權力，但如今權力不落在市民手上，卻由官府把持。王道的做法，是民主到底，任由家長自行選擇，即使家長要求指引，也賦權予教育協會行事，官府樂得清靜。

九七之前，面對英國外交部的箝制、中共的威嚇和香港內部的吵鬧，內外交困，前總督彭定康臨危受命，即高舉民主問責，挾民意以突圍。「問責」一詞，在一九九二至九五年間，四次港督施政報告之中，都是要言。彭督一九九二年七月履新，同年十

1 香港主權移交後，董建華於一九九七年十月宣讀首份施政報告，提出十項工作計劃，當中「安居」一項中，董建華訂出興建房屋目標，當中包括每年興建的公營和私營房屋單位不少於八萬五千個。然而，九七年爆發金融風暴，香港樓價在當年十月十九日的最高峰後的一年之內下跌了一半，當時不少人認為「八萬五建屋計劃」令樓價加劇下滑，希望政府修訂政策，遏止樓價下跌。政府於是擱置公屋興建，惟董建華及房屋政策官員一直並無表明政策改變，即使政府在一九九八年宣布暫停賣地，董建華仍然表示「八萬五計劃」繼續。直至二〇〇〇年六月二十九日，董建華在禮賓府接受無綫電視新聞專訪，被問及會否修訂「八萬五」目標時，董建華首次明言「從一九九八年就再沒有説過『八萬五』這個字眼，那你説還存不存在？」，「八萬五不存在」之語，遂成董建華名句。參閱〈董：八萬五已不存在 當前重要目標是穩定樓價〉，《明報》，二〇〇〇年六月三十日。

2 據二〇〇六年十月十一日施政報告，二〇〇七年的新學年始，每名幼稚園學生將獲政府資助一萬三千元，付予非牟利的幼稚園，計劃為期五年。校方須將其中三千元用於補助教師進修之上。政府除了要求辦學團體屬非牟利組織之外，尚管制學費、老師培訓費用、課程特色及教學安排，如半日制幼兒園每年學費最高只可以收取二萬四千元，接受資助的幼稚園日後要由政府視學，引入自評（自我批評）和外評等制度。經濟學家費利民（Milton Friedman）於《資本主義與自由》（一九五五）第六章提出學券制，政府分派現金券予學生，學校不論公私，只需符合最低標準，即可收券，以競爭促進教育的市場化。學券制的先例，是二次大戰後，退伍軍人獲官方資助一筆金錢，入讀自選的大學，此舉曾令美國大學百花齊放。

月施政報告說，「這是關於問責與承擔的演講。我演詞中幾乎每個段落，都會有這兩個詞。」[3]其政制改革方案公布一九九四及九五年的三層議會選舉安排，廢除區議會、市政局及區域市政局之委任制，擴大立法局直選議席[4]，在限制之內，盡顯民主。彭定康總督開新風氣，出席立法會，回答議員提問；每年宣讀施政報告之後，舉辦市民大會；要求各部門制訂服務承諾，公開衡量服務的準則。他任內的管治風格，成全了香港的民主政風。

偽冒洋化

當時強調民主問責，雖有借民眾力量為己之用，但總也算是港府進一步的權力自我約束，即使至今（二〇〇六年）民主進程受阻，其影響仍在。[5]依照翻譯詞尾的慣性，當時香港中文暫譯「accountability」為「問責性」，久之簡化為「問責」。「問」字有詢、訊、聘、察、審乃至判決、訊囚之意，構詞如問候、過問（干涉）、問聘（訂親）、問政（請求授予政道）、問鼎（詢問象徵王朝的九鼎）、問斬（判決斬首），然則古文無「問責」一詞。華夏王朝雖有王公大臣問政之權、京城居民參議之風與史家褒貶之筆，但總無確保民眾參議政事的制度。舊詞開誠布公、公正廉明之類，都視乎士官修養與朝野清議，權仍在王官之手。古文有「責問」一詞，責備質問也，如《史記·

卷八十七・李斯傳》：「而二世責問李斯曰：『吾有私議而有所聞於韓子也。』」責問乃上司對下屬之督責與問難。「問責」一詞，應由「責問」轉化而來，暗合市民「問政」的新潮流。港英在上世紀八十年代初期推出區議會，並令「諮詢」此舊詞成為潮流語[6]，然而較之「問責」，仍不算是香港獨創之政治詞彙。至於大陸官場新近翻譯「accountable」為「責任」或「負責」，如向人民負責（accountable to the people），仍不盡其意，況且凡官員必須有責或負責，何須強調？

是故，香港中文另造「問責」一詞，既有必要，亦是新猷；回歸之後，問責衰變為「高官問責制」與「政治委任制」，將官員問責變作委任親信，則是後話了。[7]其他如伴隨問責而來的「爭議性」（controversial）一詞，是政府承認意見分歧的初步講法，中文

3 尋不到中文本，作者漢譯。英文本為：This will be a speech about accountability and commitment. These two words will occur in almost every section of my speech.

4 「立法」舊稱「定例」，是故立法局本稱「定例局」，後改稱「立法局」，回歸後易名立法議會，簡稱「立法會」。

5 相對董建華執政後期——二〇〇二年十月，任命關信基教授為中央政策組轄下「社會凝聚力研究小組」召集人——提出的「社會凝聚力」（social coherence）一詞，則有叫市民團結，反省社會責任之意。

6 此詞甚古。見南朝梁・劉勰《文心雕龍・諸子》：「至鬻熊知道，而文王諮詢，餘文遺事，錄為《鬻子》。」大陸則用「政治協商」，簡稱「協商」。

7 見拙文〈救災文字學〉，《信報》文化版，二〇〇八年五月十五日。

舊詞有「大可商榷」、「仍須斟酌」、「未能定奪」之類，卻不一定要用洋詞。此詞後來簡化為「有爭議」。至於回歸之後，本地官員迴避問責，便學舌於北方黨官，說「不存在……這個問題！」，後來簡化為「不存在」。如本年（二〇〇六年）八月，法官胡國興出任截取通訊及監察事務專員，記者問及角色衝突，便答：「不存在角色衝突（的問題）！」通用中文，說「不須顧慮角色衝突」即可，雅言是「斷無利害糾葛」。洋文之「不存在」，非用於此（有教養之西人斷不敢如此放言）；共產中文說的「不存在」，是粗鄙之徒，偽造洋詞以自矜，恰如大陸遍地的伊、迪、丹、頓之類的假洋文品牌。

舊詞難表新義

問責帶來的議政風氣，引入「合法性」（legitimacy）、「透明度」（transparency）、「共識」（consensus）、「互動」（proactive）、「賦權、充權」（empower）、「訴求」（appeal）與「知情權」（right to know）等詞。雖然舊詞有「法統」、「默契」與「苦衷」，但都不能盡表「合法性」、「共識」與「訴求」的新義。公民社會壯大之後，帶來「全民福祉」（well-being）之詞。講理的社會，帶出「理據」（rationale）、「理念」（idea）等新詞，取代「道理」與「有理」及「觀念」與「想法」。「理」字之濫用，與「能」字相若，如「職能」與「技能」取代「職責」、「功能」與「技術」，此乃香港邁向泛理性社會與高能量消耗社會之語言表徵。其中，「職能」一詞，因政策或部門架構檢討，伴隨「編制」（establishment）、「架構」（structure）、「框架」（framework）等，成為流行語。往昔直露工人階級感情之「裁員」，亦因之而委婉，改稱「精簡架構」，商界甚至鄙稱之為「瘦身」。

上世紀九十年代的其他新詞，如環境保護（environmental protection）或保育（conservation），後簡稱「環保」（英文則以短詞 green 代替）；舊時農政有「水土保持」等詞，但缺乏現代生態學的意味。其他如改稱水田為「濕地」，大宅或華廈為「豪宅」，養顏為「護膚」，都有其時代意義。

中文淪為寄生語

廉政教育推行之後，法律詞彙迅速本地化，有些是硬譯。由於香港上層人口通曉英文，多不計較中文譯詞雅馴與否，中文譯詞遂成為略有字符與英文對應之「寄生語」。久之，此等譯詞改易中文原有詞義，亦削弱原本豐富的詞彙。如申報利益（declare interests）、利益衝突（conflict of interests）、角色衝突（conflict of roles）、利益輸送（transfer of benefits）等，如非用於法院案情或徵引官府言說，大可用「解釋嫌疑」、「避忌」、「事避嫌疑」、「徇私」、「利害糾葛」（舊時粵語叫「利益轇轕」）、「不能相容」等。Interests 不一定是「利益」，而是利害攸關之事。舊時代的雙語高手，可將 presumption of innocence 巧譯為「無罪推定」，benefit of the doubt 譯為「疑中留情」[8]，新時代也有高手，將 disclaimer 翻譯為「免責條款」；然而「有理由相信」、「合理懷疑」、「合理期待」與「必須之惡」（necessary evil）都仍是硬譯。至於回歸之後，《基本法》第二十三條立法，創出「管有」一詞，如管有煽動性刊物（possession of seditious publication）；新近（二〇〇六年）的《防止殘酷對待動物條例》修訂，硬造「據有」（has）、「容受」（suffers）、「處所」（premises）等詞[9]，更是匪夷所思。草擬法例者自創文詞，令該詞的詮釋權在司法及執法機關手上，公民無法提出其他詮釋，有違普通法精神。然而因為法律界人員在言詞爭論之際，大都會以英文為本，以致法例的中文版可以任由草擬者胡亂造字，連尋常不過的 has（擁有）也譯作「據有」。[10]

行政語與司法語，都應以有史可據、百姓可解的通言為本，不能視漢字如電腦字符，可以胡亂堆砌。不牽涉法政之事，更應用日用語，例如有人在街頭毀壞公物，報導說「毀壞」即可，毋須自作聰明，警方尚未告知所控何罪，某些報章便說是「刑事毀壞」，甚至簡稱為「刑毀」。此等語言污染，在吾等文人而言，是戕害中文，在執政者而言，卻有助香港日漸淪為法制社會（legalistic society），市民聞法例而色懼，見「石Q」[11]（保安員）而腳軟，有利官商勾結之專政統治焉。

原刊於《信報》，二〇〇六年十月十九日，增訂版潤飾

8 目前香港法院仍用硬譯：疑點利益歸於被告。原文為：to give the defendant the benefit of doubt，「benefit」不應作利益解。通俗之翻譯，大可作「有疑點，可免罪」，見古德明〈中不如英〉，《蘋果日報》，二〇〇七年一月二十三日。

9 二〇〇六年七月七日香港立法議會通過之條文：《香港法例第一百六十九章防止殘酷對待動物條例》第三條（1）任何人（g）將任何動物帶進香港或驅趕、運載、運送或移走，或據有或畜養任何動物，或明知而容受任何動物在其控制下或在其處所內被據有或被畜養，而所採用的方式可能導致該動物受到不必要或原可避免的痛苦，一經循簡易程序定罪，可處罰款五千元及監禁六個月。英文版本為：Any person who (g) brings into Hong Kong, or drives, carries, transports, removes, or has or keeps, or knowingly suffers to be had or kept under his control or on his premises, any animal in any way which may cause it needless or avoidable suffering, shall be liable on summary conviction to a fine of $5000 and to imprisonment for 6 months.

10 「據有」是叛軍或義軍佔據州郡稱雄而不服王命之意。《三國志・諸葛亮傳》云：「孫權據有江東。」《資治通鑒・卷六十五・孝獻皇帝庚建安十三年》曰：「孫討虜聰明仁惠，敬賢禮士，江表英豪，咸歸附之，已據有六郡，兵精糧多，足以立事。」

11 英文security guard的粵語戲稱，取security之首二音節，「石」有死硬之喻，「Q」有阿Q精神之謔。阿Q來自魯迅小說《阿Q正傳》，乃舊時香港人中學必讀之課外讀物。

增值

一朝有一朝之狂言。[1] 在前朝，是推行國家安全立法的保安局局長葉劉淑儀戳破「公務員政治中立」論；在當朝，是首長曾蔭權親自揭穿政府早已放棄「積極不干預」（positive non-intervention）之策。[2] 往昔港英的政術，有實力，有假名，聲東擊西，自圓其說；新朝拋棄假名，如無雄辯及實力鋪墊，恐怕是暴露底牌，自討苦吃矣。政府有為，必御大事，相差只在費力多寡，著跡與否，能否領導群倫，贏得英名。積極不干預，是費力少、不著跡而又能以名器爵祿駕馭商界豪強之微妙政術，即使是官商勾結，也要做到公私分明，程序乾淨，是政府節制商界，而不是商界牽制政府。是故英人治港時期，重名器，也重言文。《左傳》曰：「唯器與名，不可以假人。」[3] 名不正則言不順，豈有如特區前朝一般，胡亂封賞爵位，又引入「增值」、「推銷」、「包裝」、「中心」等商場術語，沾沾自喜，以為得資訊科技與全球化時代風氣之先者？

引狼入室

董氏政權起用商人梁錦松為財政司，二〇〇一年就職之初，即以企業管理專家口吻，宣講商人政治，以鼠比喻失業市民，說要離開香港舊地，北上尋找新的乳酪，而不是原地嗟怨，政府不會派魚，而會教市民捉魚，市民要「擁抱轉變」，適應「範式轉

1 狂直驚人之語。

2 二〇〇六年九月十一日舉行「香港經濟峰會」，曾蔭權在致詞中強調，為加強與內地經濟合作，對國家「十一五」規劃多作貢獻，政府今後將會做更多的參與及推動工作。會後即有記者提問，如此是否意味政府已放棄「積極不干預」政策？曾蔭權回答：「積極不干預政策是前財政司夏鼎基爵士使用的字眼，香港特區政府近年喜歡以『大市場、小政府』來形容香港特色的資本主義。」記者追問：「回歸後老師仍教我們（政府是）『積極不干預』，教育政策是否不配合？」曾蔭權笑說：「教錯了！」此話一出，在場記者嘩然，在旁的官員和專題小組召集人則發笑。曾蔭權言論遭受四方抨擊，包括費利民教授於《華爾街日報》在十月六日撰文〈香港錯了〉（*Hong Kong Wrong*），批評港府不應放棄自由經濟。九月十八日，曾蔭權被迫發表題為〈大市場小政府——我們恪守的經濟原則〉的署名文章，縷述當年夏鼎基提出「積極不干預」政策的來龍去脈，指出其意實為「並非政府甚麼都不管」、「政府會權衡輕重，仔細考慮支持或反對作出干預的理據，然後才作出積極的決定」；文中並指出：「歷任財政司以不同的字彙來描述香港的經濟狀況，反映出本港經濟狀況的變化和需求；不同字彙是有需要的，也是重要的……更重要的是我們並沒有背離行之有效的自由市場經濟哲學。」真是愈辯愈糊塗。

3 名器不假人，是孔子認為器物和名號具有客觀的象徵意義，代表官職地位和名號，由人君所掌握，用以指揮、統治臣民的工具，不能隨便給人。倘若隨便給人，就等於把權力交給不稱職的人，國家將受到損失。《左傳•成公二年》記載，衛國攻打齊國而戰敗，主帥孫良夫被新築大夫仲叔于奚所救，倖免於難，衛侯要賞賜封邑給仲叔于奚，仲叔辭謝了封邑，而要求給他諸侯所用三面牆懸掛的樂器，並用繁纓裝飾馬匹以朝見（「請曲縣、繁纓以朝」），衛侯竟然允許。這是不合禮制的，因大夫僅能有左右兩面牆懸掛樂器，稱作判縣，仲叔于奚請曲縣，是以大夫身份僭越使用諸侯之禮。孔子聽說這件事後，評論說：「惜也，不如多與之邑。唯器與名，不可以假人，君之所司也。名以出信，信以守器，器以藏禮，禮以行義，義以生利，利以平民，政之大節也。若以假人，與人政也。政亡，則國家從之，弗可止也已。」名號象徵威信，器物表示尊卑貴賤，禮制在於推行道義，代表依大眾的利益治理百姓，是政權的重要原則，孔子提倡正名即在於此。這件事提示政府部門在推行政策時，能否名正言順，關係着社會的安定及國家的前途。信與禮，乃政治的兩大基石，而名以出信，器以藏禮，有成就完美政治的正大功用，若失去了名、器的正當應用方式，將無以維繫政治及國家。

移」。「擁抱轉變」（embracing changes）是番文，唐話是「順應時勢」。

港府在上世紀八十年代中期改革公共服務，引入「新公共管理」，以企業經營的原則，衡量部門工作表現，將 value for money（物有所值）巧譯為「衡工量值」，是為借用商界潮流用語於公務之始，然亦只限於專家討論，真正用於一般政事者，始自董氏政權的增值論。其時商家裁員成風，壓榨成性，所謂「資源增值」，是無酬加班，或一人兼管數職，或幾個部門削減人手、精簡工序之後，壓縮為一個。學校兼備託兒、補習、家教甚至防止自殺之職責，即叫「資源增值」。至於服務增值，則是增加額外服務或滋擾，如流動電話供應商強迫供給消費訊息，巴士、列車及公共場所強迫顧客收看廣告電視，亦叫「服務增值」。八達通電子儲值付款系統風行之後，「儲值」舊詞（因舊日鐵路公司「儲值票」而名），改為「增值」。

不再進修

此等詞彙，政府囫圇吞棗，悉數採納。更甚者，由於轉變職位或提高資歷而要進修者日多，政府亦給予津貼，官府竟名之為「自我增值」。[4] 往日當學徒，叫「學師」，官方資助者，叫「學徒訓練計劃」；讀夜校或工商專科，不論官民，都稱「進修」。「進修」一詞甚古，進德修業也，出自《易經・乾卦》：「君子進德修業」，有術德兼修之教育本義。官府先是講「進修增值」，後來甩開「進修」，「增值」成為獨立詞，再衍生「自我增值」等詞。後來，大學校長也在記者鏡頭之前，如此介紹大學圖書館：「學生可以利用圖書館去『自我增值』。」以人為器，不以為恥。

上世紀七十、八十年代，息影明星時興放洋遊學，市民工餘上專科課程或才藝班，稱之為「充實自己」。當時電視節目《歡樂今宵》諧劇演員盧海鵬已察覺此等進修潮流終會滅絕生活情趣，常嘲諷道：「充實，充實，充到豬仔包都冇咁實！」如今，「充實」已成舊詞，麵包鋪亦不賣硬豬仔包矣。

商言大行其道之後，宣揚新政，推廣法案，叫「推銷」；修飾、裝飾、掩飾，叫「包裝」；推銷不得其法，如《基本法》二十三條立法，民間譏之為「硬銷」（hard sell）。講話有人附和，或某行業或學科前景好、出路佳，今稱講法有「市場」，學科有市場。機構有效率而又不須加薪增員，叫「有成本效益」（cost effective）。步入新

4 張信剛為主席的文化委員會（任期由二〇〇〇至二〇〇三年）在二〇〇一年三月十九日公布《文化委員會諮詢文件》，以「人文薈萃、日新又新」為口號，當中談及圖書館改革，說要將圖書館改革為市民自我增值的中心云云。以人為器，斯文掃地。

世紀，轉職頻繁（通常是愈轉愈差），就業市場、勞動市場之舊時新語，竟簡化為「職場」。本來「背書」（endorse）是在票據背面簽名，表示該票據的權利由背書者轉讓予被背書者。今日領袖有人擁戴、政策有人支持，竟說得到人民的背書（此詞因黃毓民論政而流行）。

欠缺積極的負增長

上世紀八十年代，港人已知日後的經濟增長，由技術創新及經營改革所帶動。當時有「高科技」一詞，是high-tech的翻譯，民間用以形容新興電子消費產品，如walkman（隨身錄音機）。九十年代有「新科技」，內地有「高新科技」。新科技是資訊科技（IT）；高新科技則指生化科技、新材料等，「高」、「新」連稱，是典型的大陸中文風格。生物科技、基因工程則帶動「基因」一詞流行，蓋過舊譯「遺傳因子」或「遺傳基因」。

告別按部就班的機械生產時代，新型企業強調團隊精神（team spirit），以激勵機制（incentive）獎勵創新（innovation）。資訊科技激起網絡公司股票熱潮，二〇〇一年，時代華納宣布與美國在線合併，令「協同效應」（synergy）成為流行語，舊說是

「取長補短」、「相得益彰」。跨國企業追捧明星「總裁」，但通俗報章棄舊詞於不用，直接用英文 CEO，或者採用大陸之劣譯——「首席執行官」，能用「行政總裁者」，已是文人報矣。風氣所及，連大廚、主廚亦趕時髦，叫「行政總廚」。哈佛商學院出身的 CEO，當然要講願景（vision），甚至 gut feeling，而不講宏圖與膽識。商業霸道之下，公共事業只要祭出「商業決定」、「股東利益」，便可推搪商業道德與社會責任，加價加租。商場購物，改叫「消費」。往日茶樓，淨飲雙計，「的士高」[5]流行之後，設「最低消費」（minimum charge）。商家積極進取，明是減少，要叫「負增長」；表現欠佳，辦事不力，稱「欠缺積極」。地產商囤積居奇，抬高價錢，叫「價格進取」。明是小店，要叫「專門店」；昔為蟹檔，今為大閘蟹專門店。然而，寫字樓、信用狀、董事袍金、車馬費、差餉[6]、燈油火蠟[7]等仍然抗拒現代化；官府至今仍維持「差餉物業估價處」之名。只要更新內涵，舊詞永不過時也。

5 台灣稱為「迪斯可」，來自法文的 discothèque，英文簡稱 disco，意指那些播放錄製好的跳舞音樂的舞廳，二十世紀七十年代流行於香港，舞蹈即興發揮，毫無章法。香港曾經根據法文譯為「的士夠格」，「格」是吸鴉片煙等癖好之處，如煙格。

6 物業稅，由樓房擁有人或委託之租客繳付。舊時政府用於支付警察（差人）薪金，故名「差餉」——差人的糧餉，沿用至今。其英文為 rates，產業稅而已，漢譯「差餉」，是順應本地風俗。

7 一如香港城市人今日不燒柴，仍口講「柴米油鹽」。

「邀請」建議書

政府有願景，乃有數碼港及無數的港；服務增值之後，有許多中心。小小售票處，先是改稱「票務處」，今日是「票務中心」。收藏書刊紀錄的資料館，改稱「資源中心」；研究所叫「研究中心」；連佛門的禪堂，都叫「禪修中心」。上世紀七十年代，文藝人士懷抱世界，巴黎龐比度中心（Centre Pompidou）之名，有八方匯聚、走向未來之宏願；同代興建的香港藝術中心，格局雖小，也是名之成理。然而，聞說西九龍文娛區有建議將視藝與電影混合，成立西九龍視覺文化中心，就真的是過氣摩登，也濫用中心與文化之名。

新增的職位，官、員不用，改稱「主任」、「助理」、「工作者」。如新聞官叫「傳訊主任」，訓練生（「後生」）叫「辦公室助理」，傭人叫「家務助理」，副官叫「局長助理」。「工作者」一詞，本指新的工種或謙稱，如社會工作者是上世紀七十年代的新工種，後來簡稱「社工」[8]，電影工作者（演員、導演等）是謙稱或泛稱，豈料後來教師也自貶為「教育工作者」，藝術家叫「藝術工作者」，記者叫「新聞工作者」或「傳媒工作者」，作家叫「文化工作者」，妓女叫「性工作者」（按：此新詞有其價值，日後再論）。

泛泛之談，可以普及，也可卸責。往日程序清楚，責任明了，叫「招標」（tender）；今日閃爍其詞，西九龍文娛藝術區「邀請建議書」。英文「invite」，一詞多義，中文要靈活對應，不可事事邀請，自我鈍化。如 invite 飲宴，叫「邀請」；invite 加入政府，視乎禮數，可稱「禮聘」、「敦聘」、「羅致」、「招攬」；官署 invite 某人問話，有權曰「傳召」、「查詢」，無權曰「約見」、「晤談」；invite 建議書，應稱「徵求」。雙方無義務約束之招標，近年詭稱 expression of interest（EOI），官方中文竟有譯為「邀請競投興趣表達書」者。[9] 為表新義，造新詞「承投意向書」可以，用舊詞「招標」也可，只須在通告細則說明可矣。[10] 當年反二十三條立法之律師有言，魔鬼在細節之中（The devil is in the details）。漢譯「暗藏殺機」、「暗藏詭詐」、「內有乾坤」、「包藏禍心」……。皇皇中文，取之不盡也。

原刊於《信報》，二〇〇六年十一月二日，增訂版潤飾

8 社工的行業形象，大大得力於劉松仁自編自導自演的無綫電視劇《北斗星》（一九七六）之推廣。

9 如二〇〇六年十月二十日香港機場管理局發出的廣告〈誠邀遞交興趣表達書：合約 P333——北衛星客運廊建造工程〉，見當日《信報》。然而，內文卻寫「招標」。英文本為 Invitation for Expression of Interest: Contract P333-North Satellite Concourse Building Works，內文寫 Invitations to tender。

10 批文刊登後，政府徵求 EOI，名詞已改譯為「意向書」，動詞則為「表述意向」，「興趣」不再矣。可謂從善如流。參見衛生福利及食物局於二〇〇六年十二月二十二日在《信報》之家禽及屠宰加工廠之招標廣告。

持份

近人毛澤東有《送瘟神》詩，兩句傳誦一時：「借問瘟君欲何往，紙船明燭照天燒。」斯二句，生前是詠歎世情，死後是寫照自身，辯證法也。毛氏以陰陽之道，教辯證法，看事情要一分為二，從對立看出統一。二〇〇六年十月底，有教育官長調離[1]，斯人在位，改革八年，公費學校師生勞累不堪，教師不堪摧殘而自殺，家長目睹學童慘況而寧願不生。另一方面，政府廣派福利鼓勵內地出生之港眷來港，又優禮內地孕婦來港產子以取得居留權[2]，數十年間，逐步完成血脈大換代，香港正式赤化。此又一辯證法。

混淆視聽

既云改革，自有新語。舊時港府廣徵民意，則稱「市民」、「公眾人士」或「各界人士」，將「人士」的尊稱變為泛稱，以示恭維[3]；諮詢行內商家或專業人士，稱「業界」或「業內人士」。明是獨裁，卻是主客分明，權責了然，且附加恭維，禮貌周到。

然而新朝之教育官長，偏愛將政府、家長、師生、辦學團體、學校社工等統稱為「教育界持份者」（stakeholders），則是偽裝團結，混淆視聽。

此詞美國官方中譯為「利益相關的參與者」，乃美國副國務卿佐立克在二〇〇五年九月二十一日於美中關係全國委員會演說〈中國往何處去？——從正式成員到承擔責任〉，反復引用而流行政壇。[4]「Stakeholder」構詞類似「stockholder」（股東），意味擴

1 教育統籌局常任秘書長羅范椒芬於二〇〇六年十月三十一日調任廉政專員。曾因兩位教師自殺之後失言，謂不能歸咎於教育改革，否則何以只得兩人自殺。言論觸發教師於二〇〇六年一月二十二日遊行抗議。

2 內地孕婦來港產子問題，源自終審法院在二〇〇一年對莊豐源案的判決，當時終審法院一致裁定在港出生，但父母俱為內地居民的男童莊豐源享有香港居留權。當時內地有關部門早已警告，裁決後患無窮，勢將引致內地孕婦大量來港分娩，逃避生育政策及取得移民資格。香港二〇〇五年有近六萬名嬰兒出世，其中近一萬人父母皆非香港人。由二〇〇一年的六百多名暴增至二〇〇五年的九千三百名，按趨勢推斷，如港府不修改《基本法》內的國籍規定，內地人將不斷來港產子。現時內地人只需花上二萬餘元，便可在港享受高素質的產子服務，並為孩子領取永久居民身份證，日後可以來港居住並享受福利，申請父母來港團聚並享受福利。換句説法，大陸人以每個家庭兩萬的代價，向香港預訂移民配額。大陸母親可託詞嬰兒有病，安排港方醫生開列證明，急需母親來港照顧，母親等候兩年即可自大陸公安局取得單程證來港定居（《東方日報》二〇〇六年十二月七日報導）。審計署二〇〇六年十一月報告顯示，過去五年醫院遭人拖欠三億多元醫療費，超過三分之二涉及內地人，大部分是內地來港生產之孕婦。行文之際，本地近百名孕婦於二〇〇六年十一月十九日遊行抗議醫院產房床位遭內地人佔用以致不足，部分本地孕婦需睡在摺床或提早出院。

3 舊時，「人士」用以尊稱，如知名人士，各界人士是指有識之士，並非泛指平民。今日香港仍用的「有識之士」，略有其意。

4 演講中，佐立克（Robert B. Zoellick）七度使用此詞。講題原文 "Whither China: From Membership to Responsibility?"

大企業或機構的責任承擔，遍及受企業行動牽涉的個人或組織，務令決策顧慮周全。私人企業尚可分出主客，落在公家機構，則詞義模糊——人人有份，權責難分。例如傳媒說香港醫療融資問題牽涉眾多持份者，或西九文化區的持份者不應囿限於文化界。此二句，用「市民」代替「持份者」，無損文意。此刻面臨拆卸的天星碼頭，人人可到，個個懷念，持份者自然是各位市民，但特首在十二月十三日說已「投資」時間諮詢若干民意及專家組織，卻偏偏隱藏了其他更為重要的持份者的身份——如地產商人？「為了得到一個平衡，為有關天星碼頭各方面的發展找出一個平衡點，我們已經投資了五年的時間，廣泛地諮詢了立法會、區議會、古蹟古物諮詢委員會，以及很多社會其他的持份者。」[5]用舊時的官方新詞，說「受影響人士」(the concerned)、「感興趣人士」(interested parties)可以，說「既得利益者」(vested interests)，更為明確。「Stake」是「股份」、「賭本」或「話事權」，國與國之間，所謂掌握利害關係(stakeholding)，頗為費解，謂美國視中國為國際體系的「stakeholder」，報章轉述為「美國敦促中國履行國際責任」即可(參考古德明先生譯法)[6]，改譯克林頓時期的舊詞「戰略性伙伴」為「對等伙伴」可以，戲譯為「賭局對手」亦佳，毋須一詞一譯，亦步亦趨。

「監控」社會

回頭說香港教育當局，趕西洋時髦，用西學新語，自是主從不分，裏外顛倒。主從不分，是將課外活動體系化，納入主流評分，侵吞學生餘暇，又重考核多於重教學；裏外顛倒，是用母語方法教英文，復用外語方法教中文，結果中英顛倒，致令香港的兩文不是中文與英文，而是中式英文與英式中文。兩者都是僵化無文，互相拖累（見下述「選擇」一例）。此等乖悖常理之政，造成經濟奇跡，可戲稱之為「失敗經濟學」：教學愈失敗，投入公帑愈多，衍生的教育「商機」（補習社等）愈大。幼童疲於奔命，過度學習，學不博雅，思不精純，於是大學要補回中小學課程，大學畢業後持續補修，教育變成無饜足的消費行業。

教育改革承襲美國模式，不靠考試，不看單一能力，要靠「多元智能」，於是查考改革成效的方法就用工廠式的品質管制，監察生產流程，確保產品「達標」（「及格」的內地新詞）。老師被貶為工廠模具，要考語文「基準」試（此詞漸代舊詞「標準」）[7]，進修提升資歷。一場改革，衍生無數監察社會的新詞：先是「評核」（如中三評核試），

5 行政長官曾蔭權在香港公開大學畢業典禮後，就天星碼頭鐘樓事件發表談話。〈行政長官就天星碼頭鐘樓事件發表談話全文〉，香港政府新聞處，二〇〇六年十二月十三日。

6 古德明，〈教育界賭金保管人芻議〉，《蘋果日報》，二〇〇六年二月四日。陶傑也曾戲論此詞，見〈問題名詞揣摸難〉，《蘋果日報》，二〇〇六年四月二十七日。

7 此詞有取代標準之勢，「基準」譯自英文 benchmark，但中文「標準」之語義廣闊，亦含 benchmark 之意，毋須另造新詞。中文可以一詞多義，何須字字與英文對譯？

後是「評估」（assess；如校內評估），代替以前的「考試」與「考核」。「研究課題」（project）取代「習題」，鍛煉所謂解難（problem solving）能力（舊稱「解困」、「破題」）。[8] 官僚喜歡監察社會，共產官僚尤甚，前民政局局長藍鴻震在二〇〇〇年六月二十一日立法會上遭議員逼迫，衝口而出，說 everything under control（一切在控制之內）。回歸之後，大陸詞彙侵入香港，與監察有關的節縮語橫行，如「規管」、「規劃」[9]、「監測」、「監控」、「操控」、「調控」、「掌控」等。此等節縮語，甚為滑稽，如舊詞「操縱」已有控制之意，無謂另造「操控」；「調整」也有控制之意，何須「調控」？「掌握」的權力涵義大於「控制」，說「掌控」反而削權；「監視」的權柄清晰，「監控」反而模糊。說政客「操控政治」，不如舊詞說的「把持政局」。以為將兩個詞語合併而節縮之，會雙劍合璧，其實是貪多務得，滑失本義，非驢非馬。

中英顛倒

學外語，本可返照國語，豐富國語；但在文化自卑與殖民主義之下，加上國語教學與外語教學俱不得其法，裏外顛倒，外語卻可削弱國語，喧賓奪主。如混淆英文「proud」、「pride」與「proud of」的不同涵意，單純用中文「驕傲」來對應，就反過來改易「驕傲」的中文貶義，變為褒義。陳水扁常高呼「台灣的驕傲」，就是亂用中文，結果他的民選總統之位，真的淪為「台灣的驕傲」。此外，濫用「驕傲」，亦令原有的豐富詞彙——「光榮」、「自豪」、「榮譽」、「尊嚴」等流失。恰如受英文影響，「受歡迎」（well received）講多了，「愛戴」、「擁護」與「敬重」就忘了。拒絕外國政客、特務或本國反對黨入境，民初報界流行講「不受歡迎人物」（persona non grata），語意甚重；然而今日貴價貨品在貧民區「乏人問津」，也說「不受歡迎」了。甚至作家也漫不經心，說蘇軾品題之後，柳宗元《江雪》詩「受歡迎的程度」，頓然改觀，而不知有「垂青」與「賞識」可用。[10]「興趣」本是興味、興致之意，但用來對應英文的「interest」之後，中文原本講的「無意」、「不欲」、「志不在此」，就講成「不感興趣」（not interested）；問人「你有無意思？」，就講為「你有無興趣？」（Are you interested?）。舊說「有意者請應徵」，今曰「有興趣者請接受邀請」。[11]

8 成語已有排難解紛、消災解難，「解難」確是雜種之詞。

9 香港公務中文，少用「規劃」一詞，現用的「城市規劃」（town planning），舊稱「市鎮設計」。

10 摘自戴天〈知音與識貨〉一文：「但經由蘇軾的點撥，《江雪》原來遠遠不及鄭谷《雪中偶題》所受歡迎的程度，卻頓然改觀，同時好評如潮，則是實情。」見《信報》副刊，二〇〇七年一月二十三日。

11 順帶一提，報章所說的公眾利益與公眾興趣，英文依次為「public interest」與「public's interest」，前者乃公義攸關，後者是窺探私情，readers' interest 也。

同理，中文有「承受」、「消受」，今通講「接受」（accept）；「尚可」、「不過不失」、「差強人意」，今全說「可以接受」（acceptable）。舊說「恕不受理」，恭敬文雅；今日繳費帳單說「期票將不予接受」。往昔市井商販都識得講「只收現金」，今日大企業經營的儲值卡增值機標示曰：「只接受現金」。原本是「只接受現金付款」，企圖甩掉「付款」的後綴，以為「接受」可以獨立成句，卻令語義殘缺不全。舊時粵人說「有人唔受得（受不了）榴槤」，今日港人說「有人接受唔到（接受不了）榴槤」。打工男子哭哭追求，問高貴女子能否「接受」自己的卑微地位，其實是「接納」之意。吸引是「有吸引力」（attractive）的簡化，女人貌美，可說「美艷」、「標致」、「丰姿」、「誘人」、「妖冶」……，今說「有吸引力」；炒股票比炒樓「好搵」、「好景」、「有利可圖」……，今說炒股票比炒樓「吸引」。

無有選擇

本地中文語彙鈍化之極致，莫如「選擇」一詞。「選擇」（choice）為名詞，如說消費者的精明選擇、我的選擇，都不干預中文，惟詞性轉變之後，「選擇」（choose）變為動詞，為禍大矣。[12] 今年翡翠台報導長洲搶包山，說「有人選擇不看搶包山，早些離開，避開晚上的人潮。有人為了避過街上人群，選擇走上天台看飄色。」《蘋果日報》

報導曾蔭權訪新加坡，「面對強權施壓，很多人選擇屈服，新加坡著名肉骨茶店『黃亞細』卻敢堅定地說『不』」。[13]《明報》上月報導本港市面雞蛋受大陸毒蛋波及，銷量驟降，「有蛋商透露，蛋業屬小本經營的小生意，流動資金少，若營業額持續兩至三星期暴跌，只能選擇結束經營。」[14] 翡翠台的「選擇」，其實是「寧願」、「唯有」；《蘋果日報》的「選擇屈服」，是「情願屈服」；《明報》的「只能選擇」，是「只好」、「唯有」。英文的「choose」，語義也不只是「選擇」；何況「choose」之外，還有「prefer」、「decide」、「would rather」、「can't help...but」、「can only」與「can but」等。中文言隨意轉，層出不窮：唯有、不如、只好、寧願、寧可、寧取、寧要、情願、甘願、甘心、甘受、決意、被迫、故意、偏愛……。去年（二〇〇五年）電視某啤酒廣告用平板聲調，說「面對風雨，有些人選擇離開」[15]，不以抑揚語氣，說「有些人情願／甘心／決意……離開」，既是番鬼中文，也掏空情感，語言冷淡無味。今

12 上世紀八十年代末，一度流行「選取」一詞，為選擇之變體，後來退潮。

13 〈外交部多番施壓無效，星洲肉骨茶名店拒為煲呔延長營業〉，《蘋果日報》，二〇〇六年七月十七日。

14 〈生意差過禽感時，蛋商恐結業〉，《明報》，二〇〇六年十一月二十三日。記者寫「小本經營的小生意」，累贅得可笑；文內直接記錄的商販講話，反而是「人話」：「蛋業屬小生意，流動資金好少……」可見港式的教育是殺伐國族文化的反動殖民地教育：教育愈多，文采愈少。

15 二〇〇五年香港生力啤酒電視廣告。廣告中，大雨滂沱，露天茶座只剩下三男子堅持不走，浪漫音樂乍現，三短裙長腿女郎搖曳而來，以曖昧微笑挑逗，三男子舉杯示好。廣告暗喻堅持飲生力啤酒的男人終有豔遇。

人的情感認知能力普遍下落，不能通情而達理，舊日市井小民，不識之無，都知情識趣，懂得說「情願」[16]、「甘心」、「鍾意」等，今日經歷學校教育之香港人，反而啞口無言了。消費社會聲稱予人多元選擇，以言文觀之，恰是束縛性靈，無有選擇。也許，在高速運轉及剝削頻仍的城市，鈍化自己的感受，凡事用一個詞彙來描述，放棄敏銳的見解，有助於偷生人世。

撫今追昔，受舊式中文教育的一代，猶可中英並舉，受新式中文教育的一代，則國語凋零，可見二十世紀八十年代英國部署撤出香港之際，以改革之名而行的顛倒語文教育，確是文化殖民主義之殺着也。

原刊於《信報》，二〇〇六年十二月十四日，增訂版潤飾

16 「情願」是粵人俗語，慣用之後，「願」字音轉，由低上聲（讀若「縣」）轉為高上聲（讀若「院」）。

救災

古之中國帝王，遇天災則下罪己詔，今之中國帝王，遇天災則向天宣戰。古今中國之別，盡在此中。天道是核心的文化信仰，不可等閑視之。中國是否仍是中國，是文明禮義之邦還是粗野蠻夷之所，開放之後能否頂得住西方的文化與信仰入侵，全在這裏。一旦國人的文化信仰失守，再質問人家是否中國人，也無關宏旨了。

「自然」災害

二〇〇八年五月十二日，四川汶川爆發八級大地震，翌日李怡在《蘋果日報》提出「天譴」論，說古代帝王以此自勉，臣子以此規諫，是皇權自我警醒和約束之道。[1]此說一出，惹得香港土共集團蜂擁而出，群起攻訐。不論是猶太人的耶和華或者

1 李怡於四川地震發生後翌日，五月十三日，在《蘋果日報》的社論〈災難頻仍，積德消災〉引述徐復觀的言論寫道：「帝王可以不理；賢臣的規勸，帝王可以不聽甚至將進諫之臣治罪，但老天爺的警告，你不可以不聽了吧！地震就是老天爺的警告。」李怡續說：「『多行不義必自斃』，面對災難不要只顧喊口號，作點自我檢討，特赦所有的政治犯，算是積德消災吧。」

中國人的玄天上帝，都有獎善懲惡之意旨，在當今信仰崩壞的年代，信與不信，悉隨尊便，毋須動用人道主義去駁斥的，特別是追隨那個曾經殺人如麻的政黨的一群人。

天命是威力強大的信仰，在政治上，天命論確曾使中華百姓免於曠日持久的暴政奴役。往日華夏天子有神格，只須以德配天，毋須文韜武略，天子得以在位，靠的是天命所歸，代民祭祀，四海得以昇平，就是上天恩寵。一旦四方多難，人民便覺得上天離棄天子，義士可以取而代之。水災地震，瘟疫歉收，就是天地降災，加上官府防災與賑濟不力，皇朝的正朔與道統就存疑，百姓可以起義，更換天子了。戰國以至秦漢，直至清末民初，都信服「五德終始論」，認為王朝依照五行之象來輪替，並無鐵打的江山，例如從滿清的黑（水），到民國的青（木），到中共的赤（火）與將來的黃（土）。明白這個道理，便可理解中共在中國文化信仰面前，真的怕得要命。一九七六年，文革第十年，三月吉林下了隕石雨，一晚毛澤東對貼身護士孟錦雲說：「我相信噢，中國有一派學說，叫做『天人感應』。說的是人間有甚麼大變動，大自然就會有所表示，給人們預報一下，吉有吉兆，凶有凶兆。」（郭金榮《毛澤東的黃昏歲月》）當年七月二十八日，爆發唐山大地震，周恩來、朱德與毛澤東於地震前後相繼去世。[2] 然而，在中共的官方語言之中，即是我常說的共產中文，天是「不存在」的。一九四九年開始，中國沒有「天災」了，往後發生的，是「自然災害」。香港回歸中國之後，旱澇颱震，電視台也說「自然災害」了。雖說此詞是英文「natural disaster」的漢譯，但「disaster」的語源是「星象之凶兆」意，即使加上「自然」，也略有厄運的涵意，但中文的「自然」有不關乎天地鬼神之意，共產中文又捨棄意義重的「災難」而不用，反而以意義輕的「災害」代之，顯然有清洗信仰的用意了。

「抗」震救災

「廣大官兵視人民利益高於一切，重於一切，會戰北川縣城，推進汶川，打通映秀生命線，組織災民大轉移，打了一場場硬仗，取得了抗震救災的階段性勝利。」[3]「唐家山堰塞湖搶險取得決定性勝利。」[4]「北京市規定：北京市新建農宅抗震設防烈度要達到八度標準。」[5]一位經常進出內地的讀者向我說，如今在大陸，懂得講寫中文的

2 周恩來死於一月，隕石雨之前。朱德死於七月。毛澤東死於九月。原文誤寫三人於地震之後逝世，蒙讀者楊崧祺來函指正，謹謝。

3 〈呂登明副總指揮：我們已取得抗震救災階段性勝利〉，《新華網》消息，二〇〇八年五月二十九日。成都軍區抗震救災聯合指揮部新聞發布會在成都舉行。

4 〈唐家山堰塞湖搶險取得決定性勝利〉，《新浪網》報導，二〇〇八年六月十一日，BTV《直播北京》。

5 中國評論新聞網，二〇〇八年六月十五日。

人，少之又少了。我聽了，只有苦笑。這不是中文與非中文的問題，而是人與鬼的問題。大地震動，你站在那裏向它抵抗，是找死麼？地震可提防，不可抵抗，是常識。說「救災」、「賑濟」，是人話；說「抗災」、「抗震」，是鬼話。即使是科學翻譯，英文的「resistant」，以前用的「防震力」是人話，今天用的「抗震力」是鬼話。然而，對於一個由蘇聯番鬼傳授政治思想與統治權術的政權而言，鬼話就是官話。

統治權術在於奠定有利於己的社會秩序，最牢固的社會秩序，是軍事秩序，將社會教育過程軍團化（regimentation），將官方語言軍事化、機動化，從納粹到蘇聯到中共，一脈相承。在大陸，學校有紅領巾、少年先鋒隊，學生要向國旗敬軍禮，即是經濟已經走資了，但進軍海外、搶灘市場、資金到位、勝利完成，以至最尋常的領導「班子」與工作「崗位」，都是軍事語言。近日中共媒體的「抗震救災」，構詞的語源明顯來自上世紀五十年代的「抗美援朝」。在此，中共的敵人不是美帝，也不是老天爺，而是中國人的信仰。天道的信仰，將天子以至庶民都置於同一宇宙秩序（cosmic order）之下，國君與百姓都在天命之下，大家都是平等的，那麼統治者的權威就太不牢固了。取消這個可畏又莫測的宇宙秩序，令世間唯物化、扁平化，只有社會主義政權的唯一秩序，只有官方語言的唯一表達方式，是中共執政以來最大的文化戰爭。這場硬仗，必須時刻準備着，久不久就要開打。否則，如何「勝利」統治？

要爭取勝利，就要不惜犧牲。內地傳媒反復播出胡錦濤總書記安慰四川災民的一句話：「任何困難都難不倒英雄的中國人民」[6]，既是濫調，也是失當。英雄是人中之英，有為理想、為民眾犧牲之志，即使是鞭策軍警救災，也不必用到「英雄」一詞，可用「英勇」，但受災的難民，難道總書記準備讓他們上前線去犧牲麼？要說勉勵民眾的人話，可以說「堅強的／堅忍的／仁愛相助的」中國人民。民眾不是軍隊，可見軍事化的語言一旦成為官方的欽定表達方式，常常令人以詞害意，鬧出笑話。

「問責」淪為「問責制」

四川地震之後，時任香港特首曾蔭權趁全國哀悼日，火速委任副局長及政治助理，胡作非為，觸發一場政治災難。曾蔭權的政府救災，也講了不少鬼話。香港回歸之初，早開始講鬼話了。本來，香港回歸中國，在一國兩制之下，假如有若干政術及智謀，香港的制度即使不能前進，也可幸保不失，為國族留點文化生機的。可惜，香

6 五月十八日，在四川省什邡市災情最嚴重的鎣華鎮救援現場，胡錦濤總書記用洪亮的聲音堅定地喊道：「任何困難都難不倒英雄的中國人民！」，《新華網》北京五月十九日電。

港的兩任特首都懾於中共淫威，不敢捍衛香港的次生秩序（secondary order），放任自流，任由中共的腐敗政風及商界的刻毒管理污染香港，坐待英國留下的政治遺產不斷腐蝕。在官方修辭上，特區政府掏空前朝留下的政治詞彙，代之以淺薄荒謬的內容。

英國留下的政治遺產，除了悠久的司法獨立、文官制度等之外，還有近年的政治問責性，那是港督彭定康在一九九二年至九五年間，四次在《施政報告》反復申述的政風改革。「問責」是整個政府要去除高傲與隱秘的政風，開誠布公，向市民問責。老董推出的「問責制」，是主要官員（司局級）以政治委任方式就職，各自為其政策範圍籌謀，萬一出事，個別官員要請辭。這可以令公務員或外界人員肩負政治判斷及政治責任，推舉的高官也多是一時英彥，不失為良策，然而老董時代的政府開放性及問責性卻減低了，政務司的統籌能力廢棄，致令後來有些問責高官缺乏整體支援，成了獨背黑鍋、倉皇下野的孤家寡人。到了曾蔭權，政府除了繼續行事隱秘之外，更推出「擴大問責制」，「問責制」衰變為「政治委任制」[7]，副局長和政治助理變了親信內閣，既銷蝕了「問責」的詞義，也貶抑了「選賢與能」、「任人唯賢」（meritocracy）的社會價值。

偷換觀念，顛倒是非

先前曾蔭權也說過鬼話，以「文革論」來誣蔑民主，輿論嘩然。在二〇〇八年六月十日的政治救災會上，他不敢再講鬼話了，他說謊話，意圖用謊言與遁辭來淹沒正常人的語言。他反復解釋，他委任副局長及政治助理，是「用人唯才」，然則此詞在他的反復使用之後，已貶值為「任人唯親」。此外，他顛倒「政治方便」與「法治原則」，令兩者詞義互換，企圖使聽者混淆是非曲直。他回應被退休高官揶揄為政治愚蠢時，竟說「我覺得可能是最愚蠢的事，就是我們把政治方便凌駕於法律上、法治上的需要，或是因政治上的方便而捨棄了一些原則性的問題，我想這些才可能是長遠來說最大的政治錯誤和愚蠢」。這明明是輿論對他的指責，他卻重複一次，然後以之反唇相譏，指斥別人。政客混淆詞義，顛倒是非，以 Newspeak（新話）的政治修辭法來蒙混百姓，到了這個地步，可謂極致了。

7 曾蔭權政府在二〇〇七年十月諮詢公眾的文件中，刻意將「主要官員問責制」竄改為「政治委任制度」。文件通篇不提「問責制」一詞，並強行賦予新名詞的追溯力。例如第五章第二段標題：「二〇〇二年推行政治委任制度後公務員隊伍運作檢討」，第一句是「政治制度為香港開創了新的政府體制」。參考練乙錚，〈立法會要多監察政府用人舉措〉，《信報》評論版，二〇〇八年六月二十六日。然而，群情洶湧之下，曾蔭權在同年六月二十七日忽然上立法會捍衛招聘風波，又用回「問責制」而不講「委任制」了。

他的道歉，不是為了用人失當，破壞香港制度，他是為了「公布人選的安排引發社會上持續爭議」和「未有預先安排新人會見傳媒」而要向市民道歉。前者是暗地嘲諷港人無事生非，後者只是說未能將他的精彩人選及早公開亮相，接受市民嘉許而已。原以為官方道歉，其實是連消帶打，既譴責市民，也自我抬舉。特首慣用修辭學來顛倒是非，民眾迷糊久了，竟然不察，即使心頭火起，也是一臉茫然，不知如何駁斥。難怪記者會之後，老曾馬上放假，到美國消遙去也。

原刊於《信報》，二〇〇八年五月十五日，增訂版潤飾

文癌

滬上傳聞，舉國驚詫。《新聞晨報》二〇〇六年十二月四日報導，上海外國語大學黨委書記吳友富教授，正領導研究，為中國重塑形象，列入上海哲學社會科學規劃課題，名為「重新建構和向世界展示中國國家形象品牌」。研討會上，吳說「龍的英文dragon，在西方世界被認為是一種充滿霸氣和攻擊性的龐然大物，龍的形象往往讓對中國歷史和文化了解甚少的外國人，由此片面而武斷地產生一些不符合實際的聯想。考慮到龍的局限性，建議必須重構國家形象品牌，重新打造中國形象標誌物」。

舍正路而不由

黨官之言，盡是洋化中文。觀其文而知其政，中共今日雖稱「和平崛起」，但奴顏婢膝如故，惟恐友邦驚詫，竟要自斷龍脈。中國再富再強，不過是西洋的工場後院與文化殖民地，精神依然困於魯迅寫《友邦驚詫論》（一九三一）的時代。大學謀財以養士，無可厚非，然而「君子愛財，取之有道」，何不名正言順，謂國之龍符，外夷錯認，應予匡正教化，亟需政府經費，發動「中華龍形象海外推廣工程」？文化殖民，禍害深遠，不單令人捨棄國本，而且閉鎖心靈，堵塞思路，可惜中共乃蘇俄傀儡出身，頗多黨員媚外辱華而不自知。孟子曰：「舍正路而不由」，偏愛邪途之人，不知正路為何物，於是有大便宜也不曉得檢。

以中國之龍，曲就西洋之dragon，是內地「與世界接軌」的餘波流末。港英統治早年，香港仍有國學遺老與民國舊人於報章針砭洋化中文，雖是空谷足音，也是聊勝於無。香港歸政中共之後，情況大變。一則中共之英語熱潮甚於香港，媚外之風冠絕群倫；二則台灣國民黨政權易手，「去中國化」禍及文史教育；三則本地傳媒與創作人自甘墮落，名為通俗，實為疏懶，胡亂「食字」、中英混雜、章法不通之文字充斥，珍惜國故、愛護國文之士，頓感勢孤力薄，一任西文橫行。近年香港之中文淪落，已由詞彙替代，演變為以英文詞義指導中文，以英文虛詞及文法領帶中文，可謂蝕入骨髓，病入膏肓。

養護中文

社會革新，引入新詞西語，自有必要。如早期拙文提及的「程序」、「問責」等，都是承運而起，一新耳目。其餘官方引入的新詞，如普通法司法語彙，由「犯人」變為「疑犯」，再變為「疑人」，「原告」、「被告」改稱「興訟人」、「與訟人」，「控告」變「檢控」，「主控官」變「檢察官」，都有無罪推定的精神，民間亦從善如流，改稱「官司」為「訴訟」，「狀師」為「律師」，「判官」為「法官」。[1]電視之法庭戲亦將法律的有限正義概念傳遞，令觀眾了解司法的「遊戲規則」（rule of the game，例如同一罪名不可重複檢控）。法律面前，人人平等，則謂「公平競爭」（fair-play）。保險流行之後，帶出「claim錢」一詞，然亦令「索償」一詞普及，舊稱「補償」或「賠償」，「索償」是維護權利，主動索取賠償，頗有新意。反歧視運動興起，則創出「傷殘人士」[2]、「傷健」[3]、「非婚生子」（舊稱「私生子」）、「婚外情」與「外遇」（舊稱「通姦」）、「單親家庭」（「離婚」、「失婚」）、「長者」（「老人」）、「新移民」（「大陸人」）、「性傾向」等詞。西風東漸之下，若干英諺亦流行，多屬無傷大雅，如稱「快餐不合脾胃」，可說「快餐不是我的那杯茶」（not my cup of tea）。[4]「壓死駱駝的最

1 古文法官是道教作法之道士，律師則是佛教精通律藏之僧人。香港律師可分為事務律師（lawyers）與訟務律師（barristers），後者過去俗稱「大律師」。

2 日文曾一度流行「肢體不自由人」一詞，英文最近的委婉詞，是「physically challenged」。

3 大陸稱「殘疾人士」、「殘障」等。

4 喬菁華曾評論香港不能學習新加坡辦賭場，說「賭場不是香港一杯茶」，見〈學習新加坡〉，《明報》副刊，二〇〇六年七月十九日。附帶一提，不知何解，大陸文人常愛用「達摩克利斯之劍」，比喻位高勢危。公元前四世紀時，西西里島上有弄臣名達摩克利斯，常美言帝王狄奧尼修斯一世，謂帝王財勢雙全，鴻福齊天。狄奧尼修斯不堪其煩，於是舉行盛宴，命達摩克利斯坐上帝王寶座，用馬鬃拴住寶劍懸掛其頭頂，告之曰：「帝王之福與殺身之禍並存。」

後一根稻草」[5]，則是「致命一擊」。「送來救命（稻）草」，「雪中送炭」也。近年，電視節目偶見女藝人吹噓自己之後，趕忙說「touch wood!」，並以手敲桌，忸怩作態。此乃北歐風俗，謂可將厄運轉嫁予木頭或避免木妖作祟，敗壞好事，恰如粵俗講的「大吉大利」（講壞事）與「託天之福」（講好事）。然而國俗「touch wood」有「就木」[6]之意，舊語「行將就木」，即粵諺「聞到棺材香」，大吉利市之至。

引入西詞，本可豐富國文，但由於中國近代積弱，國人若不加意養護中文，使舊詞舊句重獲新生，則本國語彙及章法恐遭排擠、歪曲而致遺忘及失傳。國文知識貧乏之後，國人或以為中文之表達能力遜於西文，於是模仿西文而變換中文，成其洋化中文、程式中文（programmatic Chinese），助長西方之文化殖民。舉語彙為例，近年「導致」（lead to）已掩蓋「引致」、「引發」、「致令」；「期望」（expect）亦趕絕「寄望」、「預料」，原說「不敢寄予厚望」，今說「對此事沒有期望」。模仿洋話，說「這個期待是過分奢侈了」，殊不知中文早有「奢望」一詞，說「不敢奢望」就好；給他「錯誤的期望」（false hope），是令他不切實際，有非份之想。「沒有期望」，以前說「沒有指望」[7]；對演唱會「充滿期望」或「盼望」（full of expectation），舊云「望穿秋水」、「拭目以待」、「滿懷希望」。近來有人忘了「盼望」，連「期望」都不屑用，「有」字也省了，直說「期待」，如「演唱會令人很（有）期待」。[8]本來說「你送禮，我也不會領情」，今說「我也不會欣賞（appreciate）的」。「如此服務，無可挑剔（或毫無怨言）」，今日港人竟然有說「我絕不投訴」（no complaints）。新派術士說：「壞的桃花運，我就不欣賞了。」老派術士言：「壞桃花，不敢恭維。」「我勸你不要這樣做」，今說「我不鼓勵你這樣做」（中文「鼓勵」是做好事，勿作壞事應用「勸」）。不曉英文，則不能解洋化中文，中文淪為寄生語，港式的 bilingualism，用意在此乎？

語文腫瘤

外來語彙往昔是鈍化舊詞，今日是基因變異，惡性增生，而成程式語彙、程式中文。此地程式語彙，多來自科學用語及外交辭令。科學如發生故障（失靈）、高度精密（精工細作）、高度濃縮（凝練）、出現變數（有變、有異、恐有差池）、釋出氧氣（放氧氣）等，都有客觀意思，不宜任意挪作日用詞彙。作家評論作品，說某小說語言「高度濃縮」，不知有「凝練」可用，心中只有鮮榨橙汁，而無文獻經史了。反對黨向「釋

5 直譯英國諺語：The last straw that breaks the camel's back.

6 入棺木，比喻死亡。《左傳‧僖公二十三年》：「我二十五年矣，又如是而嫁，則就木焉。請待子。」

7 指望雖是俗語，其詞亦古。《五代史平話‧梁史‧卷上》：「戰無不勝，功無不服，也指望垂名竹帛。」《紅樓夢‧第四十六回》：「金家媳婦自是喜歡，興興頭頭去找鴛鴦，指望一說必妥。」

8 另例：「起初聽聞李安籌拍《色，戒》，非常期待看他如何拍出香港……」。見馬家輝，〈夜城電車〉，《明報》副刊，二〇〇七年九月二十九日。

出善意」？示好也。

近代世界，外交詭詐，辭令要掩飾真情，留有轉圜餘地，往還之間，可以層層遞進，於是有「深切關注」、「深表遺憾」、「極度遺憾」、「強烈反應」、「堅決反對」等程式用語，方便調整姿態。可惜內地長官讚揚香港特首政績，都只說「高度評價、充分肯定」的鬼話，而不說「讚揚」、「稱譽」、「讚同」之類的唐話，真是「見外」之至，直當香港是外邦了。(至於問卷用層層遞進之程式中文，如強烈喜歡、非常喜歡、一般喜歡等，則是合宜。)「充分體現」一國兩制，可說「彰顯」一國兩制；日常說「致謝」、「感謝」即可，「表示感謝」是故作冷淡。[9] 大陸文章近年出現「嚴重讚賞」、「嚴重同意」的構詞，將原本帶有貶義的「嚴重」，變成中性詞。鬼語是「致以春節的祝願」，人言是「新年進步」、「新春大吉」。說上海陳良宇案「造成惡劣的政治影響」，舊稱「敗壞政風」。機械中文堆砌日久，「政風」的實詞逸失了，「敗壞」也就想不出來。[10]

近年中共官僚將「出台」變為動詞，香港的官員也慌忙學舌，如中國「出台」政策扶助企業、美國「出台」保護主義措施、省港澳三地政府「出台」了大灣區新政策，打造一小時生活圈等等，既破壞中文章法，也言之無物，更有「你方唱罷我登場」的兒戲，出台做戲不必認真，毫無官府之莊重。「推出」有推陳出新之意，用推出政策、推出措施，有何不好？中文論政，本來詞彙豐富，中性的是「推出」政策、「公布」政策、「實施」政策，褒義是「頒布」政策，貶義是「祭出」、「抬出」保護主義措施。

始作俑者，持開放態度

往昔民間有賢人肩負眾人之事，官府樂觀其成，在地方志撰文表彰一下就可。現在政府和公共機構要主動服務，還要仿效商家，擴展業務。香港公開考試在於評核香港中學之教學成果，順便予大學做收生參考，然而香港特區政府並無在廣東南部（今稱「大灣區」）大辦學校，香港的中學課程也不在大灣區實施，何以為了考生減少而要招攬大灣區的考生，轉來香港申請大學呢？報載，近年中學文憑試（DSE）考生人數下跌，香港考試及評核局（考評局）連續四年虧損。「考評局秘書長蘇國生直言對局方構成一定壓力，他表示考評局會繼續開源節流，包括減省行政開支，如不再印製實體版考生手冊，亦會舉辦其他專業類別考試。被問及會否考慮到大灣區推廣DSE，蘇國生

9 梁振英曾在《明報》寫，「為此我寫了封信給負責的康文署表示感謝。」見梁振英，〈香港城市環境的文化藝術：不在天邊 就在眼前〉，《明報》論壇，二〇〇七年一月二十六日。

10 猶如香港年青人對事物無深刻感受，又不知措辭，亂用「勁」、「超」等流行語，如勁悶、勁好食、超衰、超豪等，掩飾自己的感性貧乏。

指對此持開放態度，但強調 DSE 是要修讀相關課程後才有能力應考，大前提是要先在大灣區推行 DSE 課程，又指現時仍是初步構思，未有具體方案。」[11]

持「開放態度」，大概是來自英文「keep an open mind」的直譯，中文是「樂觀其成」，然而考評局主導其事，文憑試是始作俑者，而且過問大灣區當地是否有足夠中學開辦香港中學教育課程，故此也不是樂觀其成，而是親臨其事，以觀後效。當然，這樣寫就要負責的了，不能置身事外，做一回觀眾。也難怪，二〇一七年二月十五日，政府新聞網說，「運輸及房屋局局長張炳良表示，政府支持在公共屋邨舉辦社區活動，對在邨內設立墟市持開放態度。」[12] 明明設立墟市是政府公務，局長講來好像旁觀私人商場似的。食物環境衛生署署長於二〇一九年三月五日出席屯門區議會會議時說，「對於在更多違例棄置垃圾黑點安裝攝錄機的做法，持開放態度……若違例棄置垃圾情況有改善，會將攝錄機轉移到其他黑點使用。」[13] 這裏的「持開放態度」，該是「部署其事」。在垃圾黑點的監視攝錄機是官署自己安裝的，而且初步有三百個監查黑點之多，卻說成是不關自己的事。

不排除就是保留？

語彙之外，句式亦病態紛呈。歐洲文藝復興之後，邏輯學與修辭學合流，於是西文常用雙重否定（double negative）的句型，標舉新時代的理性，中文理性早開，毋須強調，則少用雙重否定為委婉語。中文當然也用雙重否定，但多有定式，如莫不、無不、不免、未免、不得不、百無等，套語如非請勿進、非我莫屬、未能免俗、卻之不恭、下不為例、非打不可、無財不行、百無禁忌等。甩開了「可能性」的尾巴之後，「排除」就是排除，「不排除」（not exclude, rule out the possibility of...）很費解，難道是保留、姑息之意？新派律師嚇人，常說不排除採取法律行動（的可能性），或保留法律追究的權利，不如舊時師爺說的文雅妥帖：「或交由司法辦」。[14]「仍在罷工的沙灘拯救隊排除了在星期日復工」[15]，不如說「沙灘拯救隊正仍在罷工，且不擬於星期日復工」。幸好舊時譯好「all rights reserved」為「版權所有，翻印必究」，否則難免要讀「保留所有權利……」之類的冗言。電腦化之後，機印發票無蓋章簽字，上書「顧客若要求其他發票，本店保留收取額外費用之權利」，則略嫌言重，視顧客如寇讎，說「或

11 〈考生人數跌，財政現壓力，考評局：考慮大灣區辦DSE〉，《am730》，二〇一九年三月十四日。

12 〈對公屋墟市持開放態度〉，《香港政府新聞網》，見 http://www.news.gov.hk/tc/categories/infrastructure/html/2017/02/20170215_155814.lin.shtml，二〇一九年四月三十日讀取。

13 〈違例棄置垃圾黑點裝攝錄機，食環署長持開放態度〉，《熱血時報》，二〇一九年三月五日。

14 此句也是空話。凡是理智正常的成人，都有權興訟，從無喪失之虞，保留個甚？反而，說「或交由司法辦」，則仍有威懾力。

15 二〇〇五年七月三十日新聞報導，當時香港的政府沙灘及游泳池救生員罷工，抗議服務外判。

須另外徵費」即可。洋化之下，有作家也不曉得寫「略有微詞」、「不敢苟同」、「不以為然」，而說「他對這事有保留」(He has reservations about....)。往日的家常口語「實不相瞞」丟棄了，今日竟要向西洋學語：「我毫無保留地告訴你」。至於英文句式「不排除……的可能性」[16]，洋化中文已甩掉了「……可能性」的尾巴，獨立成句。推敲事情，說不會，可用「難保」；說會，可用「難免」、「或將」；若要留有殺着，施以威脅，試探反應，可說「勢將」。天文台「不排除改發更高颶風信號」，舊說「或將改掛更高風球」。[17] 原本表達「推敲」、「威懾」、「試探」等豐富情感或情勢的自然詞彙，遭機械詞彙取代，變得感情無法表達了。

若不識洋化中文，聽今人隨口說「有保留」，不知他要保留甚麼；說「不排除」，就等他說「不排除甚麼困難」。聽者以為二叔公割禾——望下截，怎知下截沒有了，苦思不解，變了寡母婆死仔——無子（指）望了。

原刊於《信報》文化版「我私故我在」之一五二，二〇〇七年二月一日，增訂版潤飾

16 源於英文：That possibility can't be ruled out (excluded).

17 二〇〇七年二月二日，曾蔭權競選連任，出席選舉委員會答問大會，期間被民選議員追問香港何時才有普選，曾隨口說，他「不排除二〇一二年有雙普選，但必須有配套計劃」。

虛文

兩個男人，一般作為。二〇〇七年一月二十二日，曾蔭權隆重其事，穿中山裝巡視競選總部，並說按照現行法例，**作為**特首不能辭職進行競選工作。先前有人質疑何以特首不先辭職，由副手署任，再行競選。他說**作為**特首的責任重大，工作不容有失，他個人競選連任的工作，要對政府運作的影響減至最低。當時公民黨梁家傑正在爭取足夠提名以角逐下屆特首，梁認為行政長官視察競選辦公室，但又不即時宣布競逐連任，態度閃縮，令人大惑不解。梁說，除非對方有意迴避特首選舉辯論，或希望盡用政府資源助選，否則曾蔭權**作為**特區最高公職人員，應該更小心處理與選舉有關的事情。

虛實不分

今日聽政客講「作為」，勿以為真的有所作為，都屬有為之士。中文惡性西化之後，往日的實詞「作為」，已作虛詞解。曾蔭權與梁家傑，「作為」來「作為」去，其實大家都無所作為，都只是同用一個「as」來思考。英文的「as」，是含義模糊的文法虛詞，用之構思中文，因詞害意矣。曾氏煞有介事，擁官自重，應講「身為特首……」；梁氏輕描淡寫，以事論事，說「以曾蔭權的特首身份……」就可。此外，報章提及曾爵士，都不免歐化一番，說曾蔭權得到北京的祝福（blessing）。中文的權術與法術語彙，都很豐富，西文曰「祝福」，中文謂「保佑」、「加佑」、「護佑」、「護蔭」、「恩寵」、「屬意」、「提拔」……。

本來，「為」與「做」、「作」，都可帶出身份，如粵語白話講「做人父母」，北方土話講「做（人家）父母的」，文話可說「為人父母」，自稱「為父」。火雲邪神有心教龍劍飛武藝，免他受人欺負，便說：「為師教你如來神掌，將來闖蕩江湖……。」這些都是唐話。今日的邪門中文，為人父母，要說「作為父母」了。實在的「作」與「為」，相加起來，竟成虛文。

文化殖民

中文章句，首重虛實。依中國現代語法鼻祖《馬氏文通》（光緒二十四年），漢字可分為實詞（substantive words）與虛詞（functional words）。實詞有詞彙意義，虛詞有造句功能。虛實混淆，句法西化，侵染日久而不察，則中國固有之言語變味，本來之思想失真。此後，非西語不能漢言，無西法不成漢文，此謂之文化殖民。

英文的「as」，語意靈活多變。入了中文，僵固成為「作為」之後，不單侵害中文，連帶英文的應用也僵化了，這是香港中英文皆不通的原因。如某作家寫，「作為殖民地的主子，港英要有效管治香港，很早便深諳以華制華的道理，起用高等華人或買辦，協助英人治理香港。」中文無此句式，要直截了當，可寫「港英是殖民地主子，要有效……」；若須轉折語氣，可用「港英既為殖民地主子……」。某教育家說，「我們要加入人生觀教育，作為生命教育的一部分。」若是中文，此「作為」應改用「以為」，改作「成為」更佳。鬼話說「作為工作基地，新加坡比香港好」，中文是「以工作基地而言，新加坡勝於香港」。摩登中文系的震腳金毛仔教授說：「作為教師，不應用西法教中文，把中文作為外文來教。」老塾師則言，「為師者，毋以西法教中文，視中文如外文。」

無端言重

電視劇裏，香港女子嬌嗔起來，房門「砰」的一關，喊話：「我唔想見任何人呀。」男子諸般討好，哄她歡心，卻換來一句：「你唔需要做任何嘢嘞。」男子不理她，女的又責罵他何以無所作為，不來討她歡喜。男的辯稱：「照足你吩咐啦。」女的反口：「我冇講過任何嘢噃。」舊時女子，不論教養，口語都說「我甚麼人都不見」、「你甚麼也不用做了」。英文的「any」，在否定句或疑問句，只是尋常的語法虛詞；肯定句的「any」，則有「囊括一切」、「無有闕遺」的邏輯涵意，類似中文的「任何」。中文的「任何」（或「任誰」），嚴肅如禁令：「任何人等，不得內進」、「任誰來訪，一律不見」。吾人不須閱讀「所有」財經專欄，但不放過「任何」內幕消息。英文隨便說「any」，是語法所需，無可避免；中文隨口亂說「any」，則是無端言重，莫名其妙。

同理，英文尋常的「every」，如 everyone、everything，中文多用疊詞示之，如人人、樣樣事情（諸事、各事）。[1] 中文的「每」，有強調「無一例外」之意，類似英文的 each、each and every 或 every single one 等，用得慎重；有時真的無一例外，也寧可說「人人有份，永不落空」。[2] 某報訪問報導，「殯儀館老闆小心保存每一袋骨灰」，文詞媚外過甚了[3]；「殯儀館老闆存放骨灰，袋袋分明，處處小心」，才是中文。在佛教弘法書讀到一句：「如果沒有能力修所有的法門，只修一種也行。但不可對其他教派有任何批評。」法師也許是看電視劇太多，讀佛典太少，以致詞不達意，何妨說「如不能盡修所有法門，修一種也可，但絕不能詆譭其他教派」？

今日讀報章新聞，往往怵目驚心。記者趕到火場，採訪消防隊長，得知結果，竟寫「一家六口被燒死」，不直寫「一家六口燒死」或哀稱「一家六口罹難」。中文被動式的講法，有不幸、慘遭、蒙難等貶義。[4] 說「被」燒死，是目睹人家活活燒死。明明不見，事後報導而說「被」，又是無端言重，難道讀者都是冷血之人，偏愛讀出人被燒死的感覺來？《明報》寫，「美利樓[5] 原位於金鐘花園道，一九八二年因為興建中銀大廈需被拆卸。」[6] 此「被」字猶如衍文，刪去無妨；又因當年並無本土建築保育運動，無人覺得惋惜，故後句改為「因興建中銀大廈而需拆卸」更佳，用「而」字只是客觀顯

1 古時「行行重行行」是典型例子。舊時香港粵語流行曲仍有《分分鐘需要你》、《歡樂年年》等，符合中文，更是口語。

2 最為經典的疊字例，是上世紀五十年代吳楚帆電影的口號「人人為我，我為人人」。

3 語出《蘋果日報》，日期待考。

4 古文「被」字多用於不利事物，如《史記・項羽本紀》：「項王身亦被十餘創」；《閱微草堂筆記》：「女鬼自述：『時衣已盡褫，遂被裸埋。』」《紅樓夢》：「那小紅臊的轉身一跑，卻被門檻子絆倒」等。

5 美利樓（Murray House）是維多利亞時期色彩的建築物，一八四四年建成，以軍械局長美利爵士之名命名，屬於美利兵房的一部分，主要用作駐港英軍的軍營。一九八二年興建中銀大廈新總部，打樁等工程影響古舊建築物之安全，故需拆卸。拆卸之後，一九九九年重置於赤柱碼頭附近。

6 〈阻拆鐘樓，示威者工人爆衝突〉，《明報》，二〇〇六年十二月十三日。

示兩種乃關連事件而已。

好事寫成壞事

以前唐人講「不准賭博」，今日假洋鬼子說「賭博不被允許」。有好端端的中文不用，不說「明朝毀於瘟疫」，香港才子就愛寫「明朝被瘟疫消滅了」。[7]舊時不識字的，口語都說：「得人尊敬、被人憎厭。」往日的刀筆吏，寫「敬告閣下」；今日的AO，寫「請你被告知」（Please be informed…）。香港某作家評書，說「我們又被告知」，他想講的，是「書中又說……」。[8]英文讀得多，唐人變得被動了。我們「未被告知」的真相，是「we are never told…」的硬譯，吾人「未識」、「未聞」、「未得知」而已。「他常被詢及該案的真相」，不如「常有人問起該案的原委」來得自然。說湯蘭花當年被邀請到《歡樂今宵》獻唱，是自台灣劫持來港演出；自願的、榮幸的獻唱，應是「應邀」、「獲邀」。往昔課本樸素，褒獎香港的，說「香港有購物天堂美譽」；直說的，寫「香港有購物天堂之稱」。今日課本華麗，多寫「香港常被稱為購物天堂」。說「香港被貶為購物地獄」則通，既然褒稱天堂，怎用得個「被」字？

到了二〇〇七年三月二十五日，曾蔭權先生如期膺選（當選、獲選……），得登大位。然而在某些香港報紙，他是萬分不願意，受北京脅迫，「被」選為第三屆行政長官的了。

原刊於《信報》文化版「我私故我在」之一五五，二〇〇七年三月十五日，增訂版潤飾

7 語出陶傑。

8 梁文道，〈唐朝媚外總紀錄〉，《蘋果日報》，二〇〇六年十二月三十一日。

官腔

張愛玲〈到底是上海人〉一文[1]，以當年的官府中文告白「如要下車，乃可在此」[2]，譏諷香港民間的文采不如上海。香港早期的巴士站有兩種，一種是固定的停車站，上書「巴士停留處」（All buses stop here），一種是方便乘客就近下車的「隨意站」，站牌的英文告白是「Buses stop here if required」，簡說「Request Stop」，今日看來，可譯為「隨客之意，停車在此」，簡說「就便停車」即可。荷李活道舊警察宿舍閘門，至今仍掛了「有許可證者，不在此限」，對應之英文為「（Entry）Except with Permit」（有許可證者除外）[3]，禁令之詞，中國所在多有，「憑證通行」是也，何須曲就英文而另作翻譯？此類買辦中文、舊式官腔，雖不曉暢，但大抵仍以四字排句，固守本國以文言為高雅的標準，不奉西化白話為楷模。民國初年，滿洲朝廷崩潰，新政以西洋為師，但民間文人綱紀不墜，國人的雅俗高低之辨，仍然以故國為宗，未曾崇洋忘本。今日地鐵廣播，說「左邊的車門將會打開」，而不說「開左門」，就是西洋白話，而非中國通言。猶幸英文的「open」恰好要用主動式——「doors will open on the left」，否則吾人恐怕終日要聽「車門將會被打開」矣。

自我奴役又奴役人民

昔日的權貴、文士或庶吏，都以飽讀詩書，腹笥甚廣為榮，行文以經典章句為範，其官腔是以雅勝俗，彰顯自身翰墨歲月悠長，不是市井村言可比。西風東漸，香港受英國殖民，大陸受俄國殖民，官場一片鬼氣，新制語文教育淘洗之下，時至今日，不論大陸或香港，今之官腔，都是以洋抑中，以俗勝雅。官僚模仿西洋下層的公事語文，機械冗贅，僵固不仁，西洋的次等（non upper-class）語文，成了中國的高等公事中文，奠定了國際文化上的奴役關係。即使殖民政府引退，中國也擺脫蘇聯，此等西洋唾餘，已被中國及香港官員奉為甘露多年，自成一體，國人不知覺悟，自取其辱，令洋化中文在中國大行其道，作威作福。

1 原刊一九四三年八月《雜誌》月刊第十一卷第五期，收入散文集《流言》，台北：皇冠，一九六八，頁五十五至五十六。張愛玲原文：香港的大眾文學可以用膾炙人口的公共汽車站牌「如要停車，乃可在此」為代表。上海就不然了。初到上海，我時常由心裏驚歎出來：「到底是上海人！」我去買肥皂，聽見一個小學徒向他的同伴解釋：「喏，就是『張勳』的『勳』，『功勳』的『勳』，不是『薰風』的『薰』。」《新聞報》上登過一家百貨公司的開幕廣告，用駢散並行的陽湖派體裁寫出切實動人的文字，關於選擇禮品不當的危險，結論是：「友情所繫，詎不大哉！」似乎是諷刺，然而完全是真話，並沒有誇大性。

2 另一例，是斑馬線上的告白——「行人沿步路過」，譯自「pedestrian crossing」。

3 此乃當年所見，二〇一四年四月舊警察宿舍改建為創意藝術中心（PMQ元創坊）之後，此牌未必保存。該舊宿舍全名為荷李活道已婚警察宿舍（Hollywood Road Police Married Quarters）。

早期中國遣派之遊學生或訪問歐美的權臣貴胄，天朝餘威仍在，仍可親炙上層政客學者，觀摩上乘言文（如所謂 upper-class English），得其天真自然。後期的遊學生，多為平民，與西洋中下層人接觸，學的是欲向上遊的階級語言，多是故作複雜、假冒權威之語，得其矯揉造作，裝腔作勢。不論出國與否，幼年以翻譯文體學習西洋知識或外語者，都難免受到外來語文影響，加上本國語文意識積弱不振，誤以為西文有嚴謹語法而中文則無，久之就對中文生起語法焦慮、語法驚恐，即使尋常白話也不敢用——如上述的「開左門」，寧可西化口舌，胡說漢言。

大陸的洋化中文比香港更甚，皆因香港早年仍辨別雅俗，大陸則在共產政權之下，加速鄙俗化與工技化，成其共產中文。出身草莽的黨官將文士階級連帶高雅語文一併鬥垮，成其扁平社會；第一代黨官凋謝之後，繼任者多為理工科出身之技術官僚，好用偽科學語言，如進行……、作出……、造成……、為……創造條件等套式語，扁平與機械之官腔，鋪天蓋地，成為虐殺性靈的專政工具。

實現夢想的強力指引

近見大陸某奧運贊助商，有廣告語曰「為夢想創造可能」[4]，此語本是內地流行語，鬼氣幽深，無可救藥，香港銀行或信用卡常用的廣告詞「助你實現夢想」，反似人話。早年香港公園有經典告白，曰「狗隻不准進入」(No dogs allowed)。後遭報章嘲笑，說是訓狗而不是訓人，官府遂改為「不准攜犬入內」。今日漁農及自然護理署在郊野公園公告：「牽引你的大型狗隻」(Leash your large dog)[5]，則用機械之心（機器有「大型」而狗只有大與小），棄中文於不顧，與英文字字對譯，惟恐有失。告誡遊人不得縱放大犬，用中文講，是「大犬須由主人牽引而行」，簡說「大犬須牽掣而行」可矣。

馬騮山腳，石梨貝水塘入口，有大橫幅告示：「禁止餵飼野生猴子」。[6] 漢字本來精簡易明，寫「禁餵野猴」，有古文之權威，亦近白話，然則官府以冗長為務，亦低估市民識字水平，捨單詞而用複詞，於是四字變八。北方口語（普通話）因音調貧乏，故受到複詞枷鎖，不說「猴」而說「猴子」，但文字之辨義由目（字形）而不由耳（音

4 大陸伊利集團（伊利牛奶）為二〇〇八年奧運而寫的廣告詞，以二〇〇四年雅典奧運會跨欄比賽冠軍劉翔為代言人。

5 造句有如歌詞「輕撫你的臉」，又如昔日台灣洗髮水廣告「吹過你的頭髮，風也要戀愛」，甚有新文學氣息。公園告示之中，大犬是注意之事，故須突出而先行，故不說：主人須牽引大犬而行。

6 漁護署指出，餵猴間接助長猴群坐大。在猴子的世界裏，做「跟班」的才要貢獻食物給「大佬」，餵食或會對猴子傳遞人類甘願做其「跟班」的訊息，增加猴子襲擊人的風險。〈餵猴矮化人類，猴群襲人更惡〉，《明報》，二〇〇七年四月二十四日。

調），用單詞即可。香港通用國語教學之後，冗詞贅文，橫行無忌矣。

舊香港人說「務必」、「務須」，新香港人說「強烈建議」（strongly recommend）。回歸前後，教育署頒布〈中學教學語言強力指引〉（Firm Guidance on Secondary School's Medium of Instruction）[7]，通令全港中學實施中文教學（特准之英語學校除外）。該令初譯「確實指引」，後譯「強力指引」，終定名為「中學教學語言指引」（Medium of Instruction Guidance for Secondary Schools）。工業上有強力黏膠，政令如山，全境執行，本來可說「通令」、「諭令」、「訓令」、「申令」等。然而，有如曾蔭權說「『高度重視』與內地溝通」而不說「注重」，廣播管理局說「強烈勸喻」而不用「勸誡」一樣，新式官腔以合成複詞為主，捨具體而用抽象（preferring the abstract to the concrete），將天然語言變為工業程式，意圖削弱民眾的詞彙，令其思想與感情貧乏，易於擺布。政府原是要給予人民命令或指引的，為民之先導，一旦命令或指引錯誤，人民向之問責；如今政府竟然變成顧問、變成朋友，只是給予建議、強力建議，連議員都不是，這是推卸責任。英國作家佐治・奧威爾（George Orwell）在警世小說《1984》描述專制統治世界，其通行語言稱為Newspeak（新話），可意譯為「新官話」，奧威爾之界說為：the only language in the world whose vocabulary gets smaller every year，「世上唯一詞彙日趨貧乏之語言」也。新官話以機械冷酷的命名及造詞程式，簡化語彙以規範思想，麻痺感官，杜絕人民胡思亂想的機會，妨礙官府統治的異端邪說，不禁而止焉。

向陰間合法射擊

二次大戰期間，納粹黨在集中營屠殺猶太人，巧用詭詞，說是「施放」毒氣（gas freigeben）。一九六七年，港英鎮壓暴亂，倒是老實，明說是向暴徒「發射」催淚彈。回歸之後，妖言來了，二〇〇五年十二月，香港舉行世貿會議，韓國農民來港抗議，警方說是向示威人群「施放」催淚彈，傳媒不知就裏，竟然承襲而用。官府播弄，傳媒不智，將語言主權（所謂「話語權」）雙手奉送，令本地語言日見官僚化，失去活力，也失去批判力。《蘋果日報》二月二十六日報導[8]，大嶼山梅窩的鄉親團體，為重振當地旅遊業，將於洪聖爺誕舉行連串活動，節目包括「施放水燈祈福」及「燃放孔明燈活動」。單用一個「放」字，有何不可？北方白話同音字多，講話愛用雙音節詞，香港通行粵語，語音豐富，口語用單音節詞即可，文書更不必添字增義。有「放水燈」不說，

7　一九九七年三月二十七日頒布。

8　〈大搞洪聖誕節，振興梅窩旅遊，一百元放水燈祈福〉，《蘋果日報》，二〇〇七年二月二十六日。

偏要說「施放」，彷彿民眾領有執照，可向陰曹地府，合法射擊。[9]

說「施放」，是將行為合法化；至於宗教神聖祭禮，也加一個「活動」後綴，將之中性化，也是新官腔的特色。長洲搶包山風俗改革之後，換上工業鋼架與爬山游繩，名為「搶包山活動」。盂蘭節派祭米（平安米）受到官府強力指引之後[10]，各區日後舉行「祈福及派米活動」，將有限制。至於無綫電視報導麥加每年朝聖盛況，都說「在聖城麥加進行宗教朝聖活動。」噫！既云聖城，何不直稱朝聖，而要貶之為活動，再進而行之？

原刊於《信報》文化版「我私故我在」之一五八，二〇〇七年四月二十六日，增訂版潤飾

9 拙文刊登之後，報章略有領悟，說「點放」孔明燈了。《太陽報》報導梅窩洪聖誕，標題為〈點放孔明燈〉。然而，始終不敢講正話，說「放孔明燈」。

10 當局為防止再發生二〇〇五年有老婦在派米輪候期間意外死亡的慘劇，制訂派米指引，每人限領一包一公斤以下的白米，會場要購買第三者責任保險。《成報》，二〇〇六年七月二十日。

食字

中文以單音節詞為主，同音、諧音之字甚多，即使粵語音韻比北方話遠為繁富，亦未能免去同音諧音所致之混淆，舊時借助典故與成語，好古敏求，述而不作；今日則多造複音詞，畫蛇添足，無中生有。如北方話的「贏」字，同音者多，於是共產傳媒仿效「提取」、「賺取」、「選取」的構詞法，叫「贏取」。查「贏取」乃不合配搭，真要造複詞以辨義，口語應叫「贏得」[1]，「取」是容易，得為難也。至於書面語，單寫一個「贏」字即可，毋須跟隨口語。可惜近年蠻風南下，本地粵語傳媒也終日「贏取」、「贏取」地呼喊，不以為恥。粵語的「贏」（$jiing^4$），尤其是俗讀的「$j\varepsilon\eta^4$」（衣鯪切、低平聲），絕少同音字，口語與書面語，一個「贏」字即可。

語帶雙關

少時學中文，要讀古文，背成語，修辭忌用俚語，勿用別字，開學的購書單，必

1 唐・杜牧，《遣懷詩》：「十年一覺揚州夢，贏得青樓薄倖名。」詩中，「得」是襯字。

有《常見錯別字》之類。然而，古時笑話、歇後語、相聲等，舊日的報紙副刊、電視諧劇，都用諧音錯雜成語，混同雅俗，語帶相關，引人發噱。歇後語如「神仙放屁——不同凡響」，即混同雅俗；廣告有鞋店之「喜有此履」（粵語諧音「豈有此理」），漫畫有「毛錢聯婚，何府宴客」[2]，旺角瓊華酒樓之「邊個話我傻」[3]，電視節目《歡樂今宵》之類的詼諧小品，偶有妙語如珠，令人嘻哈絕倒，回味無窮。如當年編劇黎文卓有經典笑話一則：政府每年重估差餉之後，總是大幅度增加差餉。政府無錯，只是市民讀錯字而已。讀錯何字？重估的差餉的「重」字，應該讀「輕重」的「重」，不該讀「重新」的「重」也。

久之，此等玩弄諧音、錯亂詞義而生詼諧惹笑效果之技巧，本地寫作人稱之為「食字」。粵語「食」字甚有古意，可以上溯先秦。《孟子‧滕文公下》有食志、食功之辨，謂封賞食祿，應以功（功勞），不以志（動機），士人即使陳義高尚，無功於民，亦不應因志而得食。上世紀八十年代，香港經濟轉型（由製造業轉向服務業），本地流行諺語，也有「食腦」一詞，意謂不靠蠻力而靠腦筋，靈活變通，闖出新天。

文醜與文賊

「食字」即是以字為食，靠玩弄文字謀食。如編喜劇、寫笑話一樣，食字玩弄成語，是消耗社會規範的危險生涯，必須把握分寸，不可悖禮，否則就是自掘墳墓，自尋死路。喜劇之所以難為，是因為喜劇是嘲笑失禮的上流社會，激勵上升之下層人，重新鞏固禮教，奠定正義。喜劇以幽默感和人情味來掩蓋下層人的鄙俚言詞與尖刻嘲諷，樂而不淫，哀而不傷。假如喜劇的玩笑開得太大，諷刺得離譜，連上流社會的清流雅士也一竹篙打倒，下層人「上位」之後，又貪婪無恥如故，則社會規範顛覆淨盡，無以為繼（是故金庸寫韋小寶之後便罷筆）。港式喜劇電影今日開到荼蘼，自嚐苦果，就因為玩笑開得太大，無人不奸，無語不鄙，男盜女娼，綱常墮落，無人性，也無人情。

同理，「食字」是靠社會對成語知識，對雅俗辨別，有堅固掌握，於是改動一兩個字，即可一語雙關，教人莞爾。改得吉慶滿堂，更是可喜，如新年揮春之蝙蝠圖案，即以「蝠」寓「福」，蓮子即「連生貴子」，蓮藕即「佳藕天成」，祭祀以蔥寓「聰明」，以芹寓「勤勞」，年糕即「步步高升」。改得離奇怪誕，沒了幽默感與人情味，純是為改而改，了無語帶雙關之喜，兼且不顧媒體之雅俗，則只會令讀者啼笑皆非，創作人自討沒趣。如無綫電視的有獎遊戲節目將「掌門人」改為「獎門人」（節目名《超級無

2 姓毛的與姓錢的結婚，由姓何的出面宴客。粵語諧音，（既然）「無錢聯婚，何苦宴客也」。

3 粵語「誰説我傻」之意，往昔學生常誤認「糉」字為「傻」字。糉，今多作「粽」。

敵獎門人》），除了諧音，毫不耐讀。「獎門人」有何深意可言？觀眾也不是進門即有獎，節目主持人也不獎賞門人，純是亂套。

香港回歸之後，斯文掃地，「食字」廣告與標語口號，泛濫成災，讀者成語知識混淆，積非成是，日後即使改動成語，也無人識笑矣。例如十幾年前的色情片名，好玩弄諧音，《豐乳同露》可取，《借叔一蕭》尚可，等而下之，則是露骨不文，失卻雅趣了。近年，電影有《軍天壯志》；推銷黑色巧克力，說「休息片黑」；明星方力申推銷白米，說「米中極品，全申力量」[4]，都是生硬無文，為改而改，讀來意趣索然；至於暢銷大報以「誰乳爭峰」為大字標題，大銀行用「財息兼收」、「有升有息」之語，官府宣傳也說「智」在必得、親子「悅」讀之類[5]，則是不辨雅俗，自居末流。到此地步，「食字」已是消耗文化根底，食老本，侮辱民智，戕害文化，其創作文人及宣傳機構，不是文賊，也是文醜了。

錯有錯着

二〇〇七年三月七日，《信報》第六頁讀了一則大字悼亡啟事，題為「永懷利榮森先生」，希慎興業有限公司董事會發出，懷念前公司主席利榮森先生功業，內有「高瞻遠足」一詞。大集團董事局悼亡啟事如此莊重之事，竟也寫錯字，報紙也不加審閱，照登如儀，香港對文辭如此漫不經心，可謂斯文掃地。

「高瞻遠矚」，「高瞻」與「遠矚」，本是對偶之詞，舊文稍有基礎，都不會聯想到行山遠足，拿先賢尊長來玩「食字」也。網上也有人寫錯此成語，不過其中有一家是中國內地移民公司的大字口號，算是傻人有傻福，錯有錯着矣。

原刊於《信報》文化版「我私故我在」之一四四，二〇〇六年八月二十四日，增訂版潤飾

按：本文乃刪節本，只採其文字討論成分。原文結集於《農心匠意》，花千樹出版社，二〇〇八。

4 二〇〇六年三月，金源米業推銷金象米所用廣告。健碩演員裸背，手持飯碗，諧音寓意「全身力量」云云。
5 二〇〇六年四月十一日，教育統籌局秘書長甚至出席名為「悅讀交享樂」的活動。

正體

是日報慶，宜正體直排。三十五年來，《信報》維持中文直排為主，橫排為輔，直排文章不以阿拉伯數字入文，九七之後，香港報紙紛紛夷化之際，《信報》依然故我，成了中國文字的域外孤忠。[1]至於曹仁超先生的「投資者日記」，文言白話與英文諧音夾雜，雖是遊戲文字，卻是古道熱腸，是港式「三蘇」體的文化保留地。有了他押尾陣，其他人就不敢放肆了。

正體直排，行文素潔，是舊日香港正道報紙的最低要求，今日已是最高的報格了。語文是最後一道文化屏障，中文不再正體直排，西文與阿拉伯數字便乘虛而入，漢文正統就沒落了。正道報紙要直排，接通漢朝制定楷書以來的文脈，這是文化國格，連日本人都懂得的。

程十「發」病逝

正道須以憂患始，不妨以一喪氣之事說起。香港既有富豪李實發，李大發、李十發之類自是有的。大陸人口十三億，在悶聲發大財的中央號召下，叫大發、十發、萬發的人，所在多有。二〇〇七年七月十九日讀《信報》，新聞版第十三頁，題為〈國畫大師程十發病逝〉，通篇報導連帶照片註明都是「程十發」，當下有兩重悲哀。第一重是大師西去，丹青之林，又少一人，而且這大師難得也畫插畫和連環畫，兒時讀《阿Q正傳》、《聊齋誌異》，看過他的插畫。其時只知有人叫「三毛」，豈有人名「十髮」？翻閱字書，才知「髮」是古代度量衡制度，寸之千分之一也。《說文》曰：「十髮為程，十程為分，十分為寸。」因「十髮為程」，故大師姓程、名十髮就有妙趣。[2]

第二重悲哀，是記者編輯恐怕將大陸的簡體字新聞稿〈国画大师程十发病逝〉按鍵轉為繁體之後，也不重看一下，或是看了，不識畫家程十髮。中共國務院規定出版物要簡體橫排及以阿拉伯數字入文（重印古籍除外），香港徵引內地消息，易出差錯。然則，《信報》仍不如香港頗多執意阿拉伯數字化的報紙，不至於寫成「程 10 發」，也聊可安慰矣。同年十二月六日，柳葉在《信報》副刊紀念大師，先寫程十發，後寫程十髮，不知逝者何人。[3] 年前，我在書展上看了《尺牘 10 講》，胡傳海著（上海書畫出

1 即使《信報》臨時網站的中文欄目也有用直排的。

2 二〇〇七年七月二十日，《信報》副刊劉健威悼文〈程十髮去了〉，正確。

3 柳葉，〈紀念一套連環畫〉，《信報》副刊，二〇〇七年十二月六日。

版社，二〇〇三），講歷代書家的尺牘章法，封面是橫排的印刷體，「十」寫為「10」，大煞風景。幸而詩人李金髮於一九五一年自駐外使館移居美國，一九七六年終命異鄉，避過身後不得正名之辱。

祖先神靈俱受辱

工序外判大陸，名字隨時受辱。二〇〇一年五月，香港中央圖書館啟用，台階刻有名人金句，其中錢鍾書《寫在人生邊上》的摘錄，「鍾」字誤作「鐘」字。[4]至於姓趙的，找不到簡化偏旁，中共負責漢字簡化的一幫文痞，竟用打「×」的方法，「趙」成了「赵」，如政治批鬥，祖宗十八代都罵了。姓蕭的很多被幹部強迫改為姓肖，漢姓混同了契丹及蒙古姓[5]，祖宗化夏為夷。原本姓「戴」的，被改為普通話同音的「代」。[6]「鍾」「鐘」兩族，簡化為「钟」之後，被迫同宗。大陸擺壽宴，變了擺「寿」宴，減筆折壽，大吉利市。業醫的老一輩，視醫為精密之學，也不喜歡簡化的「医」字。

莫說是人，當世做神仙的，也會辱及。二〇〇七年香港《法國五月》（Le French May）的十五周年紀念刊物印刷本，訴說香港五月節日，凡聖包羅：「中國的五月不但滿天神佛，而且節日一個接一個：佛誕、天後誕、譚公誕、國際勞動節，還有中國青年節，想不到五月還滿多節日吧？」[7] 貪圖工價便宜，請內地人編書，「后」「後」不分，「天后」娘娘到了香港，自要改稱「天後」娘娘了。不印成「後天誕」，已是校對有功了。

一黨專政之文字符號

見微知著，簡體字道出中共粗疏急進的現代化策略。新舊並存還是去舊革新，是現代化最核心的策略。君主立憲是並存，在過渡之中不斷改良；廢帝制而試行共和，

4 見《蘋果日報》二〇〇一年六月六日報導，〈鼎鼎大名，竟然弄錯——中央圖書館不識錢鍾書〉。康文署解釋原稿無誤，應是大陸刻工心中並無分別，以致犯錯。

5 漢族有肖姓，但極為罕有，僅見於明代《萬姓統譜》及其以後的某些地方志，多為漢朝之例，近代幾乎絕跡。反而滿洲、蒙古、回族及土家則多肖姓，惟讀音不同（國語 xiao，讀平聲）。肖姓契丹的族源為回鶻，肖是漢姓。蒙古姓肖德，漢文簡稱為「肖」。隨第二批《漢字簡化方案》之推廣，不少人滋長了避繁趨簡的思想，把已經簡化了的「蕭」，再簡化成「肖」。

6 一九八二年，山東濟寧市韭菜姜村一群原本以「戴」為姓氏的村民，在當局統計戶口時，職員卻為方便書寫，將他們的姓填成與戴同音的「代」。二〇一九年五月，村委承認錯誤，村民恢復戴姓。參閱〈職員貪方便亂填姓氏，村民苦候 37 年終改姓認祖歸宗〉，《東方日報》，二〇一九年五月二十七日。

7 《法國五月》，Association Culturelle France-Hongkong，二〇〇七，頁四十五。Sky Design 出版。當時的網頁則無寫錯。

是遽然行革命。正體與俗體及手寫草書並存，觀其興替，是改良；通令全國行簡體，禁制正體，則是革命。中共強令推行簡體字，禁制正體字，只在古籍重印及書法題詞容許正體字，有如一黨專政，只留下民主黨派和政協做裝飾花瓶。

楷書有楷模之意，魏晉時，楷隸演變為正書，隋唐時統整字形，為歷代之正體。正體字用於刻板印刷，也稱正版字，簡體字舊稱「簡筆字」、「簡化字」，後來中共正名為簡體字，另造「繁體字」之名，與簡體字相對，企圖淡化「正體字」之名位。文字乃國體所依，簡體字乃當年用以快速散播共產思想之工具，如以「斗」代「鬥」，當年在蘇區（中華蘇維埃）稱為「解放字」。舊時中國，手寫的減筆字與正體並存，如禮字之古體為「礼」，但由於與「札」字混淆，故另造「禮」字，以「豊」為音，「豊」亦是祭禮所用之禮器（從「豆」，食器也），手寫仍可作「礼」字。若以立法規定「礼」字替代「禮」字，則無視古人造字之原委與文明之演化，以為是復古，其實是復歸蒙昧與野蠻。

漢字定型以來，三千多年，都是繁化與簡化並行，繁化以辨義，簡化以利書，兼且俗體及行草書體並用，只在中共建政之後，才有中央政權主導下的系統簡化，且以國法推行。中國歷朝都有新造字，但容許舊體，也容許異體字，學子兼收並蓄，日後考訂文字，辨別雅俗，有個根底。

簡繁演化，一任俗成

工業化的社會強調標準，以同質性促進快速交流，新建國家都提倡標準語及典範字。然而中國是古老文化國家，文字與交流語之統一，應從緩漸進。字體隨世人之應用，自會演化，繁簡有所依歸，不必明令強行。舊時我讀小學，中文老師教的正體字，今日很多都採用了原本並存的簡體。如臺灣的「臺」，今通寫作「台」，鬭爭的「鬭」，今日都作「鬥」，「豔」變了「艷」，「鏽」亦作「銹」。同理，「軟」取代「輭」，「砲」取代「礮」，「咀」代替「嘴」（地名），「岩」代「巖」，「灶」代「竈」，「飢」代「饑」，「晒」代「曬」，「伙」代「夥」。「糉」今作「粽」，「癡」今多寫為「痴」。「證」與「証」仍是並存，「蘇」與「甦」仍有分工，「衞」與「衛」則通用後者。[8]往日「纔」與「才」分工，一為虛字[9]（我纔知道），一為實字[10]（天才的才），分工雖然合理，但「纔」字難寫，只好從簡。往日「群」「羣」並立，「峰」「峯」相連，「床」

8 「衞」是正體字，「衛」是俗體，以往無論「衞生」、「防衞」、「衞星」，都一律用「衞」。

9 今稱邏輯副詞。

10 今稱名詞。

「牀」同用，「麵」「麪」互見，今都以前字取代後字矣。舊日的「鋪」與「鋪」，今日仍是分工，電掣、手表與身份等，尚在香港。

少時讀書，小學課本寫的「麪飽」，今已改作「麵包」。「飽」字與食飽的「飽」字混淆，後來包就缺了個「食」字。然則自此之後，後人難以領略唐伯虎之絕聯「食飽包食飽」矣。民初，另創了「麭」字，經不起時間考驗而湮沒了。至於那個「麪」字，換了「麵」字，標音的字由生僻的「丏」改為熟悉的「面」，倒是合理，麥字部首仍在，看得飽肚。大陸的簡體字「面包」，沒了食字，連麥字都消失了。食面做的包，或面上長出了包，盡是觸目驚心，山西的「刀削面」更是嚇人。大陸人習以為常，看得順眼，是由於語文感覺自小已經蔫死了。

原刊於《信報》文化版「我私故我在」之一七九，二〇〇八年七月三日，增訂版潤飾

簡筆

自小在農牧工會看《人民畫報》等大陸書刊，幾乎是同時學會兩種字體，初中的時候在土共資助的元朗書店買內地的武術書籍，用五角錢港幣買了書店櫃台擺放的《簡化字總表檢字》，認識了簡體字的簡化方法及例外。當時在學校和港台書報讀正體字，在大陸書刊讀簡體字，香港坊間有俗體字和減筆字，古籍有古體字和異體字，見一個認一個，只覺得有趣，無礙學習。舊日香港各式文字並行，是不經意的文化民主。

豐富多姿的舊時文字

舊日無電腦打字，鉛字排版昂貴，商業用字多是手寫張貼，社團的印刷品多是手寫油印，俗體字在舊日街招告示、傳單小冊、唱片封套、戲院畫板及茶樓酒肆，處處可見，今日僅存於舊時歌譜及粵語長片字幕矣。「點」字寫作「奌」，「飛」字寫作「弍」，「年」字寫作「𠦜」，「藥」簡化為「葯」，「戀」簡化為「恋」，「褲」簡化為「衭」

等，「製」字簡化為「⿱制二」，「艷」字另寫為「艶」[1]，「夜」字另寫為「亱」，俗體字一般省筆，然而為了辨義或裝飾，也有增筆之處，如在「人」字的橫捺之上多加兩點，以辨別「入」字，或嫌「雙」字不成雙，用兩個「雙」字合併成「双」字。與學校講課的刻印書籍教材不同，俗體字來自各式的手寫本，並無範本，是自成一體的民間文字傳承，然則如今都被普及的學校教育及便宜的電腦打字淘洗去了。正體字在港台仍有傳承，仍有人堅持其文字正道，然而俗體字之消逝，如很多方言的消逝一樣，無人注意，無人憐惜。

兒時學校視簡體字為共黨字，俗體字為坊間流俗，前者視作政治禁忌，嚴禁使用，後者如有減筆成分，如「药」、「点」等字，寫之無礙。公開考試禁寫簡體字之令，在上世紀八十年代中期之後放寬，考試當局並無解釋，然而想必與中英簽署聯合聲明，奠定香港回歸有關矣。

法定簡體，其弊有三

正體字有典範的楷書刻印標準，簡筆字與俗體字的地位一樣，只屬於異體字。大陸頒布簡體字為法定用字之際，廢棄正體字之名，改稱「繁體字」。繁體之名帶有貶義，誣陷傳統文化為繁複、繁雜、繁瑣。即使不稱正體，也應稱為「原體」或「舊體」。

中國有兩次大型的字體改革，第一次是秦始皇時期，第二次是中共統治時期。秦始皇「書同文」之舉，乃統一戰國時期各國字形，便利交流，屬於文字整理而非文字創造。共產黨的文字簡化，是政權主導及強制推行的文字創造，將漢字筆劃簡省，忽略了漢字的源流和造字規律。當代整理漢字，應以類似往日翰林院的穩當機構（今日可稱「國家語文委員會」），定期訂正，商議執行，而不是一批頒布了事。中共法定簡體字之最大流弊，是違反漢字約定俗成的漫長成文過程，改以體系性質，急速大批造字，且以共產國家的權威強令執行。一批過的文字簡化，令造字原則受到某些學者的成見所限（在中共是一群不學無術之徒），顧慮不周。中共建政初期，銳意鏟除舊文化，從不考慮日後會有傳統文化復興之事。如簡體的「后宮」，是皇后的正宮還是皇帝的後宮，當年就不加顧慮，反正封建舊物一掃而光了。同理，「餘」簡化為「余」，也是設想將來國人不會用「余」來自稱；化「鹹」為「咸」，也是設想後人少用咸為虛詞。將「願」簡化為「愿」之時，也不會預計今日內地人竟然重新讀起《論語》來，讀

1 左邊的「豆」字，以簡化後的「亞」字（亚）代替。粵曲唱片《璇宮艷史》即用此字。

到「鄉愿」這個詞（愿是謹厚之意，與願不同義）。某些生僻字，日後變成常用之後，便來不及簡化，如中共辱罵西方「政治挑釁」的「釁」字。

其二，中文之詞組並無分隔，端賴文意辨義，是故歷代添文造字，演化字義，增強文字傳意的準繩。中共以簡化字取代歷代的新造字之後，難以預計日後中文的構詞組合。如廢棄了「製」字，生物化學興起之後，用簡體字寫「制氧」，不看前文後理，誰知是抑制氧氣還是製造氧氣？實驗室從內地買來一個細菌培殖箱，環境控制鍵板上有一個「制氧」的鍵，香港的技術員敢貿然按掣嗎？特別是第二批簡化字（一九七七年頒布的「二簡字」，後廢除），混淆更多。如新詞「午後」與「舞后」流行之後，簡體字「午后」是午後還是舞后？正體字的「午後請舞后喝茶」，很是清楚，換了簡體就麻煩了。即使五十年代頒布的第一批簡體字，在「船隻進入運河」與「船只進入運河」之間，簡體也是無從分辨，若要辨義，唯有增詞另述。至於大陸的色慾笑話，女子向男友傳短訊「來我家吧，我下面給你吃」，文意曖昧。

其三，是簡化的文字學義理不一致，悖理之處甚多。簡化之時並無考慮字形之傳承，將之視為任意處置的符號，使新造的字不再適六書的規律。比如「文」字在「這」（这）字中表示「言」，在「劉」（刘）字中又何所指？「團」字之中，「專」是聲符，簡化成「团」，方框內的「才」是何物？「鷄」字左邊的「奚」，原本表聲，簡化為「鸡」字，左邊的「又」全是符號，毫無道理。如果說「又」就等於「奚」，但同樣的「又」，放在「漢」字裏寫作「汉」，在「歡」字作「欢」，在「僅」字作「仅」，在「鳳」字作「凤」，在「鄧」字作「邓」，在「戲」字作「戏」，在「樹」字作「树」，在「對」字作「对」，在「轟」字作「轰」。再比如「乂」，在「趙」字中等於「肖」，在「風」字、「岡」字、「區」字、「網」字、「鹵」字中又是何物？簡體字因為破壞了漢字結構，也就使得簡體字不倫不類，一些簡化符號既不能表音又不能表意。「傳」、「搏」、「轉」、「團」字原來都是同一聲符「專」，現在卻變成「传」、「抟」、「转」、「团」，「團」字和其他字之間看不出聯繫何在。

在聲符簡化方面，由於中共簡體字與普通話同時強令推行，有消滅方言之策，故此簡化時只以北音為主，歧視其他方言：如「艦」之簡化為「舰」，「釀」之簡化為「酿」，「竊」之簡化為「窃」，都是以北音為主。正體字「艦」、「釀」和「竊」的聲符，在粵語和北方官話都是同樣讀得出來的。「鬱」字簡化為「郁」，也是遷就北音。廣東原有的簡化字，如「袴」字，由於不通北音，就無採用，「褲」只是簡化為「裤」，省不了多少筆畫。

省字增文，枉作小人

為了加速政治宣傳，中共以簡體字「掃盲」（掃除文盲的簡稱，文明社會叫「識字教育」）。以文字學義理而言，簡化字復用古體字，以「同音通假」的方法淘汰歷代的新造同音字，是違反文明演化之理。常用字之通假（如麵、髮、鬆等），混淆尤甚。通假字是異字同寫，化詞為音，如「干」（干幹榦乾乾）、斗（斗鬥）、后（后後）、面（麵面）、谷（谷穀）、发（發髮）、余（余餘）、咸（咸鹹）、复（複覆復）、松（松鬆）、吊（吊弔）、念（念唸）、挽（挽輓）、冲（沖衝）、郁（郁鬱）、历（歷曆）、庄（裝莊）、获（獲穫）、佣（佣傭）、纤（纖縴）、御（御禦）、折（折摺）、范（范範）、钟（鐘鍾）等。原本是望文生義，通假之後變了憑聲猜義，中文局部變成拼音字，意符變為音符，加上同時推行音調貧乏的北方普通話，同音字多，行文講話需要大量採用複合詞來辨義，致令內地人不論在口語或是文書，多是囉囉唆唆，正話曲說。文字簡化了，卻換來長篇累牘。

簡體字易寫難認，乃造字學之一大敗筆。很多簡化字由行草而來，書寫方便，印刷成書卻難以辨認。乌鸟马、风凤凡、气乞、丰主、无天、厂广、泸沪、阴阳、远运、从丛、汇江、仑仓、厉历、义乂、风凤、设没、划剗，驟眼看不出差異。涉及邏輯虛詞如「沒有」與「设有」、「沒法」與「设法」、「沒想」與「设想」，一字看錯，全句讀錯。進入電腦打字時代，中文輸入法可減正體字書寫之困，而且字體筆畫愈多，輸入的編碼反而愈少，字形也鮮有重複，打正體字變得比打簡體字更快。假若當初是逐步整理字體，而不是一次頒令，便可以靜待印字技術演進，不至有枉作聰明之憾。猶如當年大陸如果容許自由經濟與國營企業及農業公社混合並存，不一次過強制推行共產主義，大陸也不會延誤國計民生三十多年。

傷殺語言心靈

簡體字之大患，是傷殺國人的語言心理意識。簡化字禍及造字理念，內地人也慨歎文字簡化之後，「親不見，愛無心，廠空空，產不生。」簡化字形妨礙象形字的規律，打擊國人對獨一無二的華夏文字系統[2]的文化自信，加速中國文字的符碼化，這恰好是配合早年中共要將漢字拉丁化、完全脫離傳統文化的計謀。古人即使造新字，也顧及象形，如白雲的「云」字借用作說話的「云」之後，就另造「雲」字。甲骨文及金文的古體「ㄛ」字略有浮雲舒卷之形，楷書乃有「雨」字以象形。漢代許慎《說文》

2 當然，以佛家之理，也可認為簡化字是摧毀漢字呈現現實的幻覺。

曰：「象自下而回轉而上也。」（見插圖）今大陸簡化成楷體的「云」字，以為是恢復古字，實則是食古不化，書體不同，由古體蝌蚪篆文轉為楷體鐵畫銀鉤之方塊字，就失了象形之義了。[3]至於與說話的「云」字混淆，就懶得理會了，當年怎料到今日大陸竟然時興「子曰詩云」的古書，學界明星在電視開講國學？

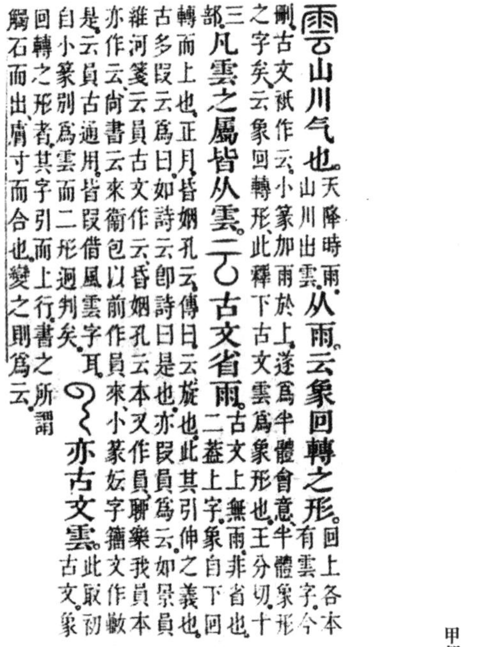
雲山川气也。天降時雨，山川出雲。从雨，云象回轉之形。回上各本有雲字，今刪。古文祇作云，小篆加雨於上，遂爲半體會意、半體象形之字矣。云象回轉形，此釋下古文雲爲象形也。王分切。十三部。凡雲之屬皆从雲。云古文省雨。古文上無雨，非省也。二蓋上字，象自下回轉而上也。正月，昏姻孔云，傳曰：云，旋也。此其引伸之義也。古多叚云爲曰，如詩云即詩曰是也。亦叚員爲云，如景員維河，箋云：員，古文作云。昏姻孔云本又作員。聊樂我員本亦作云。尚書云來，衛包以前作員來。小篆妘字，籀文作[illegible]。是云、員古通用，皆叚借風雲字耳。自小篆別爲雲，而二形迥判矣。[seal]亦古文雲。此取初古文象回轉之形者，其字引而上行，書之所謂觸石而出，膚寸而合也。變之則爲云。

其次，是文字美學與書法修養，正體字乃由楷書法帖而來，空間線條勻稱，寫之讀之，心正氣平，有駕馭複雜事態之耐性，使人做事恰如其分。如手書正體的「鹽」與「鬱」，無疑是難，但寫之各部呼應，令人做事顧慮周到，留有餘地。中共推行簡體字，是要斬斷正體字傳遞的人文美學，方便鼓吹言文鄙俚、行動粗暴、不留餘地的政治鬥爭。今日大陸很多人言談喧嘩，行動魯莽，不識大體，也略可歸咎於簡體字以醜為美之積弊焉。

原刊於《信報》文化版「我私故我在」之一八〇，二〇〇八年七月十日，增訂版潤飾

補遺：

恢復以前做法，印刷、公文用正體，手寫、便條可用簡體。

無聊簡體被駁斥：「請付校長」，不知是付予校長還是請副校長。[4] 樹葉的「叶」字，解作「葉」還是「協」好呢，是「樹葉」還是「樹協」（樹木協會）呢？干細胞（幹

3 再如「電」字，甲文及金文有閃電之形（見圖），篆文如「申」，後改為「电」，楷書有雨字以象形，今大陸簡化成楷體的「电」字，也失了象形之義。

甲骨文　金文　篆書　隸書　楷書

4 二簡字，是中國文字改革委員會繼二十世紀五十年代《漢字簡化方案》提出後，在一九九七年十二月二十日提出來的《第二次漢字簡化方案（草案）》中的簡化漢字。二簡方案分為兩個表：第一表收錄了二百四十八個簡化字，推出後直接實行；第二表收錄了六百零五個簡化字，推出後僅供討論，沒有直接實行。一般認為這個方案把一些不應該簡化的字簡化了，又把一些應該簡化的沒有簡化。並且簡化得過於簡單，社會上使用「二簡字」過於混亂。中華人民共和國國務院因為「二簡字」的簡化不成功，廢止了這個方案，並指出了：「今後對漢字的改革要持謹慎態度，使漢字形體在一個時期內保持相對穩定，以利社會應用。」

細胞？乾細胞？stem cell？）

領導人破格之專權：溫家寶的信，從信封到信函到題字，都不寫簡體字。可見簡體字對於高高在上的領導人來說，是不大鄭重或不成氣候的文字。若把「葉」姓的校長寫成「叶」，溫家寶寫成「宝」，題詞的「精衞」寫成「精卫」、「憂天淚」寫成「忧天泪」，就無法突顯溫總的文化素養了。溫總題的兩句詩是：「杜鵑再拜憂天淚，精衞無窮填海心。」中華基督教會桂華山中學的學生在二〇〇七年八月二十二日獲得溫家寶回信及題詞。

粵字

政府吊吊揈，市民危危乎。二〇〇八年六月十八日，旺角漢普頓酒店被法庭執達吏查封[1]，驅逐人客，數十內地旅客頓失所依，徬徨無助，民政官員姑且將之安置於露宿者收容所，引致旅客不悅。政務司司長唐英年兩日後於立法會為此事開脫，以俗語「嗰班友吊吊揈在街上拎住行李」形容旅客之窘態，民政處只是為之籌措落腳梳洗之地，並無屈辱之意。可惜唐氏出言不雅，惹來輿論嘩然。「吊吊揈」是昔日鄉野粗言，讀 $diu^4 diu^2 fing^6$，「吊」是「屌」的諱稱，猶如《水滸傳》花和尚魯智深衝口而出的「鳥」字。語言粗野，本無所謂，只是不宜宣之於廟堂之上而已。「吊吊揈」猶如北方話「吊兒郎當」，乃指男子無所事事，放浪不羈，一任襠下陽物晃蕩，虛度歲月。「吊兒郎當」已入文，其本義已失，「吊吊揈」比喻事情虛懸無着，不過由於意象新鮮勇猛，即使唐司長諱讀「條條揈」，此語仍是不登大雅之堂也。

1 漢普頓酒店位於旺角長沙街十一號，乃國民黨黨產勞工大廈股份有限公司（勞廈）持有。勞廈早前就重建漢普頓酒店被東亞銀行追債一案被裁定敗訴，勞廈一方須償八千二百萬餘元欠款，並交出酒店大廈以抵債。見〈漢普頓酒店突遭查封〉，《文匯報》，二〇〇八年六月十九日。

電腦加速復正

同年七月六日，中共副主席習近平巡查香港，與沙田馬術主場館開會之際，記者區一幅假天花忽然塌下，兩支鋁質風管下墜，晃蕩有致，似是迫不及待，破殼而出，歡迎北大人到訪。報紙再以「吊吊揈」形容此事。拜電視推廣、電腦造字及通俗報章之賜，兒時只能用諧音諺文或英文拼音暫代之粵字，如今都一一復正了。上世紀八十年代，香港無綫電視節目《每日一字》（一九八三至一九八七）聘請學者林佐瀚講解文字疑難，有數集談到粵語有很多講法其實頗為古雅。林博士還到圖書館翻查這些字的正音、正寫，於節目中展示。有不少已被遺忘的古字，如「攰」一字就因此而廣為人知。[2] 踏入二十一世紀，香港本地文化身份覺醒，文化鄉愁形成，電視台紛紛聘請文字學者在電視暢談粵語本字及粵語正音，二〇〇六至二〇〇七年香港無綫電視播放的《最緊要正字》，將「打甂爐」（吃火鍋）、「臊𦧲崽」（蘇𦧲崽、蘇蝦仔）[3]、「皮篋」（皮箱）、「騸雞」（閹雞）等字之本來面目，都一一考證還原。

粵字來源甚古，如鼎鑊之「鑊」字，可以上溯西周銅器，北方話的「鍋」字反而後出。粵語湯雞殺鴨的「湯」，假借自燒水成湯，以熱湯剝毛宰禽，然而新造的俗字「劏」，音義俱全，更勝一籌。本字的「無」，因已轉音，無法取代新造俗字「冇」。

考究出來的本字「睼」，也不敢流行多時的俗字「睇」，可見俗成之力，大於約定。至於代替電梯與升降機的「𨋢」（lift）字，乃香港近年新造，古代所無；諧音之潮流語「hea」字，尚待造字[4]；俗語「冚 bang 冷」（全部、通通），則語源不詳，有說是「咸不剌」、「合不剌」之音轉，自北方土語「不剌」而來，「咸」與「合」都有全部之意，也有說是來自阿拉伯語。漢字非拼音文字，與口語難以一一對應。言文之分離，正可統合各地方言，使國人之口語不必定於一尊也。

舊時不識本字，便以諧音代字，如「fing」代「揈」，或另造同音字代替，如「噏」代「篋」。學校教授正字之後，兒童自學俗字及粵字，是平行的識字教育（para-literacy）。香港在上世紀八十年代之前，歌書有「攰」（疲倦）字，通俗漫畫有「搵工」（找工作）、「[扌流]銀」（撈錢）等字，報章廣告有電子瓦「罉」和電飯「煲」，然而只有俗書、漫畫及小報用粵字。一般行文用粵字引用口語，大都加上引號[5]，以示自己知書

2 若根據《廣州話字典》，此字寫作「癐」，謬也。

3 「仔」乃「崽」之俗寫，「崽」字已見於甲骨文。惟北方人用的「崽」與「子」字連用，略有貶義，如辱罵人家為「兔崽子」、「猴崽子」，頑皮小畜生是也。

4 此字可追溯至一九九五年，至今仍未造成漢字。一伙人無聊過日子、愜意度日，謂之hea。

5 例如劉以鬯在一九六三年寫的小說《酒徒》，內有一句：「路邊有人賣『新嘢』」。見《酒徒》，海岸，一九六三，頁二六六。

識禮，不入俗流。粵語乃古語，用字造句精簡，有如古文，況且粵人崇尚文翰，引用典故，出口成章，文章講求古雅，都以天下通言——文言入文。粵語聲調繁富，口語鏗鏘，粵人比諸北人，更愛講四字成語，口頭也保存「有何貴幹」、「成何體統」、「求之不得」、「歡迎之至」、「實不相瞞」、「話雖如此」、「因何解究」、「唔怪之得」、「唯你是問」、「豈有此理」、「曾幾何時」、「老幼咸宜」、「（你落得）如斯境地，我深表同情，可惜我愛莫能助」、「不問猶自可，一問一把火」等古語文法。[6] 北人在元明清三代，與外族交流頻繁，音調趨向貧乏，即使講了成語古語，也難以循音辨義矣。

往昔外地官員來粵視事，士人南下講學，粵人也用文言古語與之應對，以示嶺南儒雅。久之，粵人不寫粵字，粵語之本字散失，變成有音無字。粵字只在通俗小說、曲譜及唱本（如《粵謳》[7]）出現。通俗小說如《倫文敘故事》，雖用粵字，大體仍是文言。西洋教士向俗民傳教，也用粵字《聖經》，建立太平天國的洪秀全在廣州讀到的《新約聖經》[8]，就用粵字，如用「我哋兩仔爺」來寫耶穌與天父，村夫老媼，都可解矣。

傳意效率為虛

然而到了上世紀八十年代後期至回歸初期，短短二十年間，粵字竟有升上廟堂之勢，最明顯者，乃港產片字幕多用粵字口語，不再用書面文話。《蘋果日報》在一九九五年刊行之後，以「不扮高深，只求傳真」為口號，率先大量採用粵字以親民，逢迎俗民以及自俗民階級上升之本土中產者。其他通俗報紙沉不住氣，紛紛追隨，連港督彭定康的講話，為求傳情，都用粵字記錄。至於港府公然使用粵字，是一九九五年的交通安全宣傳口號「酒精害人，開車前咪飲」及防止濫用毒品廣告「生命冇 take 2，請小心演繹」。地鐵近年有防止衝門口號「聽到嘟嘟聲，停低你至精」，大陸遊客大惑不解，投訴之下，已焉停用。

我曾在一九九五年研究粵字復興之事，論文於一九九七年在《香港應用語言學報》發表[9]，大體以（誤解之下的）傳意效率及本土文化身份，解釋此事。中國之文言，文雅精簡，又有深意，乃千錘百煉之句式，其傳意效率本來高於白話。例如警告牌上寫

6 有文言虛詞（何、豈有、咸），有將賓語置於動詞之前（求之不得），以「是」連接賓語及動詞（唯你是問），都是古代語法。情況有如「莫須有」的套語，保存了宋代的口語詞「莫須」，大概、也許之意。

7 招子庸撰，成書於一八二八年。前香港總統金文泰（Cecil Clementi）通曉中文，國語及粵語流利，編譯《粵謳》，以《廣東情歌》之名（*Cantonese Love Songs 1904*）在牛津大學出版社出版。金文泰於一九二五年至一九三〇年出任香港總督，在華人場合，以粵語演說。

8 成書於一八七三年。

9 From Dialect to Grapholect: Written Cantonese from a Folkloristic Viewpoint. *Hong Kong Journal of Applied Linguistics*, 2(2), 77-91.

「勿餵野猴」是文言，「不要餵飼野生猴子」是（官方自以為的）白話，然則何者之傳意效率為高？至於政府口號「開車前咪飲」的「咪」字，其實是「勿」字的變音。口語講「咪」，當然明白，但化諸文字，警醒駕車者不寫「勿」而寫「咪」，反而混淆，原因是「咪」字也是mile（英里）的俗譯。至於地鐵之口號，大可改用文言，夾雜諧趣粵白——「警號停步，人人識做」，既押韻，又通解。傳意乃在於文技與文心之綜合運用，以粵字入文，捨文言而用白話，並非傳意之唯一良方也。

本土身份為實

香港捨棄通用中文而流行粵字粵白，一如台灣之通用閩字閩白，顯示往日大一統之中國、文化想像之中的中國，已焉消亡。香港位於中國政治之邊陲，本是保存文言古風的語言孤島（德文Sprachinsel），可惜大陸倒行逆施，用簡體字，講野蠻語，自外於文明禮義，令港人無北慕中原之心，上一代來自內地故土的文雅之士（如老報人及國學家）離世之後，新一代的本土中產崛起，對於文雅之舊中國，不再存仰望之意，復興之心。特別是一九八九年六四屠殺之後，港人之中國心大大受創，只好自求多福，以我為主，加上香港當時之流行文化及創意工業強勁，大壯港人膽色，連北人也看港產片、學講粵語，香港本土文化自豪感上升，便以粵字入文。粵字不再被視為鄙俚，而是都市化、入世及新興中產的象徵，如阿寬以中產讀者為對象的電台小說《小男人周記》（一九八九），便以粵白寫作。

上世紀九十年代初期，巧遇電腦及視窗科技之突破，粵字由歪斜之手寫體變為均衡優美之電腦造字，報紙刊出粵字，又在網絡免費瀏覽，《蘋果日報》在網頁列出《香港字符集》，港府推出《香港通用字庫》（一九九九年改稱《香港增補字符集》），便利電腦顯示及打字輸入，加上本地學者之考證，電腦科技巧遇學術權威，令粵字的核證過程加快，短短幾年，訂正頗多粵字，成為正體。比之於王朝時代的欽定字典，網絡年代的文字復正，更為便捷。

漢字復正

網上常有大陸論者抗議，說十三億人使用之簡體字，不能遷就港台之正體字。然則正體字乃國族本有，當年中共放棄共產經濟而走回民初之市場經濟，是遷就港台，還是走回正道？

簡體字困擾辨義之最甚者，莫如同音通假。漢字復正，可先整理《簡化字總表》

（一九八六年頒布）內一個簡化字對應兩個或多個正體字之情況，刪除一百一十一個同音或近音代替的通假字，恢復被通假對應的正體字（如恢復頭髮的「髮」、麵條的「麵」），先使到簡體字與正體字可以一一對應。[10] 往後，再基於漢字使用區之共識，逐步整理異體字，採用字形美、音標明、筆畫簡之字，由正體吸納簡體，融合為一，重鑄大一統之文化中國。例如正體的「豔」，今日已簡化為「艷」，將來大可通用「艳」。觀乎香港粵字復正之順利，在網絡技術之下，大陸人民應可迅速適應正字也。

原刊於《信報》，二〇〇八年七月十七日，增訂版潤飾

10 參考呂永進〈關於「非對稱繁簡字」討論中一些問題的思考〉，載《語文建設通訊》，第八十四期（二〇〇六年九月），頁九至十一，香港。

文話

殖民除了是武力征服，還靠文化臣服。臣服之術，在於要人「查找不足」，令治下之民自承其文化之不足（lack），將文化自卑感內化。英國人統治香港，中共統治香港，都要香港人「查找不足」。英國人統治香港之時，要香港人自覺中文之不足；中共統治香港，便要令香港人自覺香港文化不足，南方的粵語有罪，妨礙中文寫作，要用北方的普通話來拯救。回歸之後，在香港學校教中文，就是為了學普通話。讀過中文系、了知中古音韻為何物的中文老師教學童讀唐詩，竟也要用北方的普通話；讀唐詩不是要掌握文辭音韻與唐人興致，而是為了學普通話。

以醜為美

源自京師的北方官話在明清時期由於要遷就蠻夷及外省人，音調趨於簡單，學來一點不難。至於詞彙與句法，當時中國仍有文明教化，全國的上流社會都講古來的文話，而不像今日講土語，連「甭」[1]、「犟」[2]、「咱們」，甚至「牛逼」（粗言！）都可以入文。當年講「面善」、「開懷大笑」[3]、「一生一世」、「兩夫婦」、「你幾時來」、「從速」、「包接送」、「一日」與「午安」，而不講「面熟」、「笑不攏嘴」、「一輩子」、「兩口子」、「你甚麼時候來」、「抓緊時間」、「管接管送」、「一天」和「下午好」，今日香港的普通話課堂，竟將前者視為「不規範」的香港粵語方言，強令學生講寫後者的北方土語，可謂不文之至。即使地方詞彙，如「飯焦」的構詞，也比「鍋巴」合理，用於文書，北人也解。[4]廣東的「粥」與閩南的「糜」，勝於北方的「稀飯」。香港的普通話教育，將香港之文雅與北方之粗鄙倒置，教人以醜為美，以便回歸共產中國。

然而，英國政府除了奠定英文高於中文的位階之外，放任香港的中文教學，懶得依附共產中國或台灣，令香港可以延續舊中國的方言教學，維持粵語教中文，始有吾人之文化自由，養成香港獨有的中文風格——有古文、新民體、三蘇體（「三及第」中文）、北方白話與粵白粵文。國府遷台之後，也強迫台灣學校用北方官話（國語）學中文，貶低方言地位，不視之為中文。近年龍應台在香港演講，有一回說香港人學了國語，不應只用於口語交流，應用於學習中國傳統文化，譬如讀《論語》。[5]她不知道，《論語》是可以用粵語讀的。一九九六年，前全國人大副委員長的許嘉璐在香港大學演說，已主張消滅方言，認為方言是「封建社會的產物」，鼓吹普通話教育，就是愛國教育。中共建政之初，仍未如此張狂。一九五八年，周恩來總理在〈當前文字改革的任務〉講得很明白：「推廣普通話不是要禁止或消滅方言。方言是長期存在的，不能用行政命令來禁止，也不能用人為的辦法來消滅。我們推廣普通話是為了消除方言之間的隔閡。」普通話是中國的共同語，不是國語。一九八二年《憲法》第十九條〈國家推廣全國通用的普通話〉，也是說推廣普通話而非統一方言、消滅方言。

普通話不是外語，廣東人學普通話，只需貫通聲調對應之法則，三數月即可朗朗上口，根本不須改換教學語言以遷就普通話之學習。然而，為了證明香港人之不濟、粵語之「原罪」，卻要誇大普通話之難學，強調粵語會「污染」書面中文，目的是要清除方言的污穢，迎接京話的潔白。香港教育局稱，普通話教授中文，勢在必行，二〇〇一年至二〇〇六年列為「短期發展」期，要在中國語文課程中，逐步加入普通話學

1 甭：北方俗話，讀 béng，不用的合音，如你甭説，你甭管，甭記着他。
2 犟：北方俗話，讀 jiàng，固執，不聽勸解之意。
3 也有講「眉開眼笑」、「笑逐顏開」、「心花怒放」之類。
4 《西遊記・第五十七回》：「鍋裏還有些飯與鍋巴，未曾盛了。」北方也稱「鍋底飯」。
5 龍應台在香港書展的講話「如果我是香港人」，二〇〇五年七月二十六日。

習元素，或試用普通話為教學語言。在二〇〇二年以後的「長期發展」中，便要「以普通話教中文為長遠目標」。

語文失言

現代中國於國家語文政策，有兩大失策。第一是民國之制定國語並以北方白話入文，第二是共產中國之強令推行簡體字。民國元年（一九一二），國民政府召開「國語統一會」。民國二年，投票決定國音，粵語以三票之微，敗於北京話。一九三六年，民國政府便宣布禁拍、禁映粵語電影，以強勢規範國語。這實在是中文之不幸，假若以粵語為國語，則以粵人對文話之尊崇，恐怕不會以土語入文，標準中文也不會淪為音調貧乏的語言。

為了辨正詞義，我要另用「文話」一詞。「文言」過古；「白話文」或「語體文」又過俗，且有誤導「我手寫我口」之虞。普通話不是書面中文，而是以文話（典雅的白話文）為句法及詞彙在造句基礎、將規範化之後的北京語音為發音準則（普通話與北京話不同！）的現代漢語交流語。正如規範的英語是有教化的階級語言（English of the educated class），不是任何一種倫敦方言，普通話應是漢語的文話（educated

Chinese），而不是現在北方很多人講的囉囉唆唆、哼鼻翹舌、俗不可耐又言不及義的土語。文話由文明教化而來，由古文經典、詩詞歌賦與小品筆記之傳習而來，而不是由普通話學習班而來。王朝時代，廣東士大夫用方言學習，一樣科舉出仕，著書立說，與北方士子並駕齊驅；民國時期的廣東文人，一樣以報紙文章，號召全國革命。誤以為學好普通話就可以書寫流利中文，只不過是吾人放寬了中文文話的尺度，也接納了北方官話的文化霸權，以致用北方口語入文，的的麼麼你我咱，不講「頭」而講「腦袋」甚至「腦袋瓜子」，也視之為文章而已。

廣東地處一隅，關山萬里，可以障隔北方蠻族之混音，粵語保存隋唐之中古音韻[6]，用語也有古文之風。例如古文用語，虛實分明，無所偏袒。粵語說「有」與「無」（俗寫為「冇」[7]），二者都是自足之存在（inherent existence）——「無」不是「有」的否定（negation），而是另有所指。北方話不說「無」，而慣說「沒有」，則寄生於「有」，文義欠自足。不說「無」而說「沒有」，就是執着於有，偏袒於有。北方白話流行，又不習文言章句，便影響近代國人的哲學思維了。當然，古人於辭章格律，為

6 「廣州方音合於隋唐韻書切語，為他方不及者……余考古韻書切語有年，而知廣州方音之善，故特舉而論之，非自私其鄉也。」陳澧，《廣州音說》，頁一一七。

7 粵語白話讀「無」為「武」，轉調而已。然而，民間另造「冇」字表之。

了襯字增文，也寫「無有」[8]、「靡有」[9]，然而始終以「無」為主。一字一義，各自具足。從「有無」、「是非」、「是否」、「異同」的文話，變成「有沒有」、「是不是」、「相同或不一樣」（兩樣）的北方白話之後，回過頭來讀《老子》的道家哲學，語理上便很抗拒「有無相生」、「有生於無」的講法，以為是唯心論的怪話。[10]同理，古人形容事態，不會偏袒，說「高低」、「深淺」、「寒熱」、「難易」、「遠近」，「兩無偏袒」，不如洋化科學中文說的「高度」、「深度」、「溫度」、「難度」與「距離」，執於高、深、熱、難與遠。

哲文其萎

英國前首相戴卓爾夫人論斷當今中國不會成為偉大國家，原因是出不了幾個思想家、理論家，中國出口的是電視機而不是大理念。[11]嚴肅的思考需要純正而簡潔的語文。我認為中國近幾十年不論在哲學及文學都出不了大家，其中一個深密原因，是白話文的迷思及洋化中文的禍害，令中文成為雜交語及寄生語，不利於自我參照（self-referent）的邏輯討論。康德的哲學論著，用的便是在構詞及章句上都可自我參照的純粹德文，經得起反復詮釋。

中國哲學不能脫離中國語文，正如佛學不能脫離梵文，熊十力的《佛家名相通釋》的第一個詞便是「法」(dharma)，此字在梵文既解現象，也解法理，佛家心物不二之思維，由此展開。玄奘的唯識學，也是妙用中文，如「親所緣緣」、「非相」、「非非相」等詞。中文一旦脫離傳統章法造字，成為雜交無序又寄生於外文之語言，中國即無原生之哲學可言。在香港保留正體字、保存粵語中文教學，是為中華留一點文化血脈，然而香港教育當局只是盲從北京訓令，不獨誤人子弟，亦誤盡蒼生矣。

原刊於《信報》，二〇〇八年八月二十一日，增訂版潤飾

8 《老子・第十九章》：「絕巧棄利，盜賊無有。」
9 《詩經・大雅・雲漢》：「周餘黎民，靡有孑遺。」
10 《老子・第二章》：「有無相生，難易相成，長短相形，高下相傾，音聲相和，前後相隨。」《老子・第四十章》：「天下萬物生於有，有生於無。」
11 轉引自劉效仁，〈中國崛起不能沒有哲學家〉，《大公報》，二〇〇七年一月四日。

正音

無獨有偶，克勤仔的「搓 our breasts」與內地的「三鹿」奶粉，於粵語發音，可以相提並論，雙奶齊飛。二〇〇八年九月七日凌晨，民建聯「新人王」陳克勤於點票現場回應記者提問，承諾勝出之後，會竭盡所能（try our best），無奈英文不靈又偏要用英文回答，講了「搓 our breasts」。[1] 從電視訪問可見，克勤仔平日講粵語有「黐脷根」病態，黐脷根就是講粵語的時候，舌面無端抖動，發出 r 聲，干擾語音。北方話叫黐脷根做「大舌頭」，文話叫「口齒不清」。粵語的 r 音不屬於音素（phoneme），將奶（nai）誤讀成「lai」或「rai」，如文句完整，不礙辨義。北方的普通話近年更是 r 音泛濫，特別是北京人，不知是否受到俄語的污染，講話都像口裏含了一泡濃痰。英文的 r，卻是舉足輕重，玩笑不得；blessed 與 breast，都是美事，惟不能混為一談。

變音以辨義

引致嬰兒腎石的「三鹿」牌奶粉[2]，香港的電視播音員卻讀了書面音（低入聲

luk[9]），念如「三六」奶粉，鹿不念高上聲（luk[2]），如長頸鹿、梅花鹿、鹿仔的「鹿」音。情人久居番邦，於粵語只知口語，不辨文言，聽了大惑不解。我說，恐是「鹿」的書面音，單讀的時候，常與「陸」、「六」、「綠」、「錄」等字混淆，於是變調，讀高上聲。例如國產的鹿牌線衫，「鹿」字也是讀高上聲的，然而「鹿茸」的複詞，「鹿」字則讀回書面音了。「三鹿」並非香港熟悉的牌子（謝天謝地！），因此播音員便讀了書面音。

粵語有書面音與口語俗讀之分，如蘇東坡詞「一樽還酹江月」，「酹」字文話讀「類」，俗話讀「賴」。然而，俗讀非止通俗，且有辨義之功。例如單一個「碟」字，口語讀高上聲，即知道是名詞的碟，不是其他物事（疊、諜、牒……）；複詞「碗碟」

1 一日之內 YouTube 點擊二萬六千多次。游清源在〈I will 搓 your breast〉一文引述：「We will 搓 our breast not just criti 啫 the government 思 poli 思 and 屙鬆 make 深 good suggestion 時 in order to 現 prove the people 思 liveli 酷。」並翻譯如下：「我們會盡我們最大的努力，不單單批評政府的政策，而且也製造一些好建議，從而改善人們的生活。」〈I will 搓 your breast〉，二〇〇八年九月十四日，https://groups.google.com/d/topic/hk.politics/LnPlsV0xkDg/discussion。

2 二〇〇八年九月十一日，石家莊奶粉企業三鹿集團承認奶粉含可致嬰兒泌尿結石和腎衰竭的「三聚氰胺」（Cyanuamide，$C_3H_6N_6$），英文俗名 Melamine，是塑膠工業的原料，如製造聚脂餐具器皿。該公司在二〇〇八年三月已收到嬰兒父母投訴，但未處理，預計有一萬五千名兒童因此患腎病。三聚氰胺混入牛奶中，可以增加溶解的氮，即使在奶中加水，也令蛋白質的檢查可以過關。例如五百多元的奶原料加入三聚聚氰胺之後，可以兑水三倍，賣二千多元。

的意思清楚，不須辨義，讀回書面音就可以了。腸胃的「腸」，讀低平聲（音場）；單一個「腸」字，讀高上聲（音搶）。掃把與椰衣掃的「掃」字，音調也不同。筷子的複詞，「筷」讀第三聲；「筷」的單詞，讀第二聲。一對筷子與一對筷，讀音有別。「對對」，國語音調差別不大，口語要講「對對子」；粵語的音調明顯，講「對對」。（第二個「對」字，是吟詩作對的「對」。）

其他的變調辨義之法，最明顯的是腕表（手表），單一個「表」字，由第二聲，轉第一聲，粵人另造「錶」字。粵語音調繁富，辨義似勝於其他方言。粵人單稱電掣做「掣」，普通話叫「開關」；粵語「閂掣」，普通話要講「關上開關」，詰屈聱牙。平價（平均物價）與平價（廉價），文字不可辨義，但粵語口語則將之分辨為 ping^4 ga 與 pang^4 ga。鐵扇與鐵線，書面音是分不清的，但口語讀線如「鱔」，分得開了。買電視機，是行貨（杭，第四聲）還是行貨（第二聲），大不相同。[3] 玉石讀「育」（低去聲），「一塊玉」則變調為高上聲，與「一塊肉」可以分辨了。「利」在高利貸（三聲）與借貴利（二聲），音調有別，第二個「利」字是單詞簡稱也。香港的「地下停車場」，字面意思不清；口語變調之後，「地面的停車場」與「地牢的停車場」，是分得開的。至於茶餐廳的術語，凍檸檬茶簡稱為「凍檸茶」之際，「檸」字由第四聲轉為第二聲。雞蛋牛肉三文治簡稱為「蛋牛治」的時候，「牛」字也變調，由$ngau^4$變$ngau^2$，讀如「嘔」，雖謂不雅，但也符合單詞轉調以辨義的小原則。

粵語與文化身份

台灣、香港之所以成為中國境內政治特殊之地，有其語言根源。雍正六年，帝諭福建廣東兩省官員矯正鄉音，嘉慶《新安縣志》記載：「朕每引見大小臣工，凡陳奏履歷之時，唯有福建廣東兩省之人，仍係鄉音，不可通曉。……官民上下，語言不通，必致胥吏從中代為傳達，於是添飾假借，百弊叢生。……應令福建、廣東兩省督撫，轉飭所屬各府州縣有司及教官，遍為傳示，多方教導，務期語言明白，使人通曉，不得仍前習為鄉音。」[4] 滿洲皇帝以武功一統天下，對閩粵兩地之方言障隔，頗不耐煩。然而，宋太祖卻不介意，嘗向臣下誇耀：「閩語難曉，惟朕能曉之！」有如江澤民自誇粵

3 其他生活例子如青菜、青色與清色，分辨「清」與「青」，例如清（$tsing^1$）茶與青（$tsang^1$）茶，粵語可分。紡織品配額，簡稱「額」，低去聲轉調為高上聲，如滿額，維持單音節的辨義法。額頭的「額」，則讀低去聲。音調一轉，阿媽（高平聲）變阿嬤（低上聲）。靈驗的「靈」，與靈不靈的「靈」（$leng^4$），音變。皮鞋與拖鞋，音調和諧，另讀。「無」，變音為「武」，另造「冇」字，梁醒波口頭禪，「冇研究之至！」眼眉跳，讀「條」音，不知何解，應是方音。

4 卷上，頁十五至十六。

語了得。先秦之時，荊楚人有本地風俗、語音及辭賦文學。楚地在秦末出了楚霸王，在近代出了毛澤東。當然，廣東也出了孫中山。

粵語（廣府話）雖在嶺南通行，但中國建立現代政體（中華民國）之初，並未將之視為官方語言（國語），是故粵語並不如國語（或普通話）一般，經國家統一語音，粵音仍是故老相傳，約定俗成。香港有粵語正音之議，後來演化成為正音運動，於我看來，始於官方電台的中文廣播以粵音為主，必須奠定發音標準。自一九二八年開台，迄至一九五四年，香港電台每日的中文新聞有四種語言，先是粵語，然後依次是國語、潮洲話及客家話。一九五四年港府提倡本土歸屬感，統一各方言族群的交流語，港人多數通曉粵語，港英認為香港在政治上又須與大陸及台灣分隔，不欲推行北方國語，中文廣播乃以粵語為主。語言乃文化身份之根，以粵語為官方中文交流語，奠定香港本土文化意識，無意之中，亦保存了嶺南文化。新加坡當年失策，竟以普通話及簡體字為法定中文。倘若當年李光耀堅持正體字，並以客家話為法定中文語音，則彼邦之華語文化可以大放異彩，與香港及台灣鼎足三立。

正音出自電台

在電台的正音節目之前，嶺南學界當然有辨正語音，然而多是文人儒士之議，少有下達民間。電台之正音，卻令播音員「矯正」讀音，垂範民間。最早的正音節目，乃宋郁文在香港電台第五台之《咬文嚼字》（一九六八至一九八二）[5]，如教讀「傀儡」之「傀」字，讀「灰」高上聲，不讀「塊」；又教雙聲疊韻等知識，說明中文仍有複音詞，如「蟑螂」必須兩字連用，單字無義。何文滙則在港台電視節目教授正音、反切（中文音韻學的反切讀法）及正字，其中《群星匯正音》（一九九四）、《正讀妙探顯神通》（一九九六）更借助明星，搬演戲劇。[6]

方音紛紜，莫衷一是，廣府話提倡正讀，自有道理。如上世紀七十年代金縷玉衣來港展出，電台矯正「縷」字之音為「呂」，非「柳」。俗讀「柳」音，但「鏤」字讀「漏」或「柳」音，「金鏤」是以金雕花、鏤空之意，與「金縷」之義，大相徑庭，是故此音不能從俗，務須矯正。至於以韻書重訂粵語古音，例如以宋代之《廣韻》為粵

5 節目五分鐘，由一九六八年至一九八二年期間製作的兩輯節目，合共為聽眾講解一千六百三十二個漢字。

6 港台網站也有粵語正音測驗之遊戲。

音之本，輔以詩詞格律考證，用以研究音韻變遷，推敲古音則可，但不可隨意用之矯正當今之語音，如建議民眾正音之時間（「間」音「奸」）、刊物（「刊」音「看」），高平聲）、購買（「購」音「夠」）、會計（「會」音「繪」）、妖精（「妖」音「邀」）、索取（「索」音 sak[8]，沙額切）、擴大（「擴」音「廓」）等。正如以音調變遷，推斷唐音「佛陀」，讀音近乎 buddha，可與梵音對照，但卻不應以此矯正今言也。般若（音「波惹」）及喃嘸（音 namo）等，則以佛門口語傳承，保存舊音。

香港文字研究者容若多次撰文批評黃錫凌《粵音韻彙》（一九四一）的讀音判斷，例如「僧」字要讀「生」音、「擴」字要讀「廓」音等粵音「改讀」，有復古及貼近國語發音的傾向，有政治投機之嫌。7

俗讀與誤讀

學術必須通變。今日已無人講的梵文與拉丁文等，所謂死語言（dead languages），可從字書及詩詞典籍之中重新考究，重造（reconstruct）古音，此乃歷史語言學之基本功。但粵語乃活生生之日用語，並非死語言，俗音如不影響辨義，又不致鄙俚，流通無妨，不必強行矯正。即使密宗上師教授梵文咒語，如唵嘛呢叭咪吽，也不必追溯古音也。有時語音會因構詞而變，如「薄扶林」道，字字正讀，音調低沉（依次為低去、低平、低平）；俗讀「博輔林」道，則抑揚可喜。「時間」的「間」，日常也有兩個讀音，一讀第三聲（「澗」音），一讀第一聲（「奸」音）；講「一時間」、「霎時間」，「間」就讀作「奸」音。[8] 即使英文之comfort，也因m與f的唇音不能相配，俗讀如confort。

有時正俗兩音，共存於世。如「傍晚」的「傍」，可讀bong^{6}（「磅」音），可讀pong^{4}（「旁」音），香港電台新聞主播讀「bong^{6}晚」，商業電台主播讀「pong^{4}晚」，然而同一「傍」字在「傍友」，則必須讀傍友（音「磅」）。屋簷的「簷」，俗讀為「蟬」（sim^{4}）；然而遇上簷蛇（壁虎），驚嚇之下，讀回古音的「鹽」，連帶蛇字都嚇得變了音，讀第五聲，其音如「寫」。又如「意思」的「思」（si^{1}），有今古兩音，今讀「司」（si^{1}），古讀「試」（si^{3}）。質問人家的語氣硬，頭岳岳，「你咁樣做，係乜嘢意思！」就讀「司」，道歉時語氣軟，頭耷耷「真係唔好意思……」，就要讀「試」了。

7 容若，《一字之差——一字送命》，香港，明窗出版社，二〇〇四，頁八至九。

8 一時間，乃有「一時之間」節縮而來，故有「奸」音，與世間、人世間之「間」，其音相同。

必須矯正者，不是俗讀，而是誤讀。學者大多認為誤讀者，理應矯正，不可積非成是，如上述金縷衣一例。塑膠的「塑」，音「素」，民眾「有邊讀邊」，讀如「朔」，不混淆詞義，本無不可，但矯正更佳，原因是塑膠一詞在工廠流行之時，工人並不知曉「塑」字何音。至於韋基舜要讀「圍」基舜，任劍輝要讀「淫」劍輝，如此正音，既不流通，也無助辨義，作學術考究，一家之見可矣，何必強人所難？王亭之就曾以此與何文滙於紙上交鋒。

懶詞與懶音

港式粵語乃城市語言，且有電子傳媒及報紙建立語言共識，詞彙與語調變遷快速，三數十年之間，形成語彙蕪雜而語調平淡之本土粵語。港式粵語音調平淡，可掩飾感情，與廣州粵語（特別是廣州老城話）之抑揚頓挫，有所差別。此外，語詞省略也多，懶詞有：點（樣）做先（至）啱？你定（係）我？你點（樣）呀？三分（之）一、十一點（沓）七、型（有型）等，不一而足。往日的「拜神婆」，今日也簡稱「神婆」了。

至於懶音，如「我」字的「ngo」變成「o」，朋友變「貧」友，中國變中「角」，姓「郭」變了姓「葛」，恒生銀行變了「痕身 en 寒」，則是慵懶作風，既非正讀，也非誤讀，而是放浪形骸，漫不經心。猶如老演員伍衛國在電視台賣藥[9]，多次將「養生」讀成「養身」，廠商與電台都不以為恥。文化之淪落，始自語音之衰頹。維護正常語音，大有必要也。

原刊於《信報》，二〇〇八年九月十八日，增訂版潤飾

9　日本 Naomi 洗沐系列廣告，該護膚產品有用中國草藥。

通脹

通脹有字，民瘼無聲。「以雙位數字上升」、「有向上調整空間」、「有加價壓力」，都是此刻的城中新語。面對通脹暴潮，曾蔭權後知後覺，在二〇〇八年七月十六日立法會答問大會上拋下一百一十億元紓緩措施之後，竟說民望於他如浮雲，民意調查的數字上落不值得擔心，現時他集中於改善靈性修為和管治能力云云。政治領袖可以視個人榮辱如浮雲，但不可視民望如浮雲，否則就是不恤民命，人民只能向虛空荒野呼叫矣。也難怪，面對通脹浪潮，他施捨人民之前，竟然說政府會加強在超市的格價服務，令市民可以應慳則慳。

價格浮雲

消委會、政黨、報紙與師奶團都在格價，皆因超市價格捉摸不定，有如浮雲。奸商在通脹熱潮，自有一套通脹文字學，所謂定價，就是不定價。本來定價的作用是免除顧客議價的交易費用，也減低顧客四出觀望價錢以確定市場價格的訊息費用，然而目前香港超市的定價，卻是欺騙顧客的煙幕，顧客要知道貨品的確實價格（定價），必須付出訊息費用，計算折扣優惠、觀察價格浮動周期及四處比較。

百物騰貴，超市卻喊「減」，靠的是阻擋價格訊息的定價策略：多買更平（如多買一件便宜一半）、捆綁售賣（不售賣單件）、加價快減價慢[1]、積分獎賞、簽帳回贈等，以剝削消費者盈餘。[2]所謂減價，是先提高價錢，然後降價；或在月頭減價，月尾加價；或在星期一至星期四的「閑日」減價，然後在顧客擁擠的星期五、六及日加價。以周期計算，各類貨物都加了價，另外用「價格歧視」的方法來剝削無暇在閑日購物的人。比起藥房、雜貨店及糧食店，超市的日用品和糧油食品價格都偏高。面對陰霾密布的市場，政府高調加入格價行列，是放棄管理市場的責任，詐傻扮懵。政府應打擊壟斷，放開管制，令市場多元化，更多人可以小本經營，減低中間的食利者（rent-seekers）的剝削。可惜，政府帶頭官商勾結，以高地價政策扶植食利者，壓縮公共土地供應、停止興建居屋，並將公屋商場私有化，推高營商者的租金成本，趕絕小商戶，奠定超市和連鎖大集團的壟斷地位。所謂「領匯」[3]，其名字就是要市民領悟聯繫

1 按照來貨價格上升而上升的零售貨品加價快，來貨跌價之後，零售的減價卻很慢。

2 本來只打算購買六元一件的物品，但被迫以十元買了兩件，商店便以剝削消費者盈餘的方式，從消費者的口袋裏多取了四元貨款。

3 全稱「領匯房地產投資信託基金」（The Link Real Estate Investment Trust）。二〇一五年八月，改名為「領展」，全稱「領展房地產投資信託基金」（Link Real Estate Investment Trust）。

匯率之下的通脹狂潮。

三面受敵

香港經歷過兩次通脹期，然而此次非比尋常，真的是通脹食人。[4]上世紀七十年代初期，中東戰爭觸發第一次石油危機；八十年代初期，兩伊戰爭造成第二次石油危機，香港通脹都在百分之十五以上。九十年代初期至中期，香港因樓價飆升而刺激通脹。然而，之前的通脹都是處於香港工人的工資上升期（特別是出賣勞力的建築工人），而且存款利息不低，只要勤奮工作及全家儲蓄，都可保障安穩生活。目前卻是由於貨幣（美元）政策放蕩，信貸紀律廢弛而進入金融投機時期，油價、樓價及糧食價格同時上升，小民三面受敵。金融投機之下，港元又慘遭美元捆綁，本地銀行的港元利率近乎負利率，儲蓄被通脹蠶食。薪金被大集團壓低或商會協議壓制，不單不能隨通脹調升，反而被外判、扣佣金、拖數、浮動支薪等方法，定薪變成不定薪。以前，「勤力」已足溫飽；如今，「拼搏」始可為生。

往日的通脹，是水漲船高；今日的通脹，則是水漲船沉。

今日小工人的職銜無異輝煌了，如看更變為「保安主任」，掃街佬化作「潔淨助理」，後生成了「辦公室助理」，信差升級為「物流助理」，售貨員升格為「銷售主任」。職銜的通脹，只是帶來更高的勞動強度及服務要求，然而職位保障和勞工尊嚴卻貶了值。以前讀免費官立夜中學，取得會考文憑已有本領謀生，今日付出十數萬元讀個「副學士」，卻是一無所用。預料政府通過最低薪金法例之後，很多散工都會被迫變為自僱人士，自組公司簽訂服務合約，例如清潔公司董事局的 partner 就無資格享有法定最低薪金的保障了。清潔公司只有董事，親自掃街，不設工人，管治架構直迫最時髦的扁平式（flat structure），與矽谷的電腦軟件公司同級。

惜墨如金

通貨膨脹，皆因貨幣供應過剩，侵蝕購買力。美元在一九七一年脫離（象徵式的）金本位制度之後，美國濫發美鈔，銀行放任借貸，令每年美元的購買力以百分之五下降。同理，自從國人脫離惜墨如金的中文修辭紀律之後，中文也要面對文字通脹之弊。一兩個字講完的，今日要一大串字。本土語言的精簡表達方式，換了迂迴曲折的

4 中國的通貨膨脹創下十一年來的新高，英國及印度等國的通脹亦創下十數年來新高。

洋化詞彙及共產中文。特別是近代中國人被西洋科學及官僚管理迷惑，中國的革命痞子又鏟除文化貴族之後，官僚語言、偽科學語言成為最高級的官方語言方式。然而，西洋的文化貴族仍在，清雅語言方式仍在，於是與國際接軌之後，中文便成為次級語言。文化自殘、自我殖民，是自我奴役的最深刻方式。中國的革命本意是為了擺脫西洋的奴役，然而其後果卻恰恰成全了西洋的奴役，只不過以前的主人是蘇聯帝國，如今是美帝國——中國人民幣與美元掛鉤，喪失貨幣政策自主權，中國外滙並且大量買入美國債券，特別是危機四伏的美國房地產貸款債券。[5]

語言通脹，就是話多言少，短句長說。如不講「憤恨」而講「強烈不滿」，不說「示好」而說「釋出善意」。「在你開車的同時」，就是「開車之際」、「開車的時候」。中方「對此表示強烈不滿和堅決反對」，原是「痛斥」。往日的小孩講「此魚粗生」（客家話叫「賤生」或「耐命」），今日小孩只識得講，「此魚的生命力很強」。往日的疑犯對滿清官差講「差大哥，放過我啦！」，對香港洋警察卻要說「阿sir，俾次機會我啦！」（Give me a chance）。以前的國民黨說成全民主，今日的民主派說「給民主一個機會」（Give democracy a chance）。

明明一個動詞講清楚的，今日偏要加個弱動詞。動詞胡亂「溝淡」了，自以為是分散投資、對沖風險，反而失去了「專注」的威力，違反股神畢菲德（Warren Buffett）的投資紀律。對沖語義的洋化衍生工具之中，以「透過」、「進行」、「作出」、「造成」、「構成」為最常用，而且前面添加「向」、「對」、「給」、「就」、「被」……，後面補綴「工作」、「活動」、「事宜」、「關係」等，自我增值，不斷繁衍。如不說「校友貢獻社會良多」，偏說「校友對社會作出了重大的貢獻」。「一架客機失事，九十八人死亡」，變了「一架客機失事，造成九十八人死亡」。「為了棚架有對途人構成危險的關係」，就是「因棚架危及途人」。「我們對國際貿易的問題已經進行了詳細的研究」，就是「（對）於國際貿易，我們已有詳細研究」。「心理學家在老鼠的身上進行實驗」，就是「心理學家用老鼠做實驗」。「對有關爐具進行安全檢查」（perform security check），就是「為該爐具做安全檢查」而已。

數典忘祖，一見發財

以前筆者有論，中文造句，首重虛實。虛詞與實字各有所用，不可倒置。如「通

5 中國的外匯儲備持有美國聯邦國民抵押貸款協會（Federal National Mortgage Association，簡稱 Fannie Mae）及聯邦住房貸款抵押公司（Federal Home Loan Mortgage Corporation，簡稱 Freddie Mac）之債券，合共三千七百六十三億元，佔中國外匯儲備百分之二十一。兩公司以濫發借貸而瀕臨破產。此醜聞由香港區全國政協劉夢熊揭發，旋即引起轟動。見〈我為人民鼓與呼〉，《東方日報》，二〇〇八年七月十七日。

過」、「透過」，在中文是實有所指的，並不是洋文虛虛的 through。如康文署說「通過國際武術比賽，可令中國人更加認識傳統」，「通過」便有歧義，是實在地及格了，還是虛泛的 through？如屬後者，應說：「國人參與武術比賽，益加認識傳統」。有時動詞還會名詞化，弱之又弱。如康文署要鼓舞市民，竟說「透過政府對體育節的舉辦，希望提起市民參與體育活動的興趣」，其言文動力，豈如「政府舉辦體育節，（藉以）激發市民參與體育」？「殉職警察葬禮明日進行彩排」，就是說「明日彩排」，彩排尚未進行。在前面加了進行（proceed to），將彩排由動詞變為名詞，「進行」由實字變虛詞，顛倒中文，叛逆祖宗了。

講慣了「向……說不」（say no to…），就不知道「向暴力說不」[6]，原是「不容暴力」；「向毒品說不」，就是「謝絕毒品」。[7] 久之，洋文化為唐話，《蘋果日報》在二○○五年七月十七日報導曾蔭權錯過肉骨茶，乃有此言：「面對強權施壓，很多人選擇屈服，新加坡著名肉骨茶店『黃亞細』卻敢堅定地（向新加坡外交部）說『不』」。堅定地說不？「回絕」、「堅拒」、「頂撞」也。

文字通脹之下，愈窮愈見鬼。以前，無隔宿之糧，謂之「家貧」；今日，月入四千七，就是「家裏的經濟條件不好」。往昔，地獄派來的勾魂使者白無常惜墨如金，高帽上只寫「一見發財」；如今的陰間阿 sir，要寫「每次見面都會為你帶來經濟狀況改善的機會」。難怪地府率先通脹，冥鈔都以億元起算。

原刊於《信報》，二〇〇八年七月二十四日，增訂版潤飾

6 二〇〇六年八月二十日，何俊仁在中環皇后大道中與雪廠街交界之麥當勞快餐店遇數名歹徒以壘球棍襲擊，傳媒多以此句呼籲。

7 二〇〇八年八月，港府禁毒處仿照美國政府的反毒品口號「Just say no」，但是推出的口號冗贅不通，曰「不可一，不可再，向毒品說不，向遺憾說不。」學生將標語連讀，就是「不可再向毒品說不」。

馬經

馬經易讀，馬術難為。香港賽馬乃俗民博戲，歐洲馬術乃貴冑玩藝，鼓舞踢拖鞋、跖地攤之香港馬迷觀看盛裝舞步和障礙跨欄，乃拉牛上樹，強人所難。二〇〇八年，北京舉辦奧運，因香港有馬匹檢疫設備及經驗，馬術項目由香港承辦，時值八月，奧運馬術賽即將開幕，危機四伏，當年走馬上任的曾蔭權，會否被恐怖襲擊等問題弄得陣腳大亂，馬失前蹄，奧馬是否「劉皇馬」（劉皇叔之凶馬「的盧」），令特首人仰馬翻，倉皇辭廟，只能望天祈求了。

馬失前蹄

經乃織布之經線，本指常道，記載常道之書曰「經」，如《五經》；唐之後，舉凡鑽研風物興致之書，亦可稱「經」，如茶經、水經等。香港賭徒忌輸，連「書」也怕，於是報紙之賽馬版戲稱「馬經」，不叫「馬書」。字花在清朝乾隆嘉慶年間，流行於閩粵沿海一帶。香港也有「花會」，至一九七七年農曆除夕香港政府緊急立法取締，代之以「六合彩」之合法賭博。教人下注買字花的小書，叫《字花書》，別稱《字花經》。當時倒未曾忌諱，要統稱《字花經》也。

初期馬經一般不隨報紙發行，而是以特刊的形式發行，於是便有「馬書」之諱，要改稱「馬經」。後來馬經多數隨報紙夾附，單獨出報紙者，也叫「馬報」，如《專業馬經》、《騎師日報》、《老五馬經》等。手作工人向報販遞上六元，閑話一句：「畀份《專業》我！」也成了專業人士，十分架勢。

某些報紙專門以馬經、狗經（澳門逸園賽狗）聞名，如《天下日報》，當年副刊連載我是山人（陳魯勁）《洪熙官與方世玉》，也有甘地夫人房事信箱，新聞報導與專欄內容，都以對聯起題，文采風流，聲色犬馬，樣樣齊全。兒時日間隨父親聽董驃講賽馬，宵夜聽麥榮、麥滿兩兄弟講澳門賽狗，雖然至今不沾賭博，也略知狗馬之事。

馬經羅列賽馬消息，包括馬匹狀態、賽事場次排位、賽前晨操、試閘、騎師資料（例如往績、綵衣款式等）、賠率（一般讀者最關注的）、賽前分析等，一般是黑白套印，頭版是紅色箱頭筆圈起的貼中佳績——「中！」、「又中！」、「貼中大冷門！」，有如現今區議員之「成功爭取×××」系列。近年報界競爭激烈，興起粉紙馬經，時式設計，無復當年爛撻之趣。

股評家之前世

馬經以馬評人之貼士為首要；賽事結果與派彩是客觀報導；賽後檢討則為「馬後炮」，講理論、我贏晒之類。往昔的馬經，必有幾名馬評人坐陣，各有風格，有往績派、血統派、晨操派、馬房派等，除了一、二牙擦名家之外，評語都是「有機勝出」、「大冷可博」之類，語焉不詳，模稜兩可。即使是大馬報，總有五、六個毫無推論基礎的小格子專欄，提供「敲冷門」[1]、無厘頭之貼士，務求漁翁撒網，言多有中，賽事之後，馬報便可誇誇其談，用紅筆大圈特圈，甚至說「有××，無窮人」矣。至於貼不中者，則下次又來，有賭未為輸，情況有如每年術數師出版的運程書，或如現今股市的股評家與分析員。只要人類有預測（prognosis）的心理需求，便有各種預測的供應，從巫師術士到股壇分析員，都是滿足人類的原始要求，科學與否，還在其次。若非有馬評家前輩開路，不怕老貓燒鬚，錯給「山埃貼士」，面懵懵又過一日，香港之股評家的生涯恐怕不會如此輕鬆焉。

星相卜卦是往昔文人副業，舊時也有香港文人也以評馬為業，作家簡而清便是名馬評家。某些藝人息影之後，或者文人下海，也以馬經為生，如往日的武打影星林蛟，便自行鉛字排版，辦一人馬經；一九九六年，黃毓民辦《癲狗日報》，也一度以馬經貼士招徠，可惜未能起死回生，面臨報業減價戰，一年後停刊。然而馬經有價，黃毓民留下的賽馬資料庫，據稱以三百萬港元轉讓。

跨媒體協作

由於出閘排位與賽馬賠率時刻變動，賽馬結果與派彩也要馬上知悉，賽馬老早就是跨媒體協作：報紙過濾消息及提供評論，印刷工整的排位表則方便馬迷筆畫記號，做好功課，至於即時更新之賽馬實況，則依靠電台、電視台或近年的互聯網。馬評家之於馬經，有如社論編輯、評論員及專欄作家之於報章。當年馬評家之中，以董驃最為人稱道。董驃在內地曾是騎師，來港之後，在馬房隨師學藝，擔任馬伕多年，熟習馬性，與熊良錫兩「叔侄」在麗的電視講馬，快人快語，觀眾可以看到他繪影繪聲，手口並用，講解騎師何事「搶韁繩」，馬匹何故「發軟蹄」，連不賭馬的人偶爾也會收看。「我係董驃，你唔係；我講馬，你要聽」，直至身故，董驃都是香港馬評家的代

1　敲，也寫為「吼」，本字「睺」的香港俗寫。以字義而言，「敲」字合宜，有推敲、嘗試之意。

表。練馬師簡炳墀，自恃相馬功力了得，也是牙擦擦，號稱「實力簡」，鄉音戲讀為「食力簡」，也是一代人物、新界之寶。鄭棣池與告東尼，一唐一番，乃當年名騎師。粵人稱賽馬為「跑馬」，跑馬仔要體態輕盈，昔時男孩長得矮小瘦弱，朋輩都戲說長大之後可以當騎師，馳騁馬場。

公平競爭之表象

小賭怡情，大賭亂性。往昔很多打工仔一周財運，食粥食飯，都與賽馬有關。除了馬票與六合彩之外，賽馬是當年唯一合法的博彩娛樂方式。當年准許賽馬，大肆拓展投注站，藉以打擊幫會主辦的外圍賭馬，所謂「收馬纜」。香港賽馬會在回歸之前，叫「英王御准香港賽馬會」，大名堂堂。為使參賽馬匹可以勢均力敵，營造強馬弱馬的機會平等，馬會採用「讓磅」之法，馬匹評分愈高，身上的「負磅」愈重（馬身背負鐵塊）。雖然強弱依然可分，畢竟弱者依然可用爭勝，爆出冷門。馬會的讓磅制度，映照往日香港機會均等的社會氣氛及英式上流社會的氣度，富人要多負責任，且要禮讓貧民，勿予小民爭利。賭馬可以遣興，寄託發達希望，馬會則是公平競爭（fair-play）的英式政治表象，港英以跑馬麻醉香港俗民，復以馬會會籍籠絡精英，以慈善基金操縱民間社會，一舉三得。難怪以前中環老叔父嘗言：管治香港的，依次是馬會、滙豐銀行及香港會所。

老一輩的世叔伯，多是馬迷，工餘時間，長褲後袋一份馬經，恤衫口袋一包紅雙喜加一枝斑馬牌木桿原子筆，在投注站前找個柱邊或樓梯級，一坐下，便成了老不要臉的痳甩佬。只識得幾個字的大老粗，靠賭馬學了不少字，甚至生僻的「遊弋」一詞（弋音亦），都是因為上世紀七十年代有此馬名而識得。數學不精的，賭馬之後，學會賠率和注碼，識得分散投注，避重就輕，分辨冷門熱門，「刀仔鋸大樹」與「密食當三番」並用。獨贏、位置、孖寶、三重彩、四重彩、六環彩，外圍還有三串七與四串十一，七折收數，八折派彩。馬評家的術語，如留前鬥後、後勁不繼、出閘脫腳、奉旨陪跑、合謀「造馬」、大熱倒灶、久休復出、老馬有火、落藥催谷（用禁藥）、爛地馬、爆大冷、痌爛屎、發軟蹄，都成了舊日庶民俚語。

馬事昌盛之下，妓院也叫「馬檻」，扯皮條叫「馬伕」，妓女叫「胭脂馬」，妓女在街頭蹓躂，搔首弄姿，顧盼生情，叫行「沙圈」。北妹洋妞，叫「高頭大馬」；老翁僵臥溫柔鄉，曰「馬上風」。

馬房政治，民怨沖天

唐朝之後的王朝中國，馬戰稱王。馬戰或馬術，都要人馬合一，徒手搏擊則要腰馬合一。腳步浮浮，曰「馬步不穩」；練武者鍛煉下盤功夫，叫「紮馬」。舊時在香港街頭罵陣，撩人打架，斥喝「放馬過來！」。人家忽然「曬馬」，自己不夠人家「疊馬」，心慌意亂，不敢「出馬」，便要打電話叫手下「班馬」助陣。幫會招兵買馬，收小嘍囉，曰「收馬仔」（今稱「收靚」）。有了賽馬之後，官員經營人脈系統，叫搞「馬房」，安插親信，叫「造馬」。

行船走馬三分險。曾蔭權被人批評經營「馬房」，可惜他不是伯樂，不懂得揀選千里馬。他任命的副局長和政治助理，大多是不見經傳、往績欠奉之人。他奉行「親疏有別」之法，不顧規矩，「造馬」上位，原本三萬元人工的城市大學研究助理[2]，沒甚麼「躍馬過檀溪」、「千里走單騎」的驕人往績，連六化郎（six-furlong）的賽事也未跑過，一經欽點，竟可以走出來盛裝舞步[3]，搖身一變，化作月薪十三萬元的政治助理。某位「房事」高官[4]，敗績累累，未曾久休，卻已復出，在往日交手的地產公司安坐高位，享受犒賞。官場私相授受，公器私用，公平競爭不再，加上通貨膨脹，人工縮水，「又要馬兒好，又要馬兒不吃草」，大家做牛做馬，連編班出閘的機會都無，看在眼裏，怒在心頭，香港怎不怨氣沖天？

原刊於《信報》，二〇〇八年八月七日，增訂版潤飾

2 陳智遠，官拜食物及環境衛生局政治助理，任職時二十八歲，香港中文大學哲學碩士及倫敦大學比較政治碩士，於香港城市大學香港管治研究中心擔任高級研究助理，並為青年論政團體 Roundtable（圓桌）社區總幹事。

3 「盛裝舞步」是馬術比賽的一項，馬踏出舞步。

4 二〇〇八年八月一日，前房屋及規劃地政局常任秘書長梁展文出任新世界中國地產有限公司執行董事兼副董事總經理一事。梁在任期間有可能利用常任秘書長權力，向新世界發展輸送利益，令該公司可以低價購回參建居屋「紅灣半島」，新世界則以「執行董事」高薪職位作為梁氏的報酬。在二〇〇一年出任屋宇署署長期間，運用酌情權批出大量額外樓面面積給嘉亨灣的發展商恒基兆業。他任內更積極推行「環保政策」，以免地價或超低地價方式，鼓勵各發展商興建露台、工作平台、空中花園等所謂「環保設施」，再以高價出售給小業主圖利。公務員事務局主要按六個「具體考慮準則」審批離職高官再就業的申請，包括申請人曾否參與政策制訂，使準僱主得益、從事的工作與申請人任職政府期間參與工作有否關連等（前四項），以及新工作會否令公眾懷疑牽涉利益衝突或其他不恰當之處（第五項），及擬從事的工作在任何方面會令政府尷尬或損害公務員隊伍的聲譽（第六項）。前四項是事實考慮，後兩項是考量民意反應的政治考慮，梁氏的個案，明顯牴觸後兩項。梁氏正式退休後不過一年多，過了一年的「禁制期」（「過冷河」），還未過另加兩年合共三年的「管制期」，卻不避嫌向政府申請加入新世界集團工作，而負責處理離職公務員就業申請的諮詢委員會，竟然認為批准有關申請，不會引起公眾怨憤，其粗疏判斷，令人髮指。

勾結

奧運金牌的中國光芒[1]，蓋過了香港官場之陰暗。梁展文與港府高官俞宗怡之交手[2]，本來精彩絕倫，其公開信之曲折奇情，歪理正說，與新世界中國地產公告之笨拙無文，又是一大對比，梁展文與新世界，本來是惺惺相惜，官人有才，商家有財，大家互通有無。單是分析梁官之文章，已是樂趣無窮。奈何民眾都迷醉於奧運直播，而曾蔭權上台之後，官場興起復古，「包公宵夜審郭槐」，先斬後奏、神出鬼沒之術，連商界也學會了，在周末夤夜發布新聞稿，政府在周一回應，擱置兩日之後，一切已成歷史，連烽煙節目都找不到官員問話了。曾蔭權上任之後，極力推動官府「五天工作周」，星期六政府總部關門，原來有此妙用。

歪理正說，妙趣無窮

新世界中國地產在八月十六日（星期六）凌晨零時五十分發表與梁展文協議無條件提前解約的聲明；六分鐘後，梁展文發表回應，稱讚曾蔭權處理方法正確，欣賞俞宗怡無畏承擔，並透露當晚向新世界中國地產提出無條件解約，亦不會收取任職期間的薪酬，更表示不會向政府追究這次不當處理對他造成的影響在法律上的責任，以免虛耗公帑云云。

梁展文以公開信，細訴其「心路歷程」如下（經筆者刪節，原文見當日報章）[3]：

在離開政府工作兩年多後，我過着平靜的生活，卻忽然收到鄭家純先生託人給我的口訊，問我有否興趣參與新世界集團在中國內地的地產業務。我初時對此實在有些遲疑，因為我多年在政府內處理房屋事務，尤其新世界是當年紅灣半島的買家，而我亦是該項工作的統籌者，我是否應該避嫌？但事實上，當時紅灣的賣價，是由各有關

1 文章刊登之時，北京舉辦奧運。

2 梁展文乃港府前屋宇署署長、房屋署署長、房屋及規劃地政局常任秘書長，於二〇〇七年一月退休，被輿論批評利益輸送予地產商，涉及嘉亨灣事件、紅灣半島事件等，並為退休之後預謀職業，以高薪於地產商新世界中國地產任職。當年樓房市道陷於低潮，輿論批評政府增加公共房屋令樓價牴觸，政府於是將居屋地盤改為興建私人樓宇，嘉亨灣和紅灣半島兩個樓盤，都被懷疑有利益輸送予地產發展商。

3 見〈梁展文聲明原文——「既然清白，何懼之有」〉，《明報》，二〇〇八年八月十六日。本文刪去之首段為：「近日有關我從事新工作的決定，引來社會很大的迴響，和很多人一樣，我亦期待特首能早日作出回應。今天特首發表聲明和俞宗怡局長會見傳媒，無論離職公務員就業諮詢委員會將來如何決定，我覺得已到了應該把我在整件事的心路歷程向大家交代的時刻了。」

部門組成的談判隊伍的集體建議，雖然我沒有影響談判小組在賣價上的看法，但我亦認同該建議，並向局長推薦。

從上述情況可以看到，在處理紅灣個案上，其實並非如坊間所說，我或其他個別同事有任何的酌情權……，正正由於政府在處理這些敏感問題上缺乏透明度，導致市民種種的疑慮，這是可以理解的。

無論如何，作為當時最高級的公務員，我當然要就該項工作負上全部的行政責任，但我並沒有在地價的問題上偏幫新世界，既然清白，又何懼之有？根本不應該存在所謂避嫌的問題，但人言可畏，這想法又是否一廂情願？

在仔細考慮後，想到我在管制期內就業，必要依足程序向政府申請，如果政府認為有問題，必定不會批准。我當時深信，政府對於我的申請一定會作出全面及客觀的評估，倘若政府認為沒有問題，那麼我也應該可以行使我工作的權利。而事實上，我在向政府提出申請後，已完全處於被動地位。

今日得悉政府在考慮我的申請時，竟然遺漏我曾經參與紅灣半島的工作這個重要因素，實在使我大感驚訝。故此，特首現時的處理方法是正確的，顯示出政府肯面對問題。而俞宗怡局長坦然承認上述錯漏，這種無畏承擔的精神，我是完全認同的。故此我非常高興聽到她會留守崗位，如俞宗怡這樣有承擔精神的官員，實在應該留在政府裏，那才是市民之福。……

最後，我的感受就只有兩句：「雲散月明誰點綴，天容海色自澄清。」

代入角色，粵語評述

梁氏之公告，甚有文采，然而文理曲折，非久經官場，不能精解。為饗讀者，我不避鄙俗，設身處地，以粵語評述如下：

離開政府兩年之後，印印腳、hea hea 吓又一日，點知忽然阿鄭生託人搵我，話新世界喺大陸D嘢想搵我幫手喎。喂，紅灣半島單嘢，未清過喎，係唔係要避忌吓先？我冇份質低個價俾新世界，但係單嘢話晒係經我手向局長推薦。如果單嘢有事，我梗要負行政責任啦。但弊在政府又冇將事情講清楚，糊糊塗塗，迫我食死貓。我冇份講價，冇偏幫新世界，但人言可畏，我又未過三年嘅「冷河期」。鄭先生賞識我啫，但係咪都要搞清楚先至可以返新工㗎嘛？

既然未過冷河期，我遞紙申請返新工，政府一定要開board審案，一定依足程序嘅要求，全面又客觀咁審我單野個嚿。無問題咯，我咪係清白囉。遞咗紙，咪肉隨砧板上，點話點好囉。點知，興到我吖，今日先至知，政府竟然跣咗我一鑊，冇將紅灣半島單嘢納入考慮，但又批准我返新工喎，你話係咪靠害吖？我先前旨意俞宗怡幫我審吓單嘢，洗脫罪名，點知佢將我黑布蒙頭，推咗出去，俾市民公審喎。留呢D高官喺政府度，真係市民之福咯。政府就咁close咗我個file，我今世水洗都唔清嘞。呢勻真係蘇東坡番生都冇用，吟詩都吟唔甩咯！

齊齊做賊，共試砂煲

兩官鬥法，官場現形。梁展文看來是「賊佬試砂煲」[4]，企圖一石二鳥，用就業申請的新程序來洗脫舊日紅灣半島的莫須有罪名。梁不考慮公眾看法，也不顧慮政府難堪，只是一心為自己謀名求利，這種人本來最宜在香港商界工作，可惜錯入官場，不能盡展其才。然而，俞宗怡也不是省油的燈，她既不甘被利用為洗罪工具，也無勇氣以引起政府尷尬為理由，駁回梁的申請。在程序上，離職高官再就業的申請調查，主要是人事和社情評估而不是失職調查。假如在這輕省的程序納入紅灣半島事件，並通過梁的申請，而令部門或公眾從此認為梁在紅灣半島事件無錯失，便是處事不當。然而，俞是可以將紅灣半島納入考慮而駁回梁的申請的，她不這樣做，是怕事態外泄而鬧大，重燃紅灣疑情。最刁鑽的做法，是不納入紅灣為考慮，直接通過梁的申請，將梁交由民眾公審。民眾無異議，則皆大歡喜，俞做了一個順水人情，以後離職高官下海就好辦事；萬一民眾嘩然，則任由梁一人背負莫須有之罪。俞頂多是疏忽大意而已，罪不至辭職。

正是高手過招，「梁有張良計，俞有過牆梯」，大家都是「賊佬試砂煲」，一個是試政府，一個是試民眾。老天，他們不是賊，都是或曾是高官啊！彼此都以權謀術數行事，無視政府威望與公眾利益。香港官場墮落至此，不亦悲乎？

大商家的政治失語

至於新世界中國地產的文告，前段講商事與法理的，清楚明了，後段講政治的，則含糊其詞，不知所云：

4　舊時小偷入宅，喜歡在廚房打開窗門，取個砂煲擲地，試探屋內人的動靜。無人來檢視，便可安然入屋偷竊。

新世界中國地產有限公司與執行董事及副董事總經理梁展文先生經過詳細商議後，決定提前解約，即時生效，當中不涉及任何賠償。

新世界中國地產一直重視社會祥和氣氛，包容民意。公司與梁展文均深切了解事件受到社會高度關注，對社會的穩定和諧有一定影響。經過深思熟慮後，雙方決定顧全大局，協議無條件提前解約，釋除社會疑慮。

第二段可以省去，反正有政府解話，商家避而不提就是，一切盡在不言中。如今文詞不通，弄巧反拙矣。「包容民意」，是政府說的，商界不宜，除非商家自居為幕後政府；況且用「包容」，有視民意為另類、雜音之虞。應用「尊重」或「重視」。其餘的句子，都是主次不分，糾纏不清，互相勾結。以前的大商家，都禮聘資深報人或老儒為文書，知書識禮，令董事長人情練達，通告與公函儒雅可親。如今的大財閥，真的財大氣粗，只知圖利，不顧體面，書信文詞都或由一站式的公關公司包攬，周末賁夜發新聞稿的伎倆無疑識得，一篇短文卻寫得不成體統，令公司形象掃地，間接也令人恥笑香港的文化水平。

若真的要寫第二段，稍通翰墨的文書，都可寫到這個模樣：「事件引來公眾關注，本公司重視民眾反應，雙方均願意顧全大局，提前解約。」

涉及重大爭議，不論官商，公告都宜精簡，惜墨如金。至於梁展文的申冤公告，自暴醜態，其實也是不必，沉默就算了。如此心跡，不留也罷。

原刊於《信報》文化版，二〇〇八年八月二十八日，增訂版潤飾

A貨

學人家追求卓越，要做A級，結果做了A貨，往往是後進地區的宿命。工業年代是複製當道的年代，卻也是鼓吹市民個性自由的年代。容忍和平衡兩者之間的矛盾，就是進入現代。然而，近年的複製技術突飛猛進，令更多人分享產品或服務，同時也令彼此的口味日趨統一，失去個性。電腦的數碼制式及互聯網的傳輸速度，加快了複製。回想北京奧運會閉幕禮，開幕式和閉幕式都是集體的軍團式操演為主，成千上百的演員上陣，演繹何謂 matrix（矩陣、母體）。圍繞住圓心團團轉的人，是矩陣，也是母體，令人看見秩序，也看見霸權。

二流的法西斯

自由主義與法西斯主義，個性與複製，原是資本主義極其矛盾的一體兩面。北京奧運會乃至整個走資之後的中國大陸，之所以令西方自由世界的人驚懼，是由於他們目睹自己的第二身（alter ego）。法西斯政府由於不受宗教及倫理道德監察，會毫無羞恥地生產和複製。可憐的是，中共比當年德國的法西斯政府擁有更少的科學和美術原創能力，A貨的法西斯國家，只能做世界工廠。即使在香港的民主競爭，中共也不能創造一個用理念吸引投票者的政黨，只能銷售和諧、穩定等刻板形象，大灑金錢籠絡民心，收買無政治信念的選民。面對泛民主派，無法在政治理論上取勝，便只好複製「A貨民建聯」與隱形土共，以偽獨立候選人的身份參加選舉，包裝為專業進取和維護家庭價值的中產者，用自殺式炸彈的方法，打擊泛民的接力者和自由黨，既摧毀敵人的新生代，也消解商團勢力。[1]

翻版與盜版

往日，台灣翻版歐美的書籍，連字典都翻版，香港則翻版大陸及台灣的學術書。李敖以前曾撰文聲援台灣的翻版商人，說由於版權費昂貴，後進地區被迫採用翻版的方法來推廣知識，在一地的創新能力不足之時，翻版並非罪過。美國開國初年，翻版歐洲的書籍和工業產品，遲至一八九一年，有了自己的創新能力，美國始承認外國

1 二〇〇八年立法會選舉，自由黨參選人田北俊（新界東選區）和田北辰（九龍西選區）落敗，其中一個原因是被中聯辦默許的龐愛蘭（新界東）、梁美芬（九龍西）以及劉千石（九龍西）分散票源。新界東的泛民候選人劉慧卿也幾乎因龐愛蘭吸走中產選票而落選；港島區的葉劉淑儀則分薄中產區及豪宅區的泛民選票。參閱〈中聯辦默許，分薄自由黨票源〉，《東方日報》，二〇〇八年十月九日。

專利權及書籍版權。我在八十年代初，到台灣探望女友，其中一項樂事就是與她一起去搜購外國文學書和外文字典。台灣的翻版業可謂精誠，內容完備，連版權頁都複製了，有些還改良了紙質，放大了字款。翻版書商的名號和地址印在底頁，方便書店和讀者聯絡或換書。後來美國的書商有所妥協，也理解到推廣美國意識形態的必要，便授權台灣翻版商，出了限於台灣發售的台版書。香港的翻版書的品質則較差，字體模糊，而且缺少了學術徵引所需的版權頁。一個地區講究品質，翻版也靠得住，台灣的翻版書如是，十幾年前泰國的冒牌衣服也是，穿三數年都不走樣。當年香港買到的國貨，回想起來，也算是外國貨的翻版，即是用「進口替代」的策略，用自己的牌子來模仿外國貨，售價廉宜，以免同胞購買進口貨。例如用梅林牌午餐肉代替丹麥三花牌午餐肉、用樂口福來代替阿華田和美祿、用青島嶗山礦泉水代替法國的 Perrier 礦泉水、用珠江橋牌白樺汽水代替玉泉忌廉梳打等。

香港以前叫非法複製書籍為「翻印」，民間口語叫「翻版」，衣服百貨則叫「冒牌」。上世紀九十年代中期，電影 VCD 流行，複製便宜，幫會介入翻版行業，便有「老翻」之黑語，改自「老番」（番人、西人）一詞。至於官方語言，港府制訂版權法例和一九九〇年成立知識產權署之後，便推廣「盜版」（piracy）的講法，將翻版的觀念非法化。幫會經營翻版之後，道德日趨下降，例如戊子新年期間街頭售賣的翻版《功夫灌籃》（周杰倫主演），內裏竟是日本色情電影。[2]

冒牌貨的分級

香港在工業時代，也不是一味翻版的，有自己的牌子，名字也富鄉土人情，如雞仔嘜、鱷魚恤、駱駝嘜、獅球嘜、刀嘜、斧頭牌、公仔麵、利工民、紅A等。其他的小牌子，則叫「雜嘜」，所謂「嘜」，是音譯「trade mark」的「mark」字，中文叫「商標」或「標記」。當年也有一些土產的英文牌子，如Add-in球鞋、Bang Bang牛仔褲、Join-in shirt（鍾意恤）等。愛爾蘭國飲黑啤Guinness來了香港，也漢譯為「貓嘜波打酒」[3]，美國的Wrigley香口膠則譯為「白箭牌」，比起大陸很多土產都改甚麼「卡特妮」、「丹斯頓」的仿外文牌子，來得愛國。香港以前的俗民就有這個膽氣，摩天大廈興起之後，無電梯的西式舊樓就叫做「唐樓」，洋樓歸化入唐了。香港的流行曲有西曲中詞，但調侃嘲弄式的翻版，顛覆英美霸權的翻版，香港則少有，畢竟這需要知識的

2 〈寫真集充翻版賀歲片，海關稱同樣犯法〉，《明報》，二〇〇八年二月十日。

3 廣告詞為「貓嘜波打酒，對你有益！」。上世紀八十年代之後，該酒改變市場策略，新譯名「健力士黑啤」，以歌星林子祥做推銷，建立中產「不怕黑」的形象。同理，Wrigley譯為「白箭牌香口膠」。

批判與敢於叛逆的自主精神。

以前的外國老牌，對後進地區的翻版不置可否，翻版有利於外國老牌鞏固其威勢，令俗民享受虛榮，將來有錢便買正版了。電影的翻版，也令觀眾習慣荷里活式的娛樂公式，雖然不利短期的版權收入，也有利於長遠的電影出口和意識形態傳播。翻版數碼影音產品，品質差異不大，消費者的關懷也在其內容而不在其物質，然而工業產品的翻版，特別是大陸生產的，始終良莠不齊。上世紀九十年代中期，深圳的冒牌貨成行成市，港人北上購物，蔚成風氣，於是便流行A貨與B貨的講法。

ABCD貨本來是翡翠的分級，後來借稱冒牌的衣服手袋之類。A貨是品質優良的冒牌貨，B貨是次級的冒牌劣品。B貨無論在質地和工藝上，都可以分辨出來。港產電影《A貨B貨》（黃家輝導演），講解兩者之別，不單手袋有A貨，連明星也有老翻。模仿是學習階段，即使新當選立法會議員的陳淑莊，年前也靠模仿黃毓民而在舞台上嶄露頭角。只要不停滯於模仿，青出於藍，無傷大雅也。

西文東漸，中文O嘴

A貨之名，略有調侃意味，然而英文字母名詞之流行，倒令中文成為混雜語。香港近年的大廈和公屋多講A座，不再講第一座；茶餐廳與地鐵一開始便講A餐與A出口，從來不說甲餐、甲出口（麥兜電視片的漢化西人倒有堅持講「甲餐」的）。天干地支，拋諸腦後。台灣人講的A菜，是長葉品種的萵苣（生菜），港人稱為油麥菜。新一代女子說M到，不再諱稱月事為「姨媽到」。商界講「B計劃」（Plan B），而不講「應變方案」或「備急之策」。[4]以前的人用「袖珍」雅譯pocket-sized，今日改用「袋裝」直譯。舊日百貨公司的女士「恩物」、兒童「恩物」，如今也被俗語「心頭好」、「潮爆熱賣」與「賣飛佛」（my favourite）取代矣。

舊時人語，有大字形睡姿，人字拖鞋。描寫形狀，以前的人想起漢字或工具，如角尺形、工字形、丁字形、蛇形、之字形、丫形（椏杈形）、山形、凹形、谷形與楔形，[5]今日的人想起的是拉丁字母的L形、I形、T形、S形、Z形、Y形、H形、M形與V形。說明市道的曲線趨勢，如V形反彈、U形衰退、W形跌市，L形長期呆滯（如日本在上世紀九十年代）與M形社會（貧富懸殊），今日也直接用英文字母，懶得思考漢字，以象其形。Q（cute的象聲字母）的事物，如Q版公仔，往日叫「趣致」或「的骰」（古字為「菂式」）。[6]中文的褐色與棕色，俗語已染成「咖啡色」。文話「瞠目

4 英文的 contingency plan，今日也成「古老言語」矣。
5 英文叫 cuneiform，如古代巴比倫的文字。
6 「菂」為蓮子，「蔋」為蓮籽；古義指蓮子果實，因其果實細小而引申為現代粵語的「細小」、「小巧」之義。

結舌」，俗語「擘大個口得個窿」，今日的潮人直稱「O嘴」。新一代港人的懶音之下，呢啲嘢（音 ni-dit-yeh）變成 E D 嘢，粵語寫起來變了半洋文。《明報》在香港報界乃崇洋先鋒，除了數字徹底數碼化之外（如「約三千人」寫成「約3千人」），報紙也在十多年前率先用英文字母排序，如副刊是D疊（而不是丁疊），版頭是大字標題 Life & style，四個中文字「時尚生活」瑟縮一旁陪襯，版頭右邊的索引全是英文，不屑翻譯：10 essentials、hi! fashion、men style、food & drink、well being、travel & leisure，暗示識得英文是消費生活時尚的最低文化本錢。[7] 真要崇洋到家，講時尚品味，何不用法文？

大陸走資之後，終日要與西方接軌，內地人不講「世貿」而講「WTO」，很多名詞也無設想中文簡稱，如股票的A股（內地上市的股票）與H股（香港上市的股票）。QDII是「合格境內機構投資者」(Qualified Domestic Institutional Investor)[8] 的簡稱，本有國際做法，無可厚非；但 CEPA 的中文全稱是「內地與香港更緊密經貿關係」，明明是自己安排的，竟未設想中文簡稱。

大陸的房地產項目有整個翻版外國的，連名詞也從巴黎、加州進展到佛羅倫薩與波托菲諾（Portofino）。深圳華僑城在山谷複製了瑞士山城茵特拉根（Interlaken）；

澳門則複製了拉斯維加斯、漁人碼頭及威尼斯，好端端的中葡特色老港，變了A貨新城。[9]西九龍有了「凱旋門」和「擎天半島」（Sorrento）之後，聞說港府正要將尖沙嘴碼頭的巴士站空地變身為意大利式的Piazza（小廣場）。往昔的庶民崇洋但不忘中華，敢稱舊式洋樓為「唐樓」，今日的富商與政府，卻紛紛丟棄祖宗，要做洋人的A貨了。

原刊於《信報》，二〇〇八年九月十一日，增訂版潤飾

7 拙文刊登之後，文友黃志華於其網站評論，〈說A貨……滿山河〉，二〇〇八年九月十二日。

8 資本不能自由出入之國，為免本國資金流失或逃脫，逐步放寬資本管制之策。先准許境內的投資者投資境外證券市場，後准許合格境外機構投資者（QFII）進入本國證券市場，最後達致資本出入自由化。

9 參閱劉健威，〈惋詩〉，《信報》副刊，二〇〇八年八月二十三日。

網語

「網」乃捕捉之器，人結網與蜘蛛結網，皆為獵食。人在互聯網內連成網絡（network），稱為「網民」或「網友」。自以為藏身於網內之朋黨，講部落語，說私房話，謂之「網絡語言」，簡稱「網語」，與佛家禁戒之「妄語」同音。網絡內虛擬之交流空間，猶如密室悄語，看不見監視者，便筆走龍蛇，大鳴大放，甚至上載淫樂圖與春宮片，公諸同好。年來傳送的多是貧寒小民之豔照甚至獵影，官府懶理。二〇〇八年初，富裕明星之豔照泄露，富人之財產權與私隱權受損，在網上流傳，便令欺貧愛富之官府大發雷霆，磨刀霍霍，派出新募家丁向網民喊打喊殺，今後要立法將淫褻畫面及禁忌事物一網打盡了。

自成一國，不染中文

語言之交流如物種之基因交換，頻繁之下便會混雜變異。講話速度快，便生出節縮語、變調與懶音，親暱之朋輩為了排斥外人或彼此取笑，樂在其中，不可為外人道，便自設暗語。網絡交談用的素材是日常語言，工具主要是電腦打字鍵盤，網語的變化也受到日常語言節縮規則與鍵盤字母輸入設計之限制，有跡可尋，並非天馬行空。中文造字又非人人都曉，加上造字之限，中文網絡語言乃在三重局限條件之下創造。是故網語千變萬化，不離三條規則：語音變異（暗語或數字詼諧語）、語詞節縮（特別是拼音字頭簡稱）及符號語（電腦之ASCII字符）。

拼音字頭簡稱，類似英文的acronym（首字母縮略字、頭字語），例如英文laser（激光、雷射）一字就是取「Light Amplification by Stimulated Emission of Radiation」的首字母縮略字，發音就是依據laser一詞獨立發音。然而，網絡上的中文拼音字頭簡稱，並無獨立發音法，故此只在網上流行，不會變為日常語言。MBL只能讀為「免不了」，不能讀為「emble」，故此內地政府或道學先生憂慮網語會污染中文，未免杞人憂天。污染中文之罪魁禍首，乃共產黨之官僚中文，輪九條街都未輪到網語也。

崇洋玩意

日常語之節縮與變異，多是簡稱，在網上用日常的節縮語，如「港府」（香港政府）或「奧運」（奧林匹克運動會），仍是日常語言。電腦鍵盤以拉丁字母及阿拉伯數字為主，以拉丁字母及數字創造簡稱，方可稱為網絡專用之節縮語。大陸通行以拉丁拼音教中文普通話的語音，是故大陸網民頗容易將「妹妹」、「美眉」（靚女）寫為MM，DD是「弟弟」，GG是「哥哥」，「他媽的」寫為TMD，「神經病」為SJB，「拍馬屁」為PMP，「馬屁精」為MPJ，「變態」為BT（不是香港的「BT曾」的BT！）。拉丁拼音打字，如果採用通行的詞組輸入法，打入mbl就是自動彈出「免不了」，是故在網上寫「mbl」，大陸網民便知是「免不了」的詞首節縮。然則，何解不索性打出「免不了」而不用mbl？由此可見，網語仍是年青人趕時髦的崇洋玩意。

港人獨創

粵語獨守南疆，雖則清朝已有粵語拉丁拼音，但注音知識只載於傳教士或殖民官學習粵語之課本，舊式字典仍沿用切音法，新出之字典始用粵語拉丁拼音。市民平日接觸之粵語拼音，只有姓名與地名而已。因此香港人在網絡的語言節縮，不能借用大陸的拉丁字頭的簡寫詞，要自行創造。香港網語多數借用英文字頭，如國際英文網絡沿用的「ic」（I see，明白）、「oic」（Oh I see，明白了）、「plz」（please，請）、「cu」（see you，再見）、「4u」（for you，為你）、「bf」（男友）、「gf」（女友）、「pm」（私下寄信）等。有時加上本地逗趣諧音，如886（拜拜嘍）、5知（唔知）、十卜（support）、pk

（仆街）等。電腦字庫不收粵字，網民便用英文字母諧音代替，如「mut gum ge je！」（乜咁嘅啫！）。oic、cu 及 886，則是我在一九九八年上網玩 icq 時，一屯門初中女生 Tracy66 親授，流行至今。

「Thx」（thank you）、「asap」（as soon as possible，儘快）、「BTW」（by the way，順便一提）等，則由於網絡電郵往返頻密，習以為常，今日也在辦公室的手寫便箋流行矣。至於「Revd」、「esp.」、「cc」等語，則在秘書小姐專事「速寫」（shorthand）記事的年代已為流行，不因網絡而起。至於「BRB」（be right back，馬上回來）、「TTYL」（talk to you later，下回再談）等節縮語，則純由網絡聊天而生。

網絡遊戲流行之後，打機稍停，去樓下食飯，便寫「AFK」（away from Keyboard 離開鍵盤），方便玩伴知道你行開一陣，稍後再戰。

港式女書

「港女」據說愛以懶音、諧音、北姑粵音取樂，老少女扮 kawaii，齊撐姐妹，抵制北姑。在網絡上也有「港式女書」，如梨（你）、禾（我）、典解（點解）、橙（慘）、陰毛（陰謀）、開針（開心）、巧（好）、覺覺豬（訓覺）、禾刀唔豬（我都唔知）等。至於中文加上ASCII表情符號而成為繡花一樣的女書，如「……＊***巧橙哇>_<;;」，則純為閨房私語，男子免問矣。至於有新意否，則《老夫子》年代已經懂得用字母及符號玩表情，港式女書，新極有限矣。老夫子俾死飛仔撞親，叉腰企定，豎起劍指，在「老母」的前後，插入日月星晨魚蝦蟹。

無聊話，火星文

網絡群組之對話，始終與面對面之對答不同，難以採用身體動作及面部表情來回應模稜兩可之事，必須用無可無不可的應對語及感歎語，略作回應，緩緩引出實情。是故網絡上最常用的節縮語是無聊話，例如大陸用的「42」（是啊？）、「48」（是吧？）、「94」（就是！）、「848」（不是吧？）、「1414」（意思意思）之類。此外，附和他人的應對語及發泄脾氣語，也是常見，如「748」（去死吧）、「+U」（加油）、「55」（嗚嗚……）以及上述的「TMD」、「SJB」等。

真正的網語，是以鍵盤ASCII符號造出表情符號，再加以諧音隱語，中國大陸稱為「火星文」，出自周星馳《少林足球》對白「你快回火星吧，地球是很危險的」。

據說世上最早的網語是在一九八二年出現，IBM 公司的研究員斯科特•法爾曼（Scott Fahlman），在 BBS（電子系統公告牌）上留言時，靈機一動，在文末附上「:-)」，代表微笑，後來簡化為「:)」，大受歡迎。此符號後來衍生「:(」，代表落寞。中文也用鍵盤字造出「=1=」（等一等）之類的詞。古字「囧」，粵音迥（gwing²），有明亮之意，由於形狀如人面，也被大陸網民借用為表情符號，表示驚訝、驚喜之類。至於大陸小學生寫「走召弓强」（超強）、「↓b 倒挖 d！」（嚇不倒我的！）之類，也是自以為可以隱秘而已。在網絡年代，資訊共享，火星文的群落共識建立之後，也會被維基百科（Wikipedia）的「表情符號」（emoticons）收入條目[1]，破解暗語快過 007 也。

梁啟超開 blog 啦喂！

一日，某天水圍隱秘青年，在熒幕前昏昏欲睡，忽被廣東新會梁啟超上身，當下文思敏捷，運指如飛，在網誌留下潮語網言：

1　維基百科的「表情符號」條目，見 https://zh.wikipedia.org/wiki/%E8%A1%A8%E6%83%85%E7%AC%A6%E8%99%9F%E5%88%97%E8%A1%A8。

火星文為香江新一代ge網絡暗語，乃中文之寄生語也，衍生語也，不能獨存，係取代唔到正統中文ge。後生仔上網9 up hea下，tum下gf呀gum，金融海嘯之下，百業蕭條之際，大家☺吹下水，夜幕低垂，無所事事，約埋返hm攬攬錫錫，郎情妾意，你high我high，共赴雲雨，勝過搭西鐵出MK fing錢也。之不過，凡事適可而止，好似依家D電視老編喪玩食字gum，「掌門人」寫做「獎門人」，爆爛gag，扮晒蟹，超低能，無新意，會將下一代D中文混lun雜晒，個個語癌，嗰陣就回天乏術，光緒皇夜祭珍妃，恩師康有為返lai都無得救矣>_<、、

原刊於《信報》文化版「我私故我在」之一九二，二〇〇八年十月二十三日，增訂版潤飾

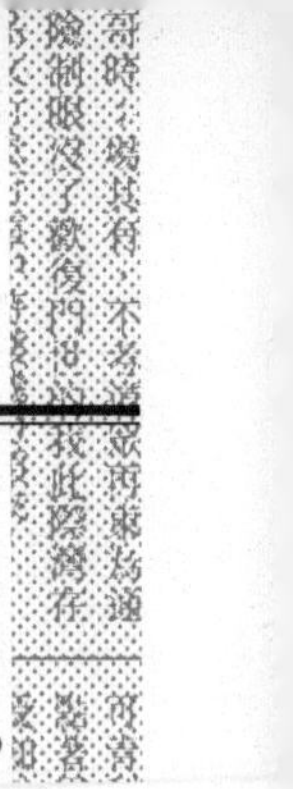

粗話

一九八六年夏日，我在旺角亞皆老街的珠海書院舊址教書，午後無課，去了洗衣街樓上的新亞書店買了牟宗三的《中國哲學十九講》（一九八三），復坐在麥花臣球場附近的大牌檔（已拆）食燒鴨飯。同桌的泥水佬在飲米酒，看了書名，便搭訕曰：「《中國哲學十九講》？使乜十九講吖，一講就講撚完啦！」粗漢一言，如當頭棒喝，令我想起康德的《純粹理性批判》，一講便將哲學講完。

「髒話」出自現代城市

昔日，在髒話的概念仍未通行之前，粗話頂多被視為粗俗不文之語，所謂市語村言而已。粗話也可傳達事相，寄託性情，有如上述泥水佬的醉酒之言，劉姥姥在大觀園之話。粗話與文話，乃貴賤之別，君子與小人之辨也。君子有義務扶持小人、提升小人，卻無權威斥責之、壓抑之。古之讀聖賢書者，平日潔身自愛，偶爾將善德流布於親族友儕，從未想到要明令在公共場合禁止粗言。然而，一切以前不可想像的，不能夠做到的，資本主義制度都提供適當的環境和手段，以便衍生出更多樣化的慾望，更多樣化的監察，創造更多的資本增值。

抑制慾望，由抑制身體開始。中文的粗話與髒詞，都從「尸」部；尸者，僵臥之身體（尸身）[1]，是不動的、待審察與控制的人身。抑制不得說「𡳞」（俗寫「撚」）、「屄」（俗寫「閪」）[2]與「屌」，要說「陽具」、「陰道」與「性交」，有如抑制不得說「屎」、「尿」與「屁」，而要講「大小二便」、「人有三急」。粗話被視為不可說的污言穢語，是近代城市化的現象。愛說「粗話」者懼怕被人斥責說「污言穢語」，便將「班鳩」以諧音委婉化為「賓周」及節縮為「周」，就是身體名詞及情緒語言被城市化和士紳化的過程。香港在上世紀八十年代進入士紳化社會，公共場合禁制了粗口之後，卻衍生出更多的委婉詞，更多的破禁慾望，更多的淫褻審查衝動，由是出了更多的市井報紙雜誌、坊間漫畫與粗俗電影。「屌」（diu^2）字講不得了，便有「挑」、「丟」、「頂」、「小」、「超」、「妖」、「扑」、「×」、「交叉」、「媽叉」、「小喇叭」、「你鹵味」、「問候伯母」、「delay no more」、「DNLM」……。

香港的專權者使用校規、公營電台守則、電視及電影審查及公共場所立法等術，令公共空間成為士紳中產的、壓抑情緒的乾淨語言之所，政府意欲製造的不是互相尊重的和諧社會，而是彼此視如陌路人（strangers）的個體化城市。只有陌路人，才會用乾淨語言來開腔和搭嘴，不敢用粗話來營造熟絡感（intimacy），不敢用捶打肩膀、講丟那媽的方式，假意冒犯對方來將對方納入親切的群落（in-group）。要滿足偷偷講粗口、用隱語講粗口的慾望，可以上酒吧、落夜總會、落架步、看黃霑的《不文集》與王晶的《追女仔》系列。壓抑了粗口，便製造了消費慾望，也製造了工作機會，例如官府有廣管局、電檢處及淫審處。愈審愈精，愈禁愈淫也。

粗言變了污言

古人愛用借代（metonymy），如以皇冠或權杖借代君王，以「屌」和「屄」借代男與女，蠢男子是「懵撚」(呆鳥)、「笨柒」，笨女人是「傻屄」、「戇屄」。舊日的市井男女，都是如此互相稱呼的。幼居客家山村，有粗言而無穢語。「屌」、「撚」與「屄」，與婦女露乳哺嬰，男子露陰小便，一樣天真自然。男根曰「朘」，女陰曰「屄」，交媾曰「屌」，城市的士紳化社會認為的禁忌語，在山村是不二之言。「屄」不叫屄，該叫甚麼？懂得說「陰門」的，已經是知書識禮的大人先生了。怎想得到，今日竟要叫性

1 「尸」字也借用為目無表情而坐在祭壇上扮演神像的人，如成語「尸位素餐」。

2 國音 bi，客家話音別（$biat^3$），粵音「悲」，粵俗音 hai^1。

器官的？客家話的「joy」，粵語的「jeur」，是古字「朘」（音追）的變音，而「朘」字在《道德經》也用的，「赤子……未知牝牡之合而朘作，精之至也。」（五十五章）嬰兒不知男女交媾之事而陽物勃起，乃先天精氣湧至之故。[3]

舊日，粗話只有用得適當與否、過度與否，有節制之禮，無禁制之令。平輩之間可講粗話，見長輩大人與官紳士女不可，祭禮稟神不可。客家人以前責怪小孩在不當的場面口出粗言，本身也得講粗話，如說：「小子不知大體，開口屌撚屌㞗！」猶如粵語責怪粗人不識避忌，亂講粗話，便說「開口屌屌聲」，今日的委婉講法，是「開口媽媽聲」，潮語曰「爆粗」。當然，媽媽教訓已經懂得粗話的小孩，便說不要無時無刻「講爛嘴」。粵語說的「講爛口」、「講粗口」、「粗口爛舌」，都略有佛家戒妄語的意味，即是粗話說得過分，只懂得用粗口來傳情達意，將口舌講得粗了、爛了。語言不分精粗，令人聽了生厭。

女版與特別加長版

六、七十年代我讀小學時期，同學之間忽地有了一句新的粗話，大家便樂不可勝。當年的粗話是有特別加長版的，如「戇鳩」變成「戇撚鳩鳩，行路上廣州，游水着雨褸！」罷就，要講成「罷撚柒就」，方才過癮。公廁牆壁寫滿粗話，傳播粗口三字的香港版本：門字下面加小、西與能字。女子之豪放者，如幫會同學的一眾妓女朋友，也是滿嘴粗言，又頗有女權意識，將「撚」字一概改為「閪」字，快人快語，兮兮之聲，略有《楚辭》氣象。可惜「女版粗口」始終勢單力薄，不敵男版粗口，今日後樓梯的食煙印腳女郎，講的粗口都與男人無異。

當年的小學老師，已開始教「撚」和「鳩」的所謂「讀書音」，前者是 nan^{2}，後者是 kau^{1}，如學生「俗讀」成 lan^{1} 和 gau^{1}，會惹來哄堂大笑。當然，粵語長片裏的嬌嬌女，說「表哥，你咪撚化我喎」，是發 L 音的，扮演酒樓經理的梁醒波說「羊城風味，撚手小菜」亦然。至於「斑鳩」的「鳩」字，字典也註「加歐切」，正讀 gau^{1} 音，kau^{1} 是俗讀。

八十年代上中學時，友儕之間開始抑制粗話，「戇鳩」委婉成「戇居」，「撚化」的發音危險，只好絕口不說。然而，正因為壓抑了粗話，大家的心更邪了。國史老師教到宋明理學，提起「陸九淵」，男生略有所悟，微笑不語。提到「朱熹」，大家卻不敢心邪，朱夫子比陸象山要正經，玩笑不得也。

馬騮稟神

同一時期，社會的審查意識加強，粗口「三字經」擴大為粗口「五字經」，連「鳩」與「柒」都講不得了。不能直講，只好「曲講」，於是粗口歇後語風行。打頭陣的是「法國大餐」（多嚿魚，多鳩餘）與「澳門朋友」（Macao friend，麻鳩煩），隨後是「周大斑」（Taipan 周）、「荷蘭牛仔褲」（Holland jean，好撚賤）、「風吹皇帝褲浪」（孤撚寒）、「老妓埋年結」（算撚數）、「童子軍跳彈床」（scout 彈彈，是鳩但但）、「右邊細佬無屋住」（左／阻撚住晒）、「猩猩打飛機」（玩撚猿／完）等。粗口諧音與意淫詞也湧現，粗話進入隱語編碼（coding）年代，不少更是文人及歌星所創，如粉腸、笨實、頂你個肺（屌你個塊）、釣蟹、九兩菜、費隱士及闞人隱士（尹光創）、我（代）表你（香港大學學生報《學苑》編輯委員會二〇〇一年競選宣傳口號）、十九才子（黃毓民創）[4]、食蕉、含忍、長洲賓客奔洲長（黃霑創）[5]、賓州大學、福建大學、調理農務蘭花系（陶傑創）等。香港人又膽怯又好玩，編碼潮流之下，連尋常粗言也可曲講，於是「PK」、「硬膠」（網語是「on9」）、「杏加橙」、「鹹蝦燦」、「大檸樂」等，層出不窮。乃至沉迷某些嗜好而不能自拔的，也被稱為「膠」，例如往日熱愛收集巴士模型及瘋狂追逐新車攝影，甚至在車廠偷車開出公路的巴士迷，也自嘲為「巴膠」。

曾蔭權做過「清潔大隊長」，念念不忘，喜歡潔淨思想。曾氏治下，警察瘋狂掃黃，香港電檢處和淫審處則思想怪異，判斷離奇，正所謂馬騮稟神——唔係人咁稟（品）。例如《秋天的童話》（一九八七）的主角船頭尺（周潤發飾演）乃紐約唐人街餐館仔，「仆街」、「躝癱」、「冚家劏」等衝口而出，自然不過，然而卻遭當局在二〇〇七年初列為IIB級，建議電視台播放之前須刪剪「不雅」對白。潔淨城市有時真能造就「思無邪」，彭志銘的五字粗話考證書《小狗懶擦鞋》（二〇〇七），某些書店店員看也不看，就放入寵物護理的書櫃了。[6]

原刊於《信報》，二〇〇八年十月三十日，增訂版潤飾

4 濕鳩才子之意。據說此乃諷刺作家陶傑。

5 出自黃霑的對聯戲作：「上水居民居水上，長洲賓客奔洲長。」

6 彭志銘常逛書局，曾看到俄國作家尼古拉・奧斯特洛夫斯基的革命抗戰小說《鋼鐵是怎樣煉成的》（一九三三）被店員當是煉鋼技術書，放在工商業的書櫃內。至於彭的《小狗懶擦鞋》，則放於寵物書的專區。〈文學名著變工業書〉，《蘋果日報》，二〇〇八年六月二十六日。

淫審

「萬惡淫為首，百行孝為先」。兩句諺語文辭對仗，意義關連。古人戒淫，不是為了禁慾，而是為了盡孝與齊家。盡孝之最大者，在於有子嗣繼後香燈，告慰父母；齊家之最大者，在於令妻妾性慾饜足，能安於室，並且不以淫慾敗壞倫常，如叔嫂通奸、翁媳偷色、母子亂倫等。近代道壇託關羽降神，由乩童執筆謄寫之《關聖帝君戒淫經》，也是如此勸戒。舊時少年男女十五、六歲已有婚配，早前也許偷試雲雨，富家子弟之浪蕩者，更沉迷青樓歌肆，夜夜纏綿，縱情色慾，耗費精力而致萎靡不振，冷落妻房，精液淡薄者更有絕嗣之虞。於是父老乃有戒淫之勸，要子弟養精蓄銳，肥水不流別人田，將氣力收入閨房，鞭鞭有力，虎虎出精，以期家門和順，早生貴子。商務及經濟發展局在二〇〇八年十月發出《齊享健康資訊——請參與「淫褻及不雅物品管制條例」檢討》，以「健康」為題，卻以禁慾為實，於健康，於養生，風馬牛不相及焉。

心理衛生通識課？

影視處和淫審處不在負責文化的政策局（民政局），而在負責經濟的的商務及經濟發展局，講的健康，卻觸及青少年的心靈健康。若不是市民對港府的部門政務「惡搞」習以為常，看見一位負責經濟的副局長蘇錦樑臨時掛帥，出來講解保障社會心理衛生的淫審政策，真的啼笑皆非。

日前在沙田民政事務處取了「淫管條例」的諮詢文件[1]，看了封面，三位作其天真無邪狀的素衣少男少女在露齒淺笑，令人誤會是推銷 LOHAS（樂活族）的樓盤。網上色情資訊的讀者絕大多數為男人，但封面卻是兩女一男，少女為焦點，少男被邊緣化，既有將女性非性化（de-sexualize）之心，也有將女性標籤為性罪行的受害人（victimize）之意，企圖蒙混大眾。文件名曰《齊享健康資訊》，分七章，每章以「重點」及「重點問題」為引子，然而「重點問題」假意探討，卻有強烈的官方引導，語氣有如中學生的通識教育課本。文件當市民是學生，正顯示曾蔭權政府「以吏為師」的驕慢態度。所謂七章，依次是定義（淫褻與不雅觀念的定義）；審裁機制（由審裁處還是由法院評級？第 II 級是否應該細分為 IIA 及 IIB 級？）；新媒體（如何規管新媒體？）；執法工作（影視處、警務處及海關的分工）；刑罰（現行條例的阻嚇作用是否足夠？）；及宣傳及公眾教育（應否加強教育？）。

1 「淫管條例」諮詢文件的封面，見 https://www.legco.gov.hk/yr08-09/chinese/panels/itb/papers/itb1120cb1-202-3-c.pdf，頁七。

「荼毒」云乎哉？

文件內出現頗多而又令人不安之詞，是「荼毒」。「荼毒」一詞，有毒害、殘虐之意，語氣極重。評論人指斥政府的文教政策，可用「荼毒」；道德重整會、風俗保存會的會長責罵色情報紙雜誌，也可說「荼毒」；但現代的政府不能輕言「荼毒」。舊王朝的儒官，以修身齊家治國平天下為志，北宋的包青天大人可以用「荼毒」一詞，因為繼後的話就是「居心叵測」、「其罪當誅」、「天理不容」、「先斬後奏」之類，他是夠資格說的。現代的政府官員，當然也要有道德修養，卻不可隨便自居為父母官，動輒道德譴責。「荼毒」這個詞，當今港府之內，試問誰夠資格說呢？是曾經在今年委任為副局長之後公然隱瞞其加拿大國籍的副局長蘇錦樑嗎？

「荼毒」這個重詞，用在甚麼地方？文件開頭的〈引言〉，用的是「青少年這些受外界影響的人士」；在文件的結尾，用的是「讓青少年更懂得抵抗不良資訊的誘惑」，都是中性的「受影響」和略重的「誘惑」而已。然而，一進入〈新媒體〉的一章，政府便忽然用了「荼毒」這個重詞。該章的「重點」說：「鑒於新媒體的出現，尤其是互聯網日漸普及，公眾認為有必要訂立措施以保護青少年免受新媒體的淫褻及不雅資訊所荼毒。」文件的英文版本，卻是輕描淡寫，只說「to protect youngsters from the dissemination of obscene and indecent materials from such new media systems」（保護青少年免受新媒體的淫褻及不雅資訊所波及）而已，可見政府仍是崇洋辱華，不敢唐突西人，卻盡唬嚇自己人。政府要釘死互聯網，實施「網絡二十三條」的心跡，彰彰可據，只是粗疏難看，猴擒急色，不曉得先用「影響」、「波及」、「侵擾」之類的字來開路，緩步而進，一下子就三級跳，劍及履及，用到「荼毒」了。

文件說徇公眾之要求而訂立措施，然而影視處的「二〇〇六年度《淫褻及不雅物品管制條例》公眾意見調查」卻無此意見，至於二〇〇八年初的明星艷照上網事件，屬於一般的盜竊案，所謂公眾要求加強規管互聯網色情資訊之類，只是政府借題發揮，強姦民意而已。互聯網是青年人的自由放浪空間，有親切分享，也有激情動員。「社民連」在二〇〇八年立法會競選大捷，其中一個原因，就是善用網上群落和 YouTube。政府只不過借保護兒童之名，要市民交出自主權，政府介入網絡，強迫網絡商提供過濾軟件，強迫網民提供信用卡戶口證明年紀，企圖伸展權力，駕馭公共空間而已。此外，所謂色膽包天，色情資訊真的令人豪情萬丈，行事大膽（是故娼妓合法化有助刺激消費，復甦經濟！）。封殺網絡色情，也會造就循規蹈矩的順民，連色膽都沒了。法國大革命期間，巴黎流行的讀物不是啟蒙哲學，而是色情小說也。

誤用中文，唐突英文

政府雖然擺出一副義正辭嚴的模樣，指斥網絡色情「荼毒」青少年，卻不敢採取道德立場，文件的題目不敢說「齊享道德資訊」，只說「齊享健康資訊」，以衛生之名，將色情資訊當作致病之污穢物。既然如此，何不將諮詢文件改由周一嶽為局長的食物及衛生局代發？英文本的題目更是變本加厲，曰 *Healthy Information for a Healthy Mind*（健康的心靈要有健康的資訊），如此用詞，讀來毛骨悚然，政府當自己是唯一頭腦清醒的精神科醫生，要確保頭腦昏沉的市民的精神健康了。可以推斷，英文本的內文由精通英文語理的專人撰寫，但英文本的題目則顯然出自不通英語社會文化的華人手筆，因為「healthy information」在英文的文化脈絡裏，是說不出口的。看官大可查閱 Google，只有「health information」（有關醫療健康的資訊）的配詞組合，卻不見「healthy information」（健康的資訊）。Healthy information 是中世紀某些自以為是的教牧或近代的共產黨官之類才用的詞語組合。政務官（AO）在招聘條件上，雖然有雙語兼擅的要求，但出來的某些官員卻是誤用中文、唐突英文。觀乎政府的語文表現，香港是雙語社會之說，可以休矣！

社會寬容，乃有色情

色情令人精神爽利，過度的色情——古語所謂淫逸，才有致病之虞。至於何謂淫褻過分，何謂過度吸收色情資訊，雖然因人而異，但總有社會制衡，不必政府操刀。歐陸國家多無色情審查，德國的憲法就禁止一切政府的審查行為，但不見得色情泛濫，街上的廣告常有男女裸露，樂而不淫。受到飲食營養充沛及社交網絡擴大之影響，今日之兒童比往日早熟，將合法性交年齡維持在十六歲，實是強人所難，有「網民」之虞（張開法網來捕捉人民）。很多地方的合法性交年齡在十四歲（如中國大陸、加拿大），甚至十二歲（如荷蘭、西班牙），而即使少於十二歲，兒童之間的性愛也是放任不禁，絕少像香港般的，將偷情的小兒女捉將官裏去，小題大做。色慾如痲疹，愈早試愈快免疫。兒童一早領略性愛，身心暢快，無自我忍抑，日後即使到了天體浴場，也會「思無邪」的。

色情文化是社會成熟與寬容的表現。漢唐中國，其寬容毫不遜色於歐西。唐代婦女袒胸露肩，一襲輕紗裹身，形同裸露；唐人傳奇更是士人所作，意氣飛揚，奔淫不禁。及至明清，朝政閉塞，但「野火燒不盡，春風吹又生」，淫樂文學依然不絕，《西廂記》、《金瓶梅》與《牡丹亭》，乃至春宮圖、《素女經》等，都是書肆中物。明清兩朝之道學先生固然鄙棄淫書，王官也偶有禁毀，連帶政治諷刺與荒誕不經之書，也在禁制之列，雖謂政令疏漏、禁而不絕，然而亦虐殺時人之創意及想像力。試問一位香港市民靜靜在家觀賞網上色情，干卿底事？何解香港的現代政府，一邊提倡創意工業，一邊竟要效法閉塞之明清王朝，偏要審人之淫，攪皺一池春水，令治下之民創意枯萎，興味索然？

原刊於《信報》，二〇〇八年十一月六日，增訂版潤飾

粉絲

當今香港特首曾蔭權一度口出狂言，謂可以用金融「大茶飯」養活將來香港的一千萬人口，可惜金融衍生工具只是養肥了國際大鱷魚，害慘了無知投資者。雷曼兄弟信貸掛鉤票據（「迷你債券」）崩潰之後，牽連千多名年邁「苦主」上街控訴銀行職員誤導。傳媒和政黨一時不察，沿用台灣風行的「苦主」之名，後來有人指正，始改稱香港慣用的「事主」或「受害人」的泛稱。

台灣來的風

苦主在傳統中國刑法，乃指「被害人之家屬」，舊稱「遺屬」。如《元史・卷一〇五・刑法志四》：「諸殺人者死，仍於家屬徵燒埋銀五十兩給苦主。」所謂「燒埋銀」，殮葬費是也。「事主」在名詞上，可指主持事務者或刑事案件中倖存的被害人。至於「受害人」，則屬於「百搭」名詞，一般適用。「苦主」乃中國舊時刑法詞彙，此詞可以在台灣風行，也許是台灣民眾經歷國府遷台之初的高壓統治，「受迫害」的心障重重，喜歡向公眾或傳媒訴苦，將事情訴諸公議，有時即使進入司法程序，也照樣大鳴大放，前總統陳水扁也用此策，自居為受害人，在上庭之前召開記者招待會，將其貪污案訴諸公議。

引經據典，狹義的「苦主」有遺屬之意，惟當今世事日趨複雜，而且民眾詞彙受到洋化中文影響，很多名詞的詞義都有泛濫之虞，往日的專稱名詞濫用之後，都成了泛稱，即使台灣本土，苦主也有用以泛稱「受害人」，是故香港用「雷曼苦主」之名，也無不可。至於台灣法院用詞，依然分明，例如香港泛稱的「罰款」，台灣有「罰金」與「罰鍰」之分。「罰金」是法院判決的刑事罰款，「罰鍰」為行政機關處分的行政罰款。另有「易科罰金」，當時犯罪人犯最重本刑為三年以下有期徒刑的罪，而受六個月以下有期徒刑或拘役的宣告，因身體、教育、職業或家庭的關係，其執行顯然有困難者，以一元以上三元以下折算一日刑期，以罰金代替執行。

上世紀六十年代，香港本土粵語流行曲熱潮未起，國語時代曲乘虛而入，當時得令，《高山青》、《風從哪裏來》、《今天不回家》等響徹里巷，香港人也開始「聽歌學國語」。當年國府資助國語流行曲傳播，也是為了在台灣本土推廣國語的。台式國語乃老派國語，保留南方官話遺風，乃四聲五調的南京官話，源自明代的江淮官話系統，翹舌音ㄓ（zh）、ㄔ（ch）、ㄕ（sh）以舌面發音，語音也有清濁之別，並保留聲調短促的入聲，詞彙仍較古雅；今日香港學生被迫學習的「普通話」，已被滿洲人的翹舌音和兒化音摻雜[1]，復遭共產中文詞彙污染，不成其國語矣。

生活情調

香港回歸之初，適值台灣第一次政黨輪替。民進黨執政之後，台灣人關心本土，文化趨向內斂，然而依然悠悠影響香港。台式詞彙滲入本地者，略可分為小資情調的消費詞彙與民主選舉的政治詞彙兩種，前者與台灣人熱衷優雅生活有關，後者則是政黨競爭所致，而兩者都是香港缺乏的。

考之以言文，台灣的消費名詞之中，有重新用音譯法將慣常的西餐食物「陌生化」，製造新鮮感者。例如將乳酪依英文（cheese）音譯為「起司」（何不取法文的fromage？），煙肉（燻肉、鹹肉）音譯為「培根」（bacon），烤麵包音譯為「土斯」（舊譯）、「土司」甚至令人反胃的「吐司」（toast）。至於鮮奶咖啡（café latte）戲譯為「拿

1 滿洲話有擦音（如sh）和顫音（如r），都是翹舌而發的。國語（普通話）受滿洲話干擾之說，民國章太炎有論之。

鐵咖啡」，泡沫咖啡音譯為「卡布其諾」（cappuccino），薄餅音譯為「披薩」（pizza）之類，則有老天真、「扮可愛」（kawaii）之嫌。國人翻譯外來詞，以意譯為主，音譯乃迫不得已之作，日後也多返回意譯，例如 parliament 先音譯為「巴力門」，後譯為「國會」，絕少有將意譯詞重新音譯的。今日國人捨此翻譯通則，只能說是崇洋媚外，改個音譯名字，有助銷售也。音譯之中，又以英文為主，不及五四時代，依英、法、德、俄諸國語言翻譯之豐富。國人加碼崇洋之後，世界視野反而狹窄了。

流行消費名詞之中，橫掃華人地區者，莫若「粉絲」一詞。「粉絲」本是食物，乃豆類澱粉的線狀製品，綠豆粉絲最常見（惟大豆不可製粉絲），粗者稱為粉條，細者為粉絲，亦稱「冬粉」、「來絲」（客家話）。然而今日潮語之「粉絲」，乃英文 fans 之音譯；fan 乃 fanatic 之簡稱，狂熱份子也，比喻追逐明星偶像之人。香港往日有「歌迷」、「影迷」、「戲迷」與「球迷」之名，一一對應於歌星、影星、粵劇老倌與足球明星。至於「發燒友」，多數用於 hi-fi 音響器材之愛好者。歌影視三棲之明星，其擁躉舊時也泛稱為「迷哥」（男）、「迷姐」（女），今日則可稱為「追星族」。然而，在媒體匯流（media convergence）的趨勢之下，始終要有新的跨媒體及跨性別之泛稱，香港於是引入 fans 的外來詞，配合粵式發音，乃有「fan 屎」之聲，書寫仍用 fans。本來借用粵劇詞彙，可用「擁躉」為泛稱的，不過此土詞始終不敵洋文。台灣有「粉絲」之音譯詞之後，香港便欣然襲用。古文有「知音」一詞，也是可泛稱「影迷」、「歌迷」的，不過今日的「粉絲」追隨的很多都是五音不全、吐字不清的俗物，又豈能以知音名之？[2]

選戰熱烈

另一套香港流行的台灣詞，則是政黨政治名詞，過去含羞答答，不敢採用，今日則幾乎全套襲用。例如同盟政黨，冠以「泛」字，台灣為泛藍、泛綠，香港則稱民主同盟為「泛民」（泛民主派）。選舉之術語，如選戰、選情、選舉機器、造勢大會、肢體衝突、站台（黨魁為候選人呼籲支持）、操盤、護盤、作秀、抹黑、文宣、樁腳、票倉（或票櫃）、鐵票、票源、拉票、買票（賄選）、拜票（託情）、催票（催促投票）、固票、配票、告急（票站民調落後）、謝票等，今日大多已成香港政治通語。當然，香港也有傳神的本土選戰用語，如「分薄票源」、「箍票」、「過票」與「洗樓」。然而，台灣的「政黨輪替」與「全民公投」，則暫與香港無緣矣。

2 余光中有〈粉絲與知音〉（二〇〇六）一文，戲說「在數量上粉絲會較知音為多，而且也較瘋狂。粉絲雖然好吃，但也涼得快。你看米高積遜曾經有很多粉絲，但神話已破滅了」。

政客的作秀，港稱「做 show」，亦寫「做騷」，以前夜總會的 floor show 則戲稱為「科騷」。同是音譯，「秀」字比「騷」字表面看來優雅些，因此香港人看嚴肅表演不叫「看騷」，台灣的「看秀」則範圍廣闊一些。政要的近衛（bodyguard），台灣仍用古雅的「隨扈」、「扈從」，香港則用江湖味的「保鑣」。台灣的洋化中文也有的，如陳水扁一度高呼「台獨不是選項」，就是 not an option，中文說「不在考慮之列」、「此路不通」之類。至於將 erotic 意譯為「情色」，則是台灣文人神來之筆，「色情」兩字倒轉，便將艷情與春宮現代化，也比「鹹濕」斯文多了。台灣近來時興環保，商店裏的 DIY 則是「自助」（Do-it-yourself），BYOB 則是「自備購物袋」（bring your own bag）。台灣人至今不脫文藝嬌氣，以「男生」、「女生」稱呼成年男女。台灣的街頭大字，多數用端正古雅的歐陽詢體，廣告詞如「拂過你的頭髮，風也要戀愛」（洗髮水廣告），也成了往日港人遊台灣的「驚艷」。

一名三譯

神州歷代語音不同，方言各異，兼且外文來華，也往往由他國譯者轉述，是故音譯外文自是各處不同，舊王朝的做法是悉隨其便，不予更改。清・咸豐朝《籌辦夷務始末》「凡例」有云：「西域文字，每於字旁加口，如唊、咪。各夷人名地名，亦往往加寫口旁。然外省摺奏間有不同，或從口或不從口，有同此一人一地，而稱名彼此不同。自因各省譯音偶殊，文字因之而異，各從其舊，以免紛更。」可惜今日兩岸各有命名主權之爭，香港在殖民地時期，港英也刻意沿用粵語翻譯外名，以致有一名三譯。南洋星馬之譯名，仍未算在內也。

台灣刻意保存一套人名地名譯法，與大陸及香港區分，例如季辛吉（基辛格）、柯林頓（克林頓）、梅傑（馬卓安）、柴契爾（戴卓爾）等。除了英國政客的譯名不如香港雅馴之外，台譯也是雅達，比中共刻意用一套譯音字將外名夷化為佳。例如法國的Cannes，港譯「康城」，台譯「坎城」，大陸則硬譯「嘎納」，大失雅意。港譯、台譯的「千里達及托巴哥」，大陸譯為「特立尼達和多巴哥」，如機器翻譯。非洲的Kenya，香港舊譯「肯雅」，雅及非洲，然而中共卻不容非洲雅化，將之譯作「肯亞」。加州的聖地牙哥（San Diego）已譯多時，雖然大陸的新譯「聖迭戈」發音較準，但也無謂改變，猶如舊譯「三藩市」不宜改譯為「聖法蘭西斯哥」也。至於「紐約」，用客家話讀，音與調都與英文原名吻合。中共的新譯，欺善怕惡，一般揀小城小國下手，大城大國的舊譯，就不敢動了。

我在一九八五至八八年間，從學於法國人類學家Jacques Lemoine，他自有漢名李穆安，音義俱合。豈料到了大陸開會，官方非要將他命名為「勒木瓦納」不可。慕漢之人，竟遭中共貶抑，變了新疆回民或南美洲人。中共為了爭奪命名主權，有好好的「維珍尼亞州」（港譯）和「維吉尼亞州」（台譯）不用，偏要對着幹，譯為「弗吉尼亞州」，諧音「弗（不）吉利呀！」。台灣文人翻譯的愛荷華（Iowa）也擱下，非要將之夷化為「艾奧瓦州」不可。可憐香港政府和電視台奴性濃重，一一襲用中共譯名，既不兼容粵音，又粗鄙無文，致令公共言文鄙俚無味。

原刊於《信報》，二〇〇八年十一月十三日，增訂版潤飾

達標

所謂「周瑜打黃蓋」，一個願打，一個願挨。食品公害醜聞在大陸層出不窮，官商勾結，舉國腐敗，固是惡因，老百姓麻木不仁，逆來順受，也是惡緣。彼此蒙混之下，連帶內地的官方語詞也是模糊不清，令百姓頭腦昏亂，官商可以予取予攜。近年此類大陸新詞也滲入香港，排擠香港舊詞，劣幣驅逐良幣。港官糊塗，傳媒不察，共產中文便連同三聚氰胺一道灌下市民的肚腸了。

永不超生

排斥意義平穩的「及格」、「合乎標準」與「過量」、「過度」，改用貌似科學的「達標」與「超標」，是大陸食品工業現代化的寫照。「標」不知是好是壞，達標是好的，超標又變了壞事，真的要看指標由誰制訂，任由長官說了算。然則，「超」字明明是有褒義的，超聲波、超導體、超音速都是新科技，超人是有超能力的好人，超英趕美更是中共歷來之志，何解「超生」、「超標」，竟又成了貶義？按道理，「超標」是超過指標、超出標準。超過了，不是很好麼？同是「超生」，若只看節縮詞而不知全義，在香港或新加坡等人口老化之地，「超生」是超額完成生育指標（曾蔭權說的「至少生三個」），是好事；在大陸，「超生」是超過生育指標，就成了壞事。

「超生」一詞，本有已有，乃輪迴再世、重新做人之意，也有求人家寬宥生命、放開生路之意。昔日咒罵人家，就說「打落十八層地獄，永不超生！」。然則，共黨為補救老毛時代崇尚「人多好辦事」的鼓勵生育政策之流弊，因此要在一九七七年下禁令，要全國永不「超生」（少數民族地區除外）。也許中共的弦外之意，正要說老百姓在其治下，確是命在黨手，永不超生，也是錯有錯着吧。

公安站崗

由此可見，許多大陸新詞都違反中文語義與固有傳統，猶如出自一群不文蠻夷之口。舊詞用「過量」、「過度」，語義之所以穩定，是由於「過」字有貶義，過失也，錯過也，過猶不及也。若真的要說超過可以容忍的限量或用量，可以說「超量」。這是台灣用語，有科學涵義，但不涉及指標或標準，原因是超越指標或標準，不一定是壞事。考試的成績超標，某牛奶的蛋白質含量超標，不是很好麼？然而，三聚氰胺超量、過量或過度，就一定是壞事了。港府和傳媒糊裏糊塗，有好好的舊詞不用，引入新詞「超標」而不察，自討沒趣也。

相反，「達標」倒是可用的，不論「標」是標準、指標或目標，「達標」都是褒義，原因是「達」字是褒義的。然而，台灣的網上《國語辭典》依然明慎，標明是大陸用語。辭典如此解說：「大陸地區指達到預定標準」，這是來自對岸的善意理解了。使用不明全稱的節縮語（short-form without full-form）是共產中文的特色，很多節縮語的原來意思都忘卻了，達標、超標的「標」，是標準、指標還是目標，都說不準。猶如「公安」的全稱如何，黨官也不便明說。站在警崗上的不是尋常警察，而是「公共安全」人員，豈不嚇人？

自主創新

二〇〇二年，我在《信報》寫〈共產中文「進軍」香港〉[1]，轉眼經年，當時共產中文入侵香港，方興未艾，仍未「達標」，如今已是積重難返，「超標」了。香港不但

1 文章收入本書。

輸入大陸的偽科學詞、數目字詞、機械程式語言、粗鄙詞等，也開始自行「研發」，自主創新了。

舉數字詞為例，一個「零」字，迷倒官府，令其胡言亂語。「零容忍」（zero tolerance）是前紐約市長朱利安尼（Rudy Giuliani）整頓紐約治安惡劣的鐵腕政策，除惡務盡，小罪皆檢舉，打擊罪犯連貧民也一併清掃，吾人可以不予苟同，但總得佩服其氣魄。有新政，乃有新名詞。香港毫無新政之風，但政府卻偏迷戀數字詞。明明是「路上無意外」主觀祈願，政府的交通安全宣傳標語卻要確保「路上零意外，香港人人愛」，用客觀的數目字來管理交通意外了。不容貪污就好了，廉政公署在二〇〇八年十月的廣告詞卻要趕時髦，說「貪污零容忍」。對罪惡「零容忍」，古語說「嚴懲不貸」。阿牛（曾健成）等人的民間電台在二〇〇八年四月復播後，政府未有任何行動，卻警告將對參與民間電台非法廣播之人「零容忍」了。[2]

另一個「零」，是「零距離」，例如特首曾蔭權與學生見面談話，舊時叫「面談」、「懇談」，如今官府卻稱之為「真情對話」、「零距離」接觸，而傳媒猶如受了賄賂，竟然直錄官府的混話。特首真的是向小學生顯露「真情」麼？彼此有距離，就不是「零」了。更何況，在科學的量度上，是無「零距離」這回事的，只有近距離與迫近的概念。

日常語言上，說歌迷與明星「近距離接觸」只是潮流話而已，那不是「親近」的意思麼？政府說「預防禽流感，避免近距離接觸家禽」，何謂「近距離接觸」呢？人雞相隔幾厘米，叫「接近」；手碰到雞毛了，叫「觸摸」；鼻子碰到雞屁股了，叫「觸及」。避免近距離接觸家禽？用這許多字，原來是「勿近家禽」而已。

此外，「搭建平台」、「政策傾斜」等政詞，也成了港府用語。為粵港兩地的經濟聯繫「搭建平台」，是搭台唱戲麼？明明是對中小企的「政策優惠」，何須講成是又傾倒、又歪斜的「向中小企政策傾斜」呢？其他胡言亂語，罄竹難書，日後再談了。

混沌無文

所謂「入鮑魚之肆，久而不聞其臭」。[3] 即使是溫家寶，飽讀詩書，但在黨八股的環境下成長，偶爾也難免講混話。《新華網》廣州二〇〇八年七月二十日電，溫家寶說，「今年以來我國經濟社會發展經受了嚴峻挑戰和考驗，保持了良好發展勢頭，

2 〈評民間電台復播，馬時亨：零容忍〉，《蘋果日報》，二〇〇八年四月二十二日。

3 古文之「鮑魚」，乃濕鹹魚，鹽漬魚。此語出自《孔子家語・卷四・六本》。「與善人居，如入蘭芷之室，久而不聞其香，則與之化矣；與惡人居，如入鮑魚之肆，久而不聞其臭，亦與之化矣。」劉向《說苑・雜言》亦載是語。

成績來之不易。當前經濟運行還存在不少突出矛盾和問題，我們要增強風險意識和憂患意識，堅定信心，振奮精神，扎實工作，努力實現經濟平穩較快發展、控制物價過快上漲的目標。」[4]前句中，努力實現的「較快」發展，是可欲（desirable）的改變，後句中，控制而使之「過快」上漲，依照語法，也是可欲的改變，但語義卻是不可欲（undesirable）的改變。問題出在中性的「控制」一詞，改用貶義的「抑制」便好。「實現平穩較快發展」，百姓話是「穩中求快」；「控制物價過快上漲」，平常話是「平抑物價」。說話雖然出自溫文首長，卻是混話連篇，可憐文武百官要天天學習。

中共對外的措詞是「美國眾議院通過上述決議案，對中國的人權和宗教狀況進行無端攻擊和惡意詆譭，違反了國際關係基本準則，粗暴干涉中國內政，中方對此表示強烈不滿和堅決反對」。[5]對內的用語是「開會沒有不隆重的，閉幕沒有不圓滿的，講話沒有不重要的，決議沒有不通過的，讚揚沒有不高度的，人心沒有不鼓舞的，領導沒有不重視的，過程沒有不順利的，問題沒有不解決的，完成沒有不超額的，成就沒有不巨大的，接見沒有不親切的，中日沒有不友好的，中美沒有不合作的，交涉沒有不嚴正的，會談沒有不圓滿的」。[6]中共對外口硬，但卻屈就外洋，例如為了響應聯合國的《聯合國反腐敗公約》，中共在二〇〇七年九月成立的國家級的專門機構，以期肅貪倡廉，名之為「國家預防腐敗局」。天可憐見，即使在殖民地時期，港英政府也把處理prevention of corruption的機構，定名為「廉政」公署啊。

原刊於《信報》文化版，二〇〇八年十一月二十日，增訂版潤飾

4 新聞標題為：〈溫家寶：促進經濟平穩較快發展，控制物價過快上漲〉。

5 引述自古德明，〈姜瑜說得對〉，《蘋果日報》，二〇〇六年六月十七日。

6 題為〈中央電視台新聞聯播的最新發現〉，大陸網上流行帖子，乃黨八股之寫照。

優化

優游官場，最宜「優化」。港英殖民地時期，雖然不言革命，市民也不大過問政務，但簡單的事情，政府可以「處理」、「做好」、「辦妥」，制度可以「改良」、「改革」，公共服務可以「改善」，有把握一次改好的，可說「完善」。彭定康年代，政府自承其責，志氣沖天，改善得來的，官員誇下海口，說「完善」，大膽創新，將「完善」作動詞用；改善不來的，未如人意者，官員頂多是推搪說「有改善的空間」（rooms for improvement）。不像回歸之後，市民要求政府問責之際，政府卻推諉責任，大小事情都辦不好，幾乎全在「優化」之中。

科學術語，政治廢話

回歸之後，港府官員成了一群智力特殊的人，喜歡玩弄語義高深的詞彙，並將之降格（downgrade）使用，消解其專業內涵，再推而廣之，取代日常語詞，達到消滅語彙之目的，旨在含糊其詞，推諉責任。將「有」與「無」，講成「存在」與「不存在」，將「考慮」、「有可能」、「或許」……，講成「不排除」，已見怪不怪。近年，官員將認知心理學的「認知」（cognition）一詞掛在口邊，用來取代日常語言的動詞「認識」（know）及名詞「知識」（knowledge）。結果，是失去常用的知識，只有高深莫測的認知。

「認知」，是對知識的構造過程有自省的理解，是知識之反省，knowing you are knowing 之意。然而，香港的「認知」卻非如此。政府對母語教育的看法或立場，在高官口中，變成「政府對母語教育的認知」，推而廣之，報章的醫學專欄標題說「認知大頸泡」[1]、「正確認知兒童白血病」[2]，作家寫娛樂新聞也說「張柏芝的兩點認知」。[3] 不明底細的，還以為此地文明好學如古希臘，滿街哲學家。這個說「認知」，那個說「存在」、「不存在」，「排除」、「不排除」。

1 陳選豪，〈認知大頸泡〉，家庭醫學專欄，《信報》副刊，二〇〇九年三月二十七日。

2 香港電台「醫生與你」節目撰稿，〈正確認知兒童白血病〉，《信報》副刊，二〇〇九年十二月十六日。

3 李怡專欄，《蘋果日報》副刊，二〇〇九年三月二日。此例已用於拙著《執正中文》〈教育當局，其身不正〉一文引用，此處仍須重提舊例。

線性規劃，官員精通？

「優化」是官場廢話的新品種。凡事都說「優化」，就埋葬了「做好」、「辦妥」、「處理」、「改善」、「改良」、「改革」、「完善」……，變成語焉不詳，市民無從追究，官員推搪責任，這是回歸之後大行其道的官方「免責語言」（disclaimer language）。優化是「最優化」的簡短本，「最優化」則是「最適化」（optimise）的通俗本。由「最適化」變成「最優化」，再演為「優化」，本來是知識普及的現象，但在港府卻是知識墮落的過程。

「最適化」是應用數學的觀念，來自線性規劃（linear programming），演變為決策學（decision science）的用語。近年由於翻譯英文的優質產品（quality product）、優質服務的「優質」流行起來，取代常用語「優秀」、「精良」、「精工」、「精煉」之類，加上應試教育的「優」（distinction、攞A）字情結，連帶「優化」也變得親民了。

某類決策問題，牽涉多個決策因子（用函數表示），其中有一最適宜的數值，不是最大也不是最小，唯有當決策因子落在最適宜的數值時，此決策問題的目標始能達致圓滿。求此最適宜數值的過程，稱為「最適化」（optimise）。最適化的數學，在經濟數理、統計學、規劃及運籌學應用。回應永續發展（可持續發展）的大勢，近年的政府政策學已擺脫純經濟效益或國民生產總值（GDP）之單一發展議程追求，必須顧及環境保護、社會融和、文化保育等議程，成為綜合發展議程之考慮。因此，當今頗多先進政府引入「最適化」的決策概念。二〇〇一年規劃署發表《香港二〇三〇——規劃遠景與策略》諮詢文件時，我曾與何志平一道，向政府建議「綜合發展議程」的概念，並引入「最優化」及「優化」的詞彙，盼望政府為香港的經濟、民生以至自然及人文環境，作一綜合之考量。然而，「優化」竟然流行起來，且退化為政治潮語及官場廢話。

最適化、最優化、優化

在政治上應用「最適化」、「最優化」或「優化」之詞，必須有綜合的政策考量，做到各方利益或權利都達致最適化。這種智性森嚴的決策過程，正是目前的香港政府所不願為的。高官只會亂用和濫用，令此詞喪失智性內容，順帶摧殘其他日常語彙（改善、完善……），令市民面對官話「優化」，無所適從。以政府新聞處的公布為依據，開首，嚴肅使用優化一詞的，是規劃署，如「優化海濱研究構思」（二〇〇五年一月二十五日）。此前，教育局也曾使用「優化」，但不過是「達致優質（教育）」的簡便講法，也證明「優化」流行，受到「優質」一詞之牽引。如教育統籌局局長李國章說，

「小班並非優化教育的靈丹妙藥」（二〇〇四年十二月二日）。

股市牽動人心，真正令「優化」一詞大行其道的，是二〇〇五年港幣匯率遭受衝擊，金融管理局使用「三項優化聯繫匯率措施」。[4] 要連貫幾個措施，靈活調配，始可達致最適化的政策效果，使用「優化」一詞，恰如其分。後來卻走了樣，即使是推出一項簡單的政策措施，或者籠統的政治目標，也說「優化」了。如曾蔭權在二〇〇六年十月十二日宣讀《施政報告》，便說「實事求是，優化施政」。改善交通，便說「優化交通」，如香港「須優化跨界交通，政府研建第三機場跑道」（二〇〇七年一月十五日）。加強檢驗有毒食物，也是「優化」：「食物安全，粵港優化食物安全合作機制」（二〇〇七年五月十四日）。輕微的公關策略調整，也說「優化」，如律政司司長黃仁龍說，「努力溝通，優化校園驗毒」（二〇〇九年八月二十一日）。

至於口沒遮攔的前教育局局長孫明揚，更是「優化先生」，他說要「優化英語教師計劃」（二〇〇八年六月二十三日）、「優化本地高等教育」（二〇〇九年五月十二日）、「自願優化班級結構」（二〇一〇年三月二十五日），都是別有所指：「優化教師」是減少教師、「優化高等教育」是削減資助、「自願優化班級」是被迫縮減班級（縮班）。英文方面，起初新聞處英文稿仍堅持用「improve」的，後來也失守了，多寫

「optimise」，只讀英文稿的人，也許以為港府由數理專家主政。回歸之後，留守官場的英國人愈來愈少，使用英文的華人高官也財大氣粗起來，官場的程式中文、毒性中文蔓延之下，連英文都不能倖免，都中毒了。

承擔責任的「完善」，用得絕無僅有，如「完善博物館管理制度」（二〇〇六年十月十二日）；創意爆棚的財政司曾俊華則說「不斷完善市場監管制度」（二〇〇八年九月十九日）。不斷完善，就廢掉「完善」的原本含義了，其荒謬之處，猶如早年共產黨人說的「不斷革命」。有用的革命，一次就完，而且效用久遠，如英國的光榮革命、工業革命，法國的法國大革命。

奇異知識，大行其道

政治清明，本是平平無奇。良風善政，只須尋常知識，即使遇到要尋求專家知識的時候，良好的政府也有責任用尋常語言向百姓交代，而不是直接應用專業詞彙來迷惑百姓的。當政府放棄使用尋常詞彙，以玄妙知識（esoteric knowledge）及特異詞彙

4　其餘新聞稿例子：「金融聯匯優化措施行之有效」（二〇〇六年五月十八日）；「金管局推優化措施紓緩資金壓力」（二〇〇八年十一月六日）；「任志剛：優化措施已遏抑利率波幅」（二〇〇五年七月二十一日）。

（fancy terms）高談闊論，掩藏危機與政治責任，就是官商勾結、攫取私利的愚民政治時代。[5]如二〇〇八年金融海嘯暴發之前，港府放任公有資產私有化和證券化，衍生「領匯」威脅民生的大問題，本地銀行向散戶推銷的「信貸違約掉期票據」（CDS）、抵押債務證券（CDO）等金融產品，其學理和數學模型等理論基礎薄弱，全世界沒幾個人懂得，執行買賣的中介者（證券行）在衍生交易價值的過程中，其實是自行製造風險然後轉移出售，令信貸體系更形脆弱，違背常識，但卻無人置疑，瘋狂買賣。

二〇〇九年底，「五區總辭」醞釀期間，輿論談及參與總辭的政黨計算投票比率及人數，都用「精算」，民眾也許以為是「精密計算」的縮寫，但「精算」是保險業的專用名詞，利用機率法則來衡量風險以及計算保險費率之意。政黨預計投票之勝算，用「盤算」就足夠了。[6]正如用認知心理學的「認知」來取代日常的「認識」、「知識」，用「精算」來取代「計算」、「預算」、「籌算」、「盤算」之類，也是香港反智社會的特色。

撚化市民

官場廢話與程式中文，猶如文癌，可以自我衍生。「優化」之後，衍生「活化」一詞。「活化」首見於二〇〇四年民政局宣布的《文物建築保護政策檢討》諮詢文件，如文物建築修復之後，改作其他文化或社福用途，便叫「活化」，來自英文「revitalise」，實則是「活用」而已。到了二〇〇九年，不單止活用古蹟叫「活化」，連鏟平、改裝都說「活化」了，如活化舊區，活化工廠大廈、活化歷史建築、活化居屋第二市場（二手買賣）、活化校園閑置空間、活化大澳之類。見到尖沙咀舊水警總部及灣仔和昌大押與喜帖街的活化例子，便知「活化」不過是私有化與商業化的隱語而已。至於年青市民湧現香港電台在維園主辦的「城市論壇」，激活氣氛，傳媒稱之為「活化」維園論壇，則有搞笑意味，無傷大雅。[7]

5 此觀念引申自《信報》同文林沛理的《亞洲周刊》文章。「在這重意義上，一篇一九七三年在美國芝加哥大學《政治經濟期刊》發表、題為〈期權與公司債的定價〉（The Pricing of Options and Corporate Liabilities）的文章，可以說是今次金融危機的理論元兇。此篇現已被奉為經典的文獻，提出一條根據有關潛在資產計算多種金融衍生工具價值的方程式。」林沛理，〈被打入冷宮的「常識」〉，《亞洲周刊》第二十三卷四十八期，二〇〇九年十二月六日。

6 例如《明報》論壇的一句，就將「精算」當作政治潮語使用：「政治到底還是一種需要精算的事業，每黨心底裏都有個打得啪啪作響的算盤，這都是正常不過的事。」摘錄自吳志森，〈爭論「5區總辭」政治論述貧乏〉，《明報》論壇，二〇〇九年十二月十五日。練乙錚的〈算算五區總辭的人均成本和政治代價〉一文，也受此政治潮語影響，「金錢代價之外，當然還有各黨派的政治代價，後者如何精算，筆者不是專家，難以置喙，但想提出一個分析，供有關人士參考。」《信報》，二〇〇九年十一月二十五日。這裏的「精算」，不過是計算而已。

7 參閱〈死撐功能組別方剛、何鍾泰遭圍攻，維園阿哥戴豬狗面具，嘲諷小圈選舉〉，《蘋果日報》，二〇一〇年四月五日。

「優化」、「活化」？不過是政府當市民是傻瓜，用免責語言消解責任，撚化大家而已。

宣傳用「優化」，政策用「提高」

二〇一八年十二月十八日，發展局的網頁刊登局長隨筆[8]，說：「《施政報告》其中一項措施是計劃動用二十五億元，推出『優化升降機資助計劃』，由二〇一九至二〇二〇財政年度起的六年內，向有需要的樓宇業主提供經濟誘因及適切的專業支援，鼓勵他們進行升降機優化工程，從而提升舊式升降機安全。」香港樓宇的升降機並非紐約巴黎舊大宅的雕花鐵籠，只是尋常機器，只能說是保養維修，更新零件改良功能之類，何來優化美化？

二〇一八年《施政報告》，用了二十九次「優化」。「宜居城市」的標題，用了「優化」七次，包括優化廢物處理、優化升降機、優化海濱等。[9]例如：

一、政府亦會加強應對塑膠廢物的挑戰。來年，我們會推出多項優化和新措施，包括在政府場地加設飲水機鼓勵市民自備水樽……。

二、加快推動優化升降機有助提升安全水平和進一步保障公眾安全。……這計劃為應課差餉租值不超越設定上限的住宅或商住樓宇提供資助，優化未能達到現時技術水平的舊式升降機，當中合資格樓宇的長者自住業主更可獲額外資助。

三、另一方面，荃灣海安路的海濱優化工程會於明年陸續展開，土瓜灣海心公園擴建工程的撥款申請亦會於明年提交立法會審批。

第一句的優化，該是「改良」。第二句的優化，該是「改善」。第三句的優化，該是「美化」。

二〇一八年十二月十四日，香港特區政府新聞處公布關於《內地與香港關於建立更緊密經貿關係的安排》（簡稱CEPA）的最新安排：

在行政長官林鄭月娥見證下，財政司司長陳茂波與國家商務部國際貿易談判代表兼副部長傅自應今日（十二月十四日）簽署《貨物貿易協議》（《協議》）。

8 〈優化升降機資助計劃〉，見 https://www.devb.gov.hk/tc/home/my_blog/index_id_309.html，二〇一九年四月十二日取閱。

9 二〇一八年《施政報告》，見 https://www.policyaddress.gov.hk/2018/chi/policy_ch07.html，二〇一九年四月十二日取閱。

《協議》是香港特區政府與商務部在《內地與香港關於建立更緊密經貿關係的安排》（《安排》）框架下簽署的新協議。

《協議》梳理和更新《安排》下關於開放和便利貨物貿易的承諾，將進一步提升《安排》下貨物貿易的開放水平。自二〇一九年一月一日起，透過優化原產地規則的安排，原產香港的貨物進口內地將全面享受零關稅。

然而，在工業貿易署的專題網頁查閱該《內地與香港關於建立更緊密經貿關係的安排》的貨物貿易協議詳情及最新資料[10]，全文並無發現「優化」一詞，政府在新聞稿用的「優化」，在政策文件內只是用語義尋常的「進一步提高」而已，可見政府是刻意推廣曖昧語言來削弱人民的理智能力的。

原刊於《信報》，二〇〇九年十二月十七日，曾收入《終極評論，快樂抗爭》，增訂版潤飾

10 《內地與香港關於建立更緊密經貿關係的安排》貨物貿易協議，見 https://www.tid.gov.hk/tc_chi/cepa/legaltext/files/cepa17_main.pdf，二〇一九年四月十二日取閱。

包容

清朝道光二十年（西元一八四〇年），四千餘名英國士兵分乘四十餘艘船艦，陳列廣東，道光皇帝調集各省軍隊共一萬七千餘人開赴廣東作戰，第一次鴉片戰爭爆發。是時，湖南提督楊芳奉命率領湖南兵勇赴廣州。楊芳早年在鎮壓湘黔苗民起義、川楚白蓮教起義，戰功卓著，獲賜「誠果巴圖魯」名號及三品頂戴。楊芳到達廣州，目睹英艦炮火猛烈，大炮總能擊中我，但我卻不能擊中對方，認為英人必有邪術，心想可以用道教的厭勝術來對付，於是購買馬桶，徵求婦女便溺對付英國艦隊攻擊。廣東順德梁廷枏[1]《夷氛聞記‧卷二》，記載如下：

入城，（楊芳）即發議，謂：「夷炮恆中我，而我不能中夷。我居實地，而夷在風波搖蕩中。主客異形，安能操券若此。必有邪教善術者伏其內。」傳令甲保遍收所近婦女溺器為壓勝具，載以木筏，出禦烏湧，使一副將領之。自部卒隔岸設伏，約聞已炮

1 枏：同楠，粵音南。

響，即舉筏齊列水涘，眠器口向賊來路，而後自抄出筏首夾攻之。

英軍見到木筏載了馬桶衝來，不知是何戰術，只好開砲攻擊，攻破馬桶陣，並駛入珠江口，楊芳撤兵返回廣州內城，與英軍休戰，英軍也因淺水河岸有木筏及樁柱攔截，不能攻下，於是雙方簽訂了《廣州停戰協定》。楊芳罷戰之後，便是購買洋貨及召請男童與少女淫樂，清・佚名《粵東紀事》記載：「楊侯初來，實無經濟，惟知購買馬桶禦炮，紙紮草人，建道場，禱鬼神，然尚添造炮位，軍器木排等事。不意，於二月二十六日（西曆三月十八日），逆夷攻城之後，和折一出，捏報勝仗，終日維（惟）購鐘表洋貨為事，夜則買俏童取樂，甚而姚巡捕等將女子剃髮，裝跟班送進。」

中國屎包，對付外夷

往昔外國人被清朝人視為洋鬼子，屎尿既然可以對付鬼怪，於是便用來對付外國人。這種奇異的方術，到了現在仍在用。二〇一四年五月初，時任局長、當時是前加拿大人的蘇錦樑收到三包糞便，辦公室一包，家中兩包，家中的由他妻子代收。[2] 他當年是負責旅遊事務的商務及經濟發展局局長，曾經是加拿大國民。[3] 同年四月十五日有大陸旅客的小孩忍不住在旺角街頭大便，被記者拍攝[4]，用以公布自由行旅客的惡行，雙方爭執不下。事發之後，蘇錦樑呼籲港人「包容」大陸旅客。這是中共用特殊人物來香港播惡之法，用以震懾香港，而且遍及上下。面對這種下流攻擊，香港人當然不會罵回去，反而呼籲「包容」。北京《環球時報》及《人民日報》發文抨擊港人小題大做，不包容小孩過錯。

蘇局長要香港人「包容」，是錯用政治詞彙了。他應該用的詞彙是「體諒」，設身處地，為對方着想，「責人之心責己，恕己之心恕人」，謂之體諒，用「原諒」也可以，但絕不可用「包容」。「包容」是官老爺高高在上，不介意北方農民在庭院撒野，也不屑去教化他們，以免有失身份，這叫做包容。蘇局長此言，是顛倒北京宗主與香港附庸的地位了。香港小朝廷的官，豈可向天朝大國的臣民講包容？尊卑不分啊。[5]

2 〈蘇錦樑一周收三件「屎包裹」〉，《蘋果日報》，二〇一四年五月八日。

3 蘇錦樑曾經擁有加拿大國籍，在中學時期前往加拿大升學。二〇〇八年獲委任為副局長，其雙重國籍身份被揭發。最終，他以「為了平息公眾疑慮，避免政治紛爭」為理由，在就職副局長前，於當年五月二十九日向公眾表示已放棄加拿大國籍。

4 見「當街大便，內地夫婦大鬧旺角」，《壹周刊》，二〇一四年四月二十五日。

5 這一段文，向各位展示的，就是中國政治的儒家與名家兩派。小朝廷的名分、高貴人的身份，用的是名家的思想，名副其實，循名責實。這是中國政治的精粹。體諒用的是儒家的仁政和恕道，中國或香港政壇，沒幾個人懂得。

香港的左翼社運界、福利社工界和民主派在報紙的輿論寫手，可以自命清高，用包涵弱勢小民的態度講包容，他們口說而已，雖然口是心非，但他們也無法動用公權力，禍害香港。但蘇錦樑是問責高官，一說「包容大陸客在街頭便溺」，便有政策含義，包容到底，包括警察不能檢控街頭便溺者、要鼓勵鬧市茶樓食肆開放廁所、市民要遞上紙巾、清潔工要代擦屁股。若有陸客在蘇錦樑皮鞋邊上大便，有人寄上屎包，他既出此言，也得含辛茹苦，笑納如儀。

如今蘇局長出爾反爾，這頭說包容，那頭收到屎包就報警查辦，可謂失信於民。

高官有時意氣風發，話講錯了，就要用幽默來解。比如辦公室收到屎包，便查考法例，理解只要收信人不反感噁心，便毋須報警，可請醫務人員化驗，等一兩日，如發現細菌過量，便公開囑咐寄件人小心保重，糞便如屬健康，便報個平安。如此彰顯父母官之仁心，惡作劇的民眾也可解怨，不來糾纏矣。古人《二十四孝》有「嘗糞憂心」的典故，幸好現在有現代醫學化驗，蘇局長毋須親嚐。

港人包容，自我陶醉

新移民、自由行、雙非人、水貨客、內地生……，中港衝突增加之後，「包容」成為香港政界的流行詞。何謂包容？香港人是否可以包容日益增加的新移民及走私客？

中文的「包容」，是居於上位者，寬恕及容忍下級的好言勸諫或莽撞無禮。《漢書・卷二十七・五行志下之上》曰：「言上不寬大，包容臣下，則不能居聖位。」語譯：居於上位的皇帝，不能寬大為懷，包容臣下的諫言，則不可以居於聖主的位置。

前蜀・杜光庭《皇后修三元大醮詞》：「氣分二象，垂包容覆載之私；節啟三元，定罪福賞刑之柄。」明・李東陽《大行皇帝挽歌辭》：「草木有情皆長養，乾坤無地不包容。」包容後來引申到天地宇宙包容萬物，也是大度無涯之意。

「包容」的意思，與後來出現的詞語「包涵」相近，舊日講禮數的時代，有求於人，或怕得罪上級或長輩，開口便說「請多多包涵」、「請海量汪涵」之類。此外，請求在上者寬免或本地人寬恕，也可用「通融」一詞。宋人蘇轍《潁濱遺老傳・下》便以「通融」用於寬免：「寬剩役錢只得通融鄰路鄰州，而不及鄰縣。」

然則，香港人是皇帝嗎？是上級嗎？中國現在受到香港殖民統治嗎？我們有資格包容大陸人嗎？中國殖民倚仗中共勢力，南下香港欺負香港人，香港警察和公共運輸公司忍氣吞聲，不敢執法拘捕那些走私漏稅和破壞公共秩序的大陸人。[6] 形容香港人的態度，只是容忍、啞忍或認命、沒眼看、不想理、息事寧人、明哲保身，卻不是甚麼「包容」。某些報紙的輿論作家愚弄香港人，扭曲日常的語言用法，只是令無知者有阿Q式的精神勝利法，識者氣憤莫名而已。

原刊於《雅虎》新聞網站，二〇一四年二月十一日及五月十三日，結集之時合併及改寫

6 這是基於執法困難，因為必須扣留在港等待審訊，期間旅客要住在警署的羈留室，至於輕微罪行的罰款，大陸旅客也未必可以支付，而要用幾日監禁代替。此外，也懷疑公共運輸當局有若干通融遊客的做法，免得在執法遇到抵抗的時候引起車廂爭執。參閱〈疑內地客搭港鐵邊飲邊傾偈，職員口頭警告了事〉，《星島日報》，二〇一九年四月八日。

性侵

有「香港欄后」[1]之稱的港隊田徑跨欄女將呂麗瑤，二〇一七年十一月三十日於面書發帖，首次披露十四五歲未成年時，遭當年就讀的香港培正中學外聘教練「性侵犯」。消息傳來，一遍嘩然。群眾嘩然的，除了情節嚴重，還有「性侵」這個詞竟然在香港流行起來。事發之後，港姐麥明詩也「me too」（我也是）起來，說自己也曾遭受性侵。[2]

香港中文的法律用語「非禮」，古代中文法律用語是「調戲」、「輕薄」，在英國法律用語是「indecent assault」，在美國則稱為「sexual assault」。「性」的中文詞義是天賦的品質，秉性、本性、天性、率性、性情、脾性等詞彙，俗話有「性子急躁」、「使性子」（任性）、「耍性子」（任意妄為）等，「性」用作交合、色慾的中文對等詞是「色」。例如《論語》說的「血氣方剛，戒之在色。」香港因為承襲英國普通法，故此也引入「性」（sex）這個英文詞，並創造了「性罪行」（sexual offence）的新詞，

1 跨欄皇后的簡稱。
2 〈麥明詩自揭遭性侵——麥母何小娟：未必好似你哋諗咁嚴重〉，《蘋果日報》，二〇一七年十二月三日。

然而內容的罪行都是用傳統中文詞彙。香港法例第二百章《刑事罪行條例》內的性罪行，有亂倫、未經同意下作出的肛交、與年齡在十六歲以下的女童性交、以虛假藉口促致他人作非法的性行為、男子與男性精神上無行為能力的人作出嚴重猥褻行為、導致或鼓勵精神上無行為能力的人賣淫等等。第十二部《性罪行及相關的罪行》，第一百一十七條至第一百五十九條，明文列明的性罪行名稱，例如第一百一十八條的強姦、第一百一十八L條的獸交以及第一百二十二條的猥褻侵犯（即是非禮），都是用傳統詞彙。《防止兒童色情物品條例》（香港法例第五百七十九章）的第三條「關於兒童色情物品的罪行」，甚至用傳統的「色情」一詞。

香港法例與大清律例

香港法例這樣定義強姦：

118. 強姦

任何男子——

（a）與一名女子非法性交，而性交時該女子對此並不同意；及

（b）當時他知道該女子並不同意性交，或罔顧該女子是否對此同意，

即屬強姦。

在民國的新政府宣傳之下，華人以為亂來的王朝中國法律，其法例定義原來比香港法例更加清楚。《大清律例‧刑律‧犯姦》如此懲罰強姦罪：「強姦者，絞監候。未成者，杖一百、流三千里。」註云：「凡問強姦，須有強暴之狀，婦人不能掙脫之情，亦須有人知聞，及損傷膚體毀裂衣服之屬，方坐絞罪。」要以強姦問罪的，疑犯必須用到武力強制（「強暴」），而且女方嘗試掙脫而不成功，然而仍未能做準，故此判決死刑緩刑（「斬監候」）。如果案情有人知道可以見證而且皮膚身體有損傷（如衙門的法醫檢查證明陰道口撕裂）及衣服毀壞的話，強姦罪就明確成立了，就可以明確判決絞刑的死刑。即是說，清朝的時候，制定法律的刑部也知道強姦罪頗難證實，故此要有第三方的證人及損傷身體和衣服的事實證據，才可以判處死刑。只是用男女雙方供詞來定罪的，就用死緩來安撫民情，一年之後再將案件發落到京城覆核。

斬監候、絞監候與斬立決不同，斬首和絞刑都是王朝中國的死刑，「立決」的意思是立即執行，如俗話說的「就地正法」。立決之制，源於漢代，即對罪行無疑情且嚴重的罪犯在縣衙門處決。中國在民國廢除斬首刑，改行絞刑。如果案情存疑或未至於殺人或嚴重損害身體，例如強姦罪，則可以判處監候，稱作「斬監候」，絞刑則稱「絞監候」。絞刑保留全屍，比斬首輕一些。絞監侯如同今日之繯首死刑的緩刑（當代中國大陸稱為「死緩」），犯人關押到來年秋天，再作審判，可提上京城在刑部御審，結果或獲免除死刑，而判處流放邊疆（清代是黑龍江的軍營）或收為官方的奴隸之類。

至於非禮，《大清律》稱為「調戲」，分為「褻語戲謔」及「調戲而未成姦」，並無專立罪名及刑法，只是在犯姦的條目下有調戲的情節，似是交由鄉里及縣官自行處分，而「調戲而未成姦，本婦羞忿自盡例擬絞監候」，故此往昔被猥褻侵犯之婦女在事後自盡的話，犯人就要判絞刑緩刑。《大明律》對於調戲，以強姦未成之罪，「則以比依強奸未成者律，杖一百，流三千里。」[3]

用詞曖昧，閃爍不定

回頭說性侵。香港的司法行政用語，並無用詞不清會語焉不詳的「性侵」一詞。由於香港的日常中文或法律用語，並無「性侵害」、「性侵」這類定義不明的詞，故此這個曖昧用語容易被挪用來網上攻擊他人。因為舉止輕佻、調戲、輕薄、摸手摸腳或非禮、刁姦（誘姦）、和姦（通姦）、強姦（強暴不同意者及受到反抗）、雞姦都可以曖昧地稱為「性侵」。遭遇的情況嚴峻卻用詞曖昧，閃爍不定，恐有隱情啊。

從構詞來說，「強姦」有被強迫做不正當的交媾（性交）之意，「強」是強迫、強暴，「姦」是不正當的交媾，如通姦、和姦、刁姦、誘姦之類。「性侵」是被性侵害了，性侵害變成一種特殊的情況，語義上它與「姦」沒有關聯，就是說姦被除罪化了，變成社會接受的，只有性侵害才是罪行。這在香港是可以用的，因為通姦在香港不是罪，誘姦也變成「以虛假藉口促致他人作非法的性行為」（如某些術士干犯的「性交轉運」案件）。然而在通姦罪名仍在的台灣，「性侵」、「性侵害」一詞仍是流行[4]，就不妥當了。

被強姦要報警、被非禮摸胸摸臀要報警、被摸手摸腳就要打一巴掌或潑熱咖啡回擊、日日被口花花騷擾就要拖姐妹罵回去。被「性侵」，人家不知就裏，怎麼幫你好呢？例如你無帶銀包、無錢搭車、不夠散紙（零錢）、不夠錢付首期、欠債、欠卡數、入不敷支、資不抵債、破產、無錢出糧予伙記，都要講清楚，不要曖曖昧昧說「財困」，否則人家如何幫你？你被人毆打，血都流出了，去到警局，卻說被人肢體碰撞、身體接觸，你看看警官如何反白眼？

3 《明代律例匯編卷三十工律二二款，大明律疏附例》。
4 例如新聞〈劉強東性侵醜聞未了，女大生提告求償 154 萬〉，《自由時報》，二〇一九年四月十七日。

用詞精確，才能正確表達意思。「性侵害」、「性侵」，是左膠[5]愛用的詞彙，定義模糊不清。左膠最愛甚麼？模糊定義，經常是非不分，美其名是反歧視，其實是破壞常識。

堂堂特首，未審先判

香港特首，聽了呂麗瑤一面之詞，亦自我降格，變成中共的街道主任（即是香港人說的村長、台灣人說的里長、小學生說的班長）。祝她好運。香港和中國這幾年要面對的，絕不是太平盛世。

當事人根本未報案，而當事人使用左膠詞彙「性侵」，定義模糊不清。然而，香港特首林鄭月娥卻道德天使上身，竟然沿用定義不明的左膠詞彙來付諸行動，可見香港的政府元首行為極之情緒化而不可預測。依照政府工作原則，她只能暗中請保安局局長關注一下，由保安局局長酌情是否請警務處處長派探員查詢當事人。查明實情之後再處理便可。

在正常的政府，特首不需要操心這些事，特首也不會顯示她會操心這些事。當區的警署探員在看到當事人的面書控訴之後，已經前往工作，了解實情。我們現在的政府變得怎麼樣了？未審先判，風聞耳語而涉事人已被解僱，而政府元首竟然越級向執法部門指指點點。我們的香港社會是個清朝的鄉村祠堂嗎？

二〇一八年十一日十六日，官判涉案的教練黃恆無罪。[6] 曾任田徑教練，七十七歲的黃恆，涉於八年前在其大埔住所藉詞為女學員按摩，強扯對方內褲非禮，案件經審訊後，裁判官認為證人供詞有疑點，裁定罪名不成立。

#MeToo 整走女人份工

在勞動者的世界，本來是窮人與富人鬥，勞工與老闆鬥，人民與領導鬥。現在呢，是男人與女人鬥，於是富人、老闆與君王都獲得解放了。過了政治及經濟權利鬥爭的階段之後，現在的所謂女權主義者已經告別政治左翼的行動，成為文化左翼，標榜在身份政治上搞鬥爭，例如爭取過馬路的綠公仔要有着裙而不是着褲的出現之類，

5 左膠是膠化的左翼，思想閉塞而霸佔示威及輿論陣地而實際上幫助霸權延續的一群人，通常這群人參與社會運動。詳見陳雲《左膠禍港錄》的序言，香港：花千樹，二〇一五年。

6 〈田徑教練黃恒脱非禮罪，官讚女學員勇敢望裁決不影響 metoo 運動〉，《蘋果日報》，二〇一八年十一月十六日。

又例如將「history」(所謂「男人的歷史」)改為「herstory」(女人的歷史)之類，就是令富人、老闆與元首鬆一口氣。這些新時代的女權主義者做得很好，沒有多少學理基礎的性別研究成為顯學，政府、大學、福利團體和傳媒都有位置給她們。

輿論和法庭一起炮製的劇烈的社會工程(social engineering)，有時會有意想不到的後果。二〇一七年以來，舉報男人在遠年時候非禮強姦的 #MeToo(「#我也是」)運動如火如荼，後果是性別隔離主義，男人不會聘請女人做助理或下屬，不會請女人一齊出 trip，也會避免與女人私下聚會傳授知識，因為幾十年之後被控告和司法纏繞，不論公司或個人都賠不起這種風險。結果是上層架構全男班。男人回到壟斷權力的狀況。

英文的彭博新聞社在十二月三日報導[7]，在反性騷擾的「#我也是」(#MeToo)運動時代，華爾街男性採取自保行動。他們不再和女同事共進晚餐，搭飛機時不坐在女同事旁，訂房時和女同事訂不同樓層，避免和女同事單獨會面。如同一位理財顧問所言，現今光是僱用女性，事實上已構成「未知風險」。萬一她將男性對她說的調皮話曲解之後告上法庭，如何是好？這些避險作法可稱為「彭斯效應」(Pence Effect)，命名來自當今美國副總統彭斯(Mike Pence)。他說自己避免單獨和妻子以外的其他女性用餐。彭博訪問超過三十名美國金融業高層主管，發現「#我也是」運動令他們許多人宛如驚弓之鳥，且不知如何應對。這在金融業基本上可能帶來嚴重影響，那就是造成性別隔離。

古代華夏士大夫的上層社會，也有「男女授受不親」的觀念，但那只是禮數，不是法律，當時女人也毋須出來與男人競爭一切工作，勞動力由於少了女人，男人一份薪水可以養一戶人。進入工業社會之後，原先工廠的鋼鐵機器操作令男人佔優，但半自動機器出現之後，女人也可以工作，男女同工同酬運動出來之後，女人被驅趕出去勞動市場打拼，於是勞動力忽然增加一倍以上（大多數的社會是女多於男），工資便拉下來了。正如英國在幾個世紀之前的一夫一妻立法，是男人發起的，目的是令到幾個女人不能同時嫁了一個有錢有地位的或好性情的男人，不那麼有錢有地位的或壞脾氣的男人也可以娶妻。

以前的女權運動也用立法或釋法，解放參選權及工作權，即使是男女在工作間互相調情變成討厭滋擾，也是即刻訴諸司法解決，這是合理的。然而遠年的法律訴訟，

7 〈男性為求自保決定遠離，MeToo 運動反使女性陷入孤立〉，《中央通訊社》，二〇一八年十二月四日，https://www.cna.com.tw/news/aopl/201812040362.aspx?fbclid=IwAR2vcJW344mBBg6ZLp8eWCU4lK1j8Nibt3oXaIK0uQLdB_RePtsDIpS0gZE，二〇一九年四月十九日取閱。

例如一直等到男方變成顯貴之後才加以訴訟，而男方在高升之後忽然受到龐大的社會輿論譴責，這不是公平不公平的問題，而是令男人成為驚弓之鳥，往日可以挑逗女同事的日子不再，今後要戰戰兢兢。這些所謂新時代的平權運動，其實是深層國家的老男人發動的運動。平權運動的人堵塞了女人上進的某些門路，害死想上位的女人。

階級就是貧富差距、經濟地位，即使是右翼的社會行動，也不能放棄階級的觀念。左翼放棄了階級觀念，而採取性別、性傾向、族裔之類的舊社會的生物觀念來主導現代社會分析和社會行動，是明顯的邏輯錯誤，明顯的理論亂套，埋沒理性。我不知道為何大學或政黨可以容忍這種性別理論。今年十月，匈牙利政府禁止大學開辦性別研究的學問課程，這不是違反學術自由，而是要保衛理性。德國報紙說，少年人在邁克爾夫人長期執政和女性主義廣泛宣傳之後，已覺得男人做總理是不合理的事，在他們的想像之外。

低端

二〇一七年底，中國政府在北京、上海等大城市驅趕所謂「低端人口」。低端人口在大陸是指低收入、低學歷、從事低端產業的人，相對地，高端人口則是指高收入、高學歷、從事較高收入產業的人。低端人口往往與低端產業相提並論。改革開放[1]之後，大量外來人口進入北京居住而從事低收入行業，他們多數住在破舊的住宅或貧民窟，在二〇〇八年北京舉辦奧運之前，市政府認為必須要清理，以免有礙觀瞻。於是，在二〇〇七年五月，北京市規劃委員會向社會公布《北京市「十一五」時期重點新城發展實施規劃》，其中提出：「通過產業結構調整、減少低端產業、強化外來人口管理、加強出租房屋管理、拆除違法建設和改造『城中村』，以及加強本地人口尤其是農業人口的就業培訓、強化城市管理等綜合調控與管理手段，防止低端外來人口在新城大規模聚集。」

1 改革開放由中華人民共和國時任最高領導人鄧小平提出和創立。在一九七八年十二月十八日第十一屆中央委員會第三次全體會議後，開始實施一系列經濟改革和措施，「對內改革，對外開放」，成為中共自第十一屆三中全會以來制定的方針。

習近平在二〇一三年就任中共國家主席之後，中共大力推動以生產力來衡量人的價值，企業鼓吹透支健康、獻身服務，否則就是不值得存活的「社會負能量」，就是活該淘汰的「低端人口」。二〇一七年初，美國總統特朗普上台之後，不斷要求中共矯正不良的貿易作風，中美貿易鬥爭迫在眉睫，中共預料經濟衰退，於是在年底掃蕩京城的外來貧民，稱為「驅趕低端人口」。

低端人口，古稱流民

中共口中的低端人口，華夏王朝稱之為「流民」。流民是因飢荒、戰亂或鄉間土地遭受兼併或奪走而流向城市討生活的農民，史書多有記載，如《史記・卷一〇三・萬石君傳》：「元封四年中，關東流民二百萬口，無名數者四十萬，公卿議欲請徙流民於邊以適之。」《明史・食貨志》稱：「年飢或避兵他徙者曰流民」。因飢荒而農民遷徙的現象，在周朝《詩經・大雅・召旻》已有記載：「瘨我饑饉，民卒流亡。」春秋時代齊國宰相管仲提出「禁遷徙，止流民」政策，以免農民遷徙，影響田地耕作及令城市不勝負荷。

「流民」、「貧民」這些傳統中文詞彙，中共不去用，其他華人現代政府也不去用

（西方現代政府用「基層」、「草根」之類的無恥之言，明明是苦不堪言的貧民，政府卻誇讚你是支撐整個社會的基層），因為古代的朝廷用「流民」、「貧民」這些詞，是有自我譴責政治不安而令農民流徙，敦促朝廷重新照顧農民在原居地安頓生計的意思。

現代西方政府是假定人民有遷徙的自由，故此因為農村凋敝、丟失土地而遷徙到城市的農民，政府視為人民實現遷徙的自由權利。現代政府，比起古代朝廷更為無恥，人權與自由很多時只是行使制度暴政的藉口。例如現代政府給你改變性別認同的自由（男人有自由放棄傳統義務、認同自己是女人或做變性手術），但現代政府不會給你實現男人獨力養妻活兒、做個男子漢的男丁土地分配（古代稱之為「授田」）、就業機會和公共房屋。現代政府的無恥和不負責任，遠遠超乎你的想像。

人口與人民

流民是民，民也是人。人口就是一個統計概念。二〇一七年底，有家長發現香港小學教科書也出現「我家有四口人」、「一家四口人」，一家四口是可以講的，但一家四口人就不大好講出口。[2] 這無疑是北方土話，但屬於爺爺輩份講的，不是小孩講的。兒

2 此文句也在拙著《保衛香港官話》以其他例句討論過，見該書頁一一二至一一六。香港：花千樹，二〇一八。

童是以實在的人來看的，要先列出家中有誰，才可以講出有幾多人。香港學校如此教中文，是違反小孩的語言觀念和心智發展的。

《漢書‧卷二十八下‧地理志》如此記載「武都郡，戶五萬一千三百七十六，口二十三萬五千五百六十。」以「口」來統計人民數量。明代《金瓶梅‧第三回》：「西門慶道：『休說！我先妻若在時，卻不恁[3]的家無主，屋到豎。[4]如今身邊枉自有三五七口人吃飯，都不管事。』」也是以統計食飯的數目來用「口」字。清代《紅樓夢‧第六回》也是用食指浩繁、不堪供養的情況來用「口」字：「且說榮府中合算起來，從上至下也有三百餘口人，一天也有一二十件事，竟如亂麻一般，沒個頭緒可作綱領。」

記錄明朝江淮官話（白話）的《西遊記》，於第九十九回，單講人是「四眾」，連馬來講是「連馬五口」[5]：「行者一腳踏着老黿[6]的項，一腳踏着老黿的頭叫道：『老黿，好生走穩着。』那老黿蹬開四足，踏水面如行平地，將他師徒四眾，連馬五口，馱在身上，徑回東岸而來。」「口」字是籠統詞，在此清楚不過。

人民是國民，即使是資產階級的政府，也視人民為勞動者，不是食飯和福利的負擔。往昔，上世紀七十年代，我讀中學的時候，學校教科書是說香港有四百萬人，政府也是說香港人口有四百萬人或香港有四百萬人。現在，香港特區政府的《香港概況》如此說：「香港在二〇一七年約有七百三十九萬人口，其中絕大部分為華裔人士。」[7] 至於派發予外地訪客的《香港概覽》（香港新聞處編寫），說到香港人口，用詞仍是中規中矩：「二〇一七年年中，香港人口約為七百三十九萬，以華人為主，亦包括居於香港的非中國籍人士共有六十三萬八千三百三十六人……」[8] 香港總人口不說「人」或「人口」，但非中國籍人士則以「人」稱之。

當今政府竟然說香港有幾多人口，而不是香港有幾多人。人口是被登記、被配給、被徵稅、被調遷。你不感受到侮辱，是因為你對語言已經麻木，或是被馴服得如食飼料、住茅棚的牲口一樣。

面書帖文改寫，二〇一七年十月十二日及十二月五日

3 恁：粵音「任」，「這樣的」之意，宋朝白話語詞，與粵音「咁」類似。
4 到豎：「倒豎」之意，屋倒豎是家計凌亂。
5 此例乃澳門網友陳錦添先生告知，特此致謝。
6 黿：粵音元，大海龜也。
7 政府一站通網頁，見 https://www.gov.hk/tc/about/abouthk/facts.htm，二〇一九年四月二十日取閱。
8 印刷版的 PDF 版本，見 https://www.gov.hk/tc/about/abouthk/docs/2018HK_in_brief.pdf，二〇一九年四月二十日取閱。

墮樓

香港高樓多，自殺尋樓跳。跳樓自殺無疑是香港流行的自殺方式，前身跳下、全力跳入，古語稱之為「投」，如投河、投身、自投羅網、走投無路等。「投身」也有捨身的意思，如漢‧趙曄《吳越春秋‧闔閭內傳》：「（要離）言訖遂投身於江。」要離（人名）說完之後便縱身跳進江裏尋死。

粵語說的「跳河」、「跳崖」、「跳井」，古語用「投」，投河自盡、投崖，投井自盡。「割頸」是刎頸自盡，在屋樑吊頸，是懸樑自盡、解帶自經。南宋丞相陸秀夫背負宋帝昺跳海殉國，是蹈海殉國。

古代中國，高樓難尋。高樓是觀景之高台，或是佛寺大塔，上得高樓，也是文人雅士，凡夫俗子登高遠望，賞心樂事，豈有縱身自盡之理？在高樓自投而盡，當有冤情。唐人杜牧七言絕句〈金谷園〉寫晉朝綠珠跳樓：「繁華事散逐香塵，流水無情草自春。日暮東風怨啼鳥，落花猶似墜樓人。」「墮樓」、「墮樓人」的典故，由是淒涼，文人婉轉寫成「墜樓」，出於哀憐美人如落花，無端殉命。普通自殺者用「墮樓」而不用「跳樓」，是用文學修辭來寫日常新聞，顯然不當，否則市民每日出門坐車就要寫成「攬轡登車」了。

「墮樓人」乃文學委婉詞

晉朝美人綠珠相傳姓梁，白州人（位於今廣西省），乃一方之佳麗，當地美人常以「珠娘」命名，因而名為「綠珠」。富豪石崇，時為交趾採訪使，一見綠珠，驚為天人，於是聘綠珠為妾，帶回洛陽，安置在「金谷園」中，然而，趙王倫之寵臣孫秀覬覦綠珠美色，登門向石崇要人，石崇不依，孫秀退而又返，苦苦相逼，綠珠見主子受辱，乃縱身跳樓而死。然而《晉書》寫的綠珠跳樓，不是寫「墮樓」，而是「自投於樓下而死」：

《晉書》卷三十三〈石苞列傳•（子）石喬•（子）石崇〉載：

崇字季倫，生於青州，故小名齊奴。少敏惠，勇而有謀。……及賈謐誅，崇以黨與免官。時趙王倫專權，崇甥歐陽建與倫有隙。崇有妓曰綠珠，美而豔，善吹笛。孫秀使人求之。崇時在金谷別館，方登涼台，臨清流，婦人侍側。使者以告。崇盡出其婢妾數十人以示之，皆蘊蘭麝，被羅縠，曰：「在所擇。」使者曰：「君侯服御麗則麗矣，然本受命指索綠珠，不識孰是？」崇勃然曰：「綠珠吾所愛，不可得也。」使者曰：「君侯博古通今，察遠照邇，願加三思。」崇曰：「不然。」使者出而又反，崇竟不許。秀怒，乃勸倫誅崇、建。崇、建亦潛知其計，乃與黃門郎潘岳陰勸淮南王允、齊王冏以圖倫、秀。秀覺之，遂矯詔收崇及潘岳、歐陽建等。崇正宴於樓上，介士到門。崇謂綠珠曰：「我今為爾得罪。」綠珠泣曰：「當效死於官前。」因自投於樓下而死。

今日香港報紙捨「跳樓」而用「墮樓」，捨「跳軌自殺」而寫「墮軌」，寫「墮海而死」而不寫「投海自盡」，是為了隱藏自殺之自我意志顯示，猶如死者無端墮下而死。此舉據說有助減低仿效自殺者，然而香港近年自殺數字並無因為報導閃爍其詞而減少，自殺者反而與日俱增，而且死者愈趨年輕。二〇一七年三月十五日，《熱血時報》新聞標題：「18歲中學生牛下墮樓亡」。同年三月十六日，《東方日報》網站新聞標題：「內向21歲女大嗌一聲墮樓亡，女親友抱頭痛哭」。同年三月十七日，《星島日報》新聞標題：「難抵工作財政壓力，會計文員美田邨墮樓亡」。不論有否遺書，有否親友告知情況，傳媒不問事實，統統寫「墮樓」。

跳樓自殺與墮樓死亡是有分別的。跳樓自殺，是人主動選擇結束生命的方式，墮樓只是客觀描述亡者由高樓墮下，可以是失足，可以是被人推下，也可以是自行躍下。二〇〇三年，歌星張國榮從中環一間酒店一躍而下，警方事後在遺體發現一封遺書，五十餘字，透露因受情緒困擾而尋死。次日有報紙頭版直截以「張國榮跳樓死」為標題。以前的報紙會直接寫跳樓死、自殺，現在的香港傳媒不問內情，全部寫墮樓事件。明明警方查實有遺書的自殺，傳媒也不寫「跳樓」而是寫被動的「墮樓」。遺書都找到了，好心報紙不要寫墮樓啦。

香港日日有人墮樓，有甚麼問題？我要關心嗎？是工業意外，還是冤鬼附體，令那學生從高處墮樓呢？你要我做鑑證專家嗎？我可應付不來啊。這麼複雜和曖昧的事情，留給警方和政府處理啦。我只是看看標題而已，為甚麼要我想這麼多？

香港傳媒的偽科學精神

我想同大家講，關於跳樓與墮樓的科學判斷問題。跳樓是主動跳下高樓，是自殺行為。墮樓是客觀的描述，不論是否主動跳下，總之該人是從高處墮下，以致重傷或死亡。問題是，為何傳媒要在這幾年跟隨政府改稱「墮樓」呢？九七之後，近二十年來，有幾多宗案件是跳樓自殺者後來被警方揭露，是屬於被人推下高樓跌死，而屬於謀殺案或兇殺案的呢？不見得有啊。須知道，將一個人從他的居所押上天台，打昏他，再推下，或者幾個大漢挾持他，再推下，假扮跳樓而死，並且事前威迫寫下遺書，這需要幾多心思，有幾艱難？對了，日後留下遺書懷疑自殺的，也不要寫跳樓囉，因為仍是有機會發生電影一般的情節，是死者被人押上天台推下去的。啊，對了，近年有無電影拍這些謀殺案件的呢？沒有吧，電影都難以拍到可以令你置信，所以沒人拍啊，除非將幫會、中共特務搬上銀幕囉，製片人夠膽這樣拍，保證沒運行，唔使撈，拉人封艇都得。年前，王維基的HKTV拍過中聯辦干預選舉令候選人被人推落樓跌死，結果電視牌照遲遲未能發出，血本無歸。電影拍北韓金正男被女特務用染毒藥手帕致死，反而可信。將金正男這個大胖子押上天台再推下去，扮跳樓死，難以置信了。

甚麼時候，「墮樓」是合理的描述詞彙呢？以前的搭棚工人、油漆工人之類，但近年因為救生設備和安全施工，這些高空工作的意外絕少發生了。菲傭抹窗墮樓的，偶然有見。菲傭抹窗跌死，傳媒寫「墮樓」，合乎常理。

小孩子走上天台玩耍而自己墮樓或被朋黨推下致死的，有無呢？無囉。現在的小孩沒時間玩，朋黨害人也不是用毆打和殺死的方法，而改用可持續的碰撞欺凌和語言辱罵，這樣不會被班主任懲罰。小孩被朋黨在屋邨後山虐打之後燒屍，是有的，很久以前了。[1] 現在的小孩怎會去後山玩耍的？他們會聽老師說，山頭有白紋伊蚊，不能去的。

下次見到留下遺書跳樓的，也要寫「墮樓」啊，因為不知道遺書是否被脅迫而寫的、偽冒的。其次，即使是自己跳樓，也有可能是冤鬼上身，苦主並無自由意志抵抗，這個神學家和道教喃嘸佬[2] 的問題，傳媒不要自行判斷，標題寫「墮樓」就最安全，而且會令讀者陷入《神探伽利略》式的思考，又維穩又益智，即使每日一跳樓，香港人也不會有感覺的。

Yahoo!《三文治》專欄，二〇一七年三月二十一日及陳雲面書二〇一七年三月二十二日帖文，刊登後改寫

1 一九九七年五月十四日晚，十六歲青年陸志偉，被十四名童黨成員引到秀茂坪邨某居所內毆打。童黨輪流襲擊死者，不斷虐打之下，陸志偉最終死亡。案件於一九九九年改編為電影《三五成群》。

2 喃嘸佬是在家的道士，即「火居道士」，一般從事超度打齋的工作，由於也採用佛教的法本或咒語，故此也成為喃嘸先生或喃嘸佬。

乙部

文字學解毒

共產中文「進軍」香港

九七之後，香港的自由經濟變色，政府走向不當干預之路，制定經濟政策，選擇政府自以為是的增長行業，而不是任由行業自行發展，優勝劣敗，新舊並存。一個仍算是自由經濟的概念——market enabler，因為用了共產中文的套式「為……創造條件」，無意之中，將自稱信奉自由經濟思想的財政司司長梁錦松的經濟發展理念，染上計劃經濟色彩。

二〇〇二年三月，香港特區政府的財政預算案上用的（proactive） market enabler，是不應與「（積極）為市場發展創造條件」對譯的，後者的英文翻譯是 create conditions for market developments，而翻譯「market enabler」或「enabling the market」，可以用「為市場提供條件」——因為他列舉的五個角色之中，有四個都是提供條件而不是甚麼創造條件（第五個是推動發展）。然而，若梁錦松自居為「忠實的市場經濟擁護者」，最好還是改用中文的「順應市場」一詞（英文可用「facilitate the market」），因為即使加上「積極」之類的衍詞，成為「積極順應市場」（英文可用「proactive market facilitator」），仍不失自由主義精神（「積極」或者「proactive」的詞義不確定，棄用為佳）。「順應」一詞，出自《易經》，古雅通達；至於「create conditions for the market」或者「create conditions for economic development」的講法，英語世界可謂絕無僅有，互聯網搜尋器的結果，多是中共對外經貿部門的黨官所用。「積極為……創造條件」這個累贅共產中文套式，通用的中文是「促成」，簡單明了。公事中文，最少有四千年的連續使用歷史，若加以適當革新，其表達能力及精確程度，絕不亞於外文。

梁錦松一言驚醒

政府是可以順應市場的，即是提供保護產權和盈利的法律和司法環境，在需要時為帶來創新的市場參與者（innovative market players）清除障礙——特別是政府設立的障礙，讓新的企業或經營方式得以進場。至於「創造」，是無中生有，說要為市場發展「創造條件」云云，不但語義空泛（預先欽點「增長行業」和「先進商人」？預撥發展用地？要創造多少條件？條件創造了但沒有市場又如何？），而且違反日用語言的常識，一般人說的條件，是指「既有條件」（given conditions），而不是由萬能政府隨意創造的條件。如果真的要「積極地」為市場發展創造條件，則恐怕政府要改訂市場法則，並且私相授受，輸送利益了。董老一手促成的數碼港和香港迪士尼計劃，便是「積極為市場發展創造條件」的範例，成效如何，大可拭目觀之。

這類共產中文衍生的虛浮語詞，黨官可以講，二流分析員可以講，但在有超過一百年自由經濟傳統的香港，由一位新任財政首長道出，不獨是官方中文修辭的大錯失，也是官方政治哲學丕革之徵兆。

先有董老向報界高談八萬五的房屋政策「不存在」，後有梁錦松在議政堂高論「積極為市場發展創造條件」。此等渾濁言文，里巷言談、嬉笑文章，都無不可，但若直入朝議，宣之於政，無疑是文化自伐。精神的陷落由語言的陷落開始，觀察政府要員帶頭亂用共產中文，港式中文自身又有鄙俗化（如報紙新聞和電影字幕濫用的粵語俗字）以及「同音竄改」的歪風（如「『智』在必得」之類的電視節目命名、銀行宣傳的「財息兼收」等），恐怕中外先輩在香港艱苦建立的人文傳統，風流雲散矣。

官僚氣習滋長含混語文

官方言文有官僚氣習，要「打官腔」，在所難免，即使號稱清通的英國散文，落在愚而自用的庸官手上，也會一塌糊塗，當年我為了謀食而鍛煉公事英文，就曾精讀 Sir Ernest Gowers 為英國公僕寫的 *The Complete Plain Words*（一九四八年初版、一九八六年更新版），受用不淺。若官僚由不學無術之專權領袖率領，又無民主、法治和考核制衡，則其言文之粗鄙、胡混和費解，就無以復加，若又有現代傳播技術為之翼佐，由黨政組織強迫民眾學習，則千篇一律，萬人一面，而舉國昏沉矣。

前東德（德意志民主共和國）覆亡之後，德國的語文家整理東德的公事德文（學者戲稱為「第二類德文」（die zweite deutsche Sprache）），大致歸納出三個語言特色和政治後果：一是「言文含混」，令人頭腦閉塞，辦事糊塗；二是「濫用簡稱」，令人費解，妨礙溝通；三是「語詞矛盾」，歪曲常理，積非成是。經過馬丁路德、哥德、康德等大哲人洗練的現代德文，落在還算斯文的德共手上，仍淪落如此；在五四新文化運動的亂離之中、倉皇之際建立的現代中文，遭逢草莽出身的中共幹部，滋長的共產中文，更是不堪。

毛澤東也除不去「黨八股」

共產中文，毛澤東曾稱之為「黨八股」。「黨八股是指在革命隊伍中某些人在寫文章、發表演說或者做其他宣傳工作的時候，對事物不加分析，只是搬用一些革命的名詞和術語，言之無物，空話連篇，與上述的（明清的）八股文一樣（見《整頓黨的作風》，毛澤東在中央黨校開學禮的講話，一九四二年二月一日）。」

毛澤東早在一九四二年二月八日《反對黨八股》的延安幹部講話中，已經指出黨八股與五四「白話文」之傳承及共黨官僚氣習的雙重來源：「黨八股這種東西，一方面是五四運動的積極因素的反動，一方面也是五四運動的消極因素的繼承、繼續或發展，並不是偶然的東西。」他指的五四運動積極因素，在公文文體而言，是主張摒棄艱深和虛泛的套語，追求淺白、樸實的文風，而「積極因素的反動」，就是指共產幹部用白話文的方式來復辟虛泛套語。所謂五四運動的消極因素，是指盲目崇洋，引致歐式中文泛濫。

他向幹部痛陳以教條為內容、以形式主義為表達方法的「黨八股」的害處：「一個人寫黨八股，如果只給自己看，那倒還不要緊。如果送給第二個人看，人數多了一倍，已害人不淺。如果還要貼在牆上，或付油印，或登上報紙，或印成一本書，那問題可就大了，它就可以影響許多的人。而寫黨八股的人們，卻總是想寫給許多人看的。這就非加以揭穿，把它打倒不可。黨八股也就是一種洋八股。這洋八股，魯迅早就反對過的。我們為甚麼又叫它做黨八股呢？這是因為它除了洋氣之外，還有一點土氣。」

毛澤東說得對，盲目歐化又鄙俗不文，正是共產中文的特色。

香港高官要「多快好省」地學好共產中文？

「不以人廢言」，毛澤東在《反對黨八股》一文的反思，認為樸實的現代中文當從白話方言、古文經典和外國語文取得滋養，是白話文運動的修正，可惜反對古文、提倡白話容易，繼承古文、吸收白話和洋文來建設現代通用中文（common Chinese）困難。毛澤東權傾一時，也無力貫徹他合理和持平的官方語文改革運動，無法撲滅「黨八股」於萌芽階段，因為含混而荒謬的官式言文，正是依附專制集權的制度而生的。反而看來沒多大政治權力的胡適先生，其未脫民粹躁動的白話文運動卻成功了。若以為歷史只是成王敗寇，未免是孤憤之言。

暴力語言和數字遊戲

共產中文南侵香港，非始於今日。在八十年代，共產中文已開始在香港一般報章出現，當時我曾撰文警醒（〈反映、落實、下放——借用中共政治術語帶來的意識危機〉，《香港時報》，一九八七年三月八日）。以下的舉例，稱不上是科學的類型分析（typology），只是按其輕重，枚舉一二。舉例之中，共產中文的例詞先行，括號內的是通用中文。

「黨」的神格化：黨字於中共，乃至高無上之字，無可分類，可自成條目。中文少用單詞以形容名位或組織。上帝、君主、王上、聖上都是複詞。「上」或「主」是簡稱，例如在今上（當今聖上）、上曰、謝主隆恩時用。《詩經》裏的天、帝及主，卻是單用，以顯示其獨一無二，今華人基督徒仍單稱上帝為「主」。民國時期，孫中山仍有多黨民主之念，稱國民黨曰「我黨」、「吾黨」，不單稱「黨」。中共一黨專政，治下只有共黨，故一貫自稱曰「黨」，不稱「我黨」或「共黨」。服從黨（遵守黨綱）、黨的紀律（黨內紀律）等詞，不合中文用法，卻可將黨神格化，有例外以立威之意。

濫用暴力語言：「粗暴干涉中國內政，嚴重傷害中國人民感情」（無理批評中國政事）；嚴打[1]（嚴懲）；嚴打貪官（整肅貪污）；嚴打犯罪份子（肅清匪黨）；鬥垮鬥臭（聲討）；「狠鬥私字一閃念」（公爾忘私）；打假（掃蕩冒牌貨）；掃盲（普及識字教育）；滅貧（濟貧）；「掃黃打非辦公室」（淫褻物品條例及版權條例執行處）；拳頭作品（代表作、傑作）；堅定不移／絕不手軟（堅決、決意）；扭送派出所（送交警局；何以定要扭手來送？）；由革命群眾扭送公安局（經民眾送官究辦）。董老在去年的《施政報告》說，港府資助教育，是「絕不手軟」的（應說「毫不吝惜」）。食物衛生署的統一處理活雞，也說成「中央屠宰」。官方的暴力語言，往往是暴力政治的徵兆。

偽「數目字管理」：為了方便臨時演講和俗民記誦，革命宣政不免要用綱領條目，如「三大紀律•八項注意」之類的急就章，但後來就泛濫成災了。如一大二公；雙百方針；三面紅旗；四個堅持；四項基本原則；破四舊；四個現代化；五講四美三熱愛；三資企業。一個中心，兩個基本點；一國兩制，五十年不變。最新的有江澤民的「三個代表」。董老去年十一月二十三日會見傳媒，就少數公僕躲懶一事，說過「三個不容忍」。香港教育署的課程改革，有一條龍學校網、八大學習領域和九大共通能力，頗得

1 「嚴厲打擊刑事犯罪」的簡稱。

黨八股真傳。二〇〇七年十月十日，曾蔭權的《施政報告》提出「三個堅持、十大建設」，更是變本加厲，無可救藥。

毛澤東講《反對黨八股》時，黨內的「數目字文章」，已經泛濫成災。他痛斥歪風：「甲乙丙丁，開中藥舖。你們去看一看中藥舖，那裏的藥櫃子上有許多抽屜格子，每個格子上面貼着藥名，當歸、熟地、大黃、芒硝，應有盡有。這個方法，也被我們的同志學到了。寫文章，做演說，著書，寫報告，第一是大壹貳叁肆，第二是小一二三四，第三是甲乙丙丁，第四是子丑寅卯，還有大 ABCD，小 abcd，還有阿拉伯數字，多得很！幸虧古人和外國人替我們造好了這許多符號，使我們開起中藥舖來毫不費力……現在許多同志津津有味於這個開中藥舖的方法，實在是一種最低級、最幼稚、最庸俗的方法。」

費解的簡稱與連稱

費解的節縮語：批鬥（批評還是鬥爭？）；態勢（是事態還是趨勢？）；表態（表明態度還是表達態度）；法規（是法律還是規則？）；協商（是協議還是商量還是兩者皆非？）；推介（是推薦還是介紹）；調研（是調查還是研究還是兩者兼備）；培訓

（培養還是訓練？[2]）；達標（達到指標還是達到目標？）；收編（收入編制？接受對方部隊或人員）；申領（申請還是領取？）；公交（公車、公共交通還是在公共場所性交？）；公安局（公共安全局還是根本就沒有全稱？）；信訪局（處理民眾以書信或登門造訪形式的投訴或查詢——即國民政府的監察院或香港的申訴專員與民政署等）；保先（保持共產黨員先進性教育；全句亦難明，不知是「先進」與「性」之間如何斷句）。這類節縮語模糊了原來的詞義，恍如暗語，令局外人無法望文生義，政府有如在小圈子秘密行事。

新造的節縮語：舊詞包涵的意思，新時代的用者不放心，另造新詞，大多是浪費筆墨，蠱惑人心，但某些用語確有開發改革時代的過渡意義，如「創收」與「創匯」。節縮語當中，甚多出自社會控制，不可不知也。如操控（操縱已有控制之意）；調控（調整已有控制之意）；掌控（掌握的涵義已大於控制）；監控（監視、監察即可，何須同時控制？）；珍稀（珍貴已是稀有）；稀缺（稀有已是缺少）；體檢（體格檢查、身體檢查；香港稱「驗身」）；驗收（檢驗之後交收或查收，原是兩個程序，併為

2 上世紀五十年代，香港教授演戲的學校，叫「演員養成所」，如香港電台藝員鍾偉明曾在「山月演員養成所」學戲劇。後來麗的呼聲電台在一九六六年舉辦「藝員訓練班」，「養成」的民國詞彙始失傳。如今，「訓練」也少用了，多講語義夾雜的「培訓」。

一個，反而不妥）；提速（提高速度，已有「加速」之詞）；迅猛（猛烈已有速至之意）；（搞）創收（官方機構經營商務以創造收入，舊詞曰「營利」）；創匯（創造外匯，舊詞曰「賺外匯」）；招商引資（外資都是商人，用「吸引外資」即可）；三資企業（外來投資）。

不提全稱的簡稱：共黨的組織緊密，裏外分明，他們不打算擴大與黨外溝通，而且政令朝令夕改，也不打算傳之久遠，因此凡是共黨都喜用簡稱，甚至官方新聞也不先提全稱才用簡稱。如人大、政協、中全會、教委、省委、市委、黨支書、勞模、紀檢會、計生委、整風、文宣、軍宣、勞改、勞教、推普、推普滅方（推廣普通話與消滅方言）、走資、民工、農轉非（農村戶口轉非農村戶口，以便農民移居城市）、動遷、申奧、博導等等。香港則有特首，不知是特區首長、特別首長還是特務首領。某些親共人士起初也對「特首」一詞不滿，倡議用「區長」一詞，結果不了了之。

近義連稱：同義連稱，是中文的修辭特色，如「虛假失實」一詞（「虛假」與「失實」同義），但共產套語則擴大至近義者也連稱，令詞義費解。如假大空（虛假）；坑騙害（欺詐）；冤假錯案（冤案）；封資修（即「階級敵人」）；黨政軍；貧下中農（農民）；老大難；多、快、好、省。前政務司司長曾蔭權在二〇〇二年三月十三日向報界公布，要建立公務員「新」文化，達到「精、快、儉」的目標。用「近義連稱詞」來宣政，是要為複雜的問題提供簡單、強制但愚昧的答案。

新造的反義詞：政治鬥爭中另造的新詞，意義似是而非，今日看來都是黑色幽默。如陽謀（陰謀之反義，然則何有「公開之陰謀」？）；務虛（務實之反義；既是虛，何以務之？）

手要硬，道理也要硬

濫用名詞結構：名詞結構可以唬人，可以塞責，是官僚言文的通病，中外皆然。應多用動詞結構，以示言責。向雷鋒同志學習（學習雷鋒同志）；對運動員的表現造成影響（影響運動員表現）；為社會作出最大的貢獻（盡力貢獻社會）；作出新的貢獻（新猷）；使祖國強大（壯大中華或大我中華）；對國家有承擔（心在中國、愛國）等。

濫用套式語：為人民服務（服務民眾）；向……學習（學習）；把……進行到底（堅持）；為……創造條件（促成）；為……奮鬥終身（矢志）；不存在……的問

題（談不上……、遑論、絕無此事、查無此事、斷無此理）；站到……的對立面（對立）；緊密地團結在黨和政府周圍（拱衛黨國）；發出時代的最強音（呼告、吶喊）；強而有力（強壯）；不以人的意志為轉移的（勢不可擋、沛然莫之能禦[3]）；在歷史的長河裏（歷來）；釘在歷史的恥辱柱上（遺臭萬年、惡名昭彰）；走在時代的最前列（先驅、先鋒、前衛）。

濫用軍事用語：接班人（傳人、繼任人）；走群眾路線（親民）；遺體告別儀式（喪禮、吊唁）；精神武裝（決志）；統戰工作（拉攏、籠絡、招撫）；做思想工作（游說）；（官方部門的）領導（長官）；最高領導人（首長）；做了大量的工作（貢獻良多）；工作崗位（職位）；台商「進軍」上海（台商在上海投資／設廠）；進駐（移居）；搶灘（爭先）；政策到位、資金到位[4]（政策執行、資金及時）；商戰（競爭）；培訓基地（訓練學校）；勝利完成（如期完成）；發展才是硬道理（經濟發展為先）；一手抓經濟，一手抓政治，兩手抓，兩手都要硬！（政治與經濟並重，不可偏廢）。

將人「物化」的詞：在計劃經濟下，「計生委」可向婦女強行「計劃生育」（內地用語），一如牲禽之任人閹割[5]；在自由經濟下，文明人自有「家庭計劃」（香港用語）。

王朝時代，有文人雅士、學士、俠士、猛士，民初有讀書人、作家、文化人，共產黨統治之下，有所謂知識份子（文人）、先進份子（前鋒）、知識青年（學生）。

「新精英」要學共產中文

逃避現實的委婉語：待業（失業）；下崗（失業）；富餘人員（窮人、無業人口）。香港近日則有薪金下調（減薪）；資源增值（無薪加班）；縮減規模（裁員）；有很大的改善空間（不足、欠善）；少數別有用心的人煽動部分不明真相的群眾（民眾示威）；文明禮貌（「不要隨地吐痰」、「不隨地扔垃圾」、「不要打罵顧客」等教養，稱之為「文明」，實在折辱國體）。

濫用「新」字：濫用「新」字，是五四時代的通病，一如今人之濫用「後」字（後××主義之類）。毛澤東高舉新中國的「新民主主義」，以別於西方社會的民主政治；

3 出自《孟子‧盡心上》。

4 到位原是共軍用語，部隊調度及時之意；一九八九年民運期間，解放軍分批入北京布防，全城戒嚴，期間《人民日報》常用此語報導，事後流行。

5 內地強迫節育的標語，更兼有暴力威嚇特性，甚至將人當牲畜辦：「誰不實行計劃生育，就叫他家破人亡」；「寧添十座墳，不添一個人」；「打出來！墮出來！流出來！就是不能生下來！」；「少生孩子多種樹，少養孩子多養豬」。

董老在二〇〇一年十二月十八日晚出席香港大學九十年校慶時，提出「新精英主義」，以別於舊港英的精英管治。

共產中文是語言精神病

江澤民在二〇〇〇年二月考察廣東的時候，發表「三個代表」理論：「只要我們黨始終成為中國先進社會生產力的發展要求、中國先進文化的前進方向、中國最廣大人民的根本利益的忠實代表，我們黨就能永遠立於不敗之地，永遠得到全國各族人民的衷心擁護並帶領人民不斷前進。」若我說這是一段用漢字寫成的，而且是蹩腳的德文句子，諸位不要驚訝：從小就閱讀和背誦從德文和俄文翻譯過來的馬列著作和含混論述的人，絕對有本領用漢字寫出德文或俄文句子。

梁錦松未得馬列真傳

我們的梁錦松雖然上過井崗山，畢竟在香港長大，未得馬列真傳，只能指出全知全能的香港政府「要掌握經濟發展方向，積極為市場發展創造條件」，還不能講出「特區政府要通過探索經濟發展的科學規律，認識經濟發展的基本方向和掌握社會生產力發展的本質，積極為市場的先進發展力量創造條件」。

請看下列一道內地中學會考的模擬考題：

先設計，後施工，才能建成樓房。這個事實説明了：

A. 物質決定意識，意識具有能動作用

B. 意識對物質有決定作用

C. 先有意識，後有物質

D. 設計構思是工程師頭腦自身的

建議答案是A。但我認為恰當的答案是未有列出的：E. 考官患了語言錯亂症。

正常語言與正常功能

江澤民的「三個代表」理論，翻譯成通用中文，就是：「我黨必須振興經濟，獎勵文教，體察民情。全黨同志，務請貫徹始終，以圖久遠。」全世界現代政府的執政黨，如要尋求長期當選執政，都在做這些事。看了通用中文，便知道，「哦，原來是恢復現代政府的正常功能而已。」諸位不要以為這是平常事，在中國的國情裏，這是大事情。

鄧小平讓經濟撥亂反正，江澤民要讓政府撥亂反正。至於下屆領導，是否能讓中國的政黨撥亂反正，以和平方式結束中共的一黨專政，免蒼生百姓無辜受難，只能善頌善禱了。

黨官的教育和行政環境，充斥歪曲語理的共產中文。明是有理，卻說混話。以下列舉五四時期追求的科學、民主、哲學、白話等事，落在共黨手上，變成甚麼樣子。

冒牌的德先生和賽先生

偽科學語：搞衛生（打掃、清潔）；規劃工程治國：「菜籃子工程」（民生）、「精神文明工程」（文教）、「溫飽工程」（農政）等；零關稅（豁免關稅、免關稅）；零距離接觸（親近）；口岸零距離（貼近口岸）；道路零意外（無車禍）；靈魂工程師（教師）；全方位（全面、徹底）；出現變數（有變、有異、恐有差池）；自然災害（天災）；十年自然災害（人禍）；特異功能（奇技、奇能、神巧、神通）；立交橋（天橋）；空間（太空）；高度評價（激賞）；高度重視（十分重視）；極度遺憾（震怒）；比較完滿地……（尚可）；充分體現（盡顯、彰顯）；釋出善意（示好）；投資者的技術含量高（有科技公司投資）；參加者眾多，而且年齡與財富的跨度很大（老少雲集，貧富共聚）；講者發言的訊息量高（講者言之有物）；政策力度要大（增加公共資源）；思想誤區（謬誤、捉錯用神）；換位思考（設身處地、將心比心）；心理素質好（沉著、鎮定、冷靜或有修養）；球員的心理素質是最後取勝的決定性因素（球員沉著應戰，乃致勝所在）；完成歷史任務（功德圓滿）；亂搞男女關係（淫亂）；他家裏的經濟條件不好（他家貧）；精神污染（西洋歪風、猥褻、狂悖、不經等）；保持共產黨員的先進性，加強黨的執政能力建設（克己從公，政通人和）；致以春節節日的問候（新春大吉、新年進步）。

崇拜科學，是五四遺留，今日猶有原子筆（圓珠筆）之說，「原子襪」一詞則淘汰。八十年代之後，中共提倡科學態度，令「比較」一詞在文章之濫用，不堪入目。也許中文的「比較」，發音短促，書寫簡便，若是英文的「relatively」，「comparatively」或是德文的「verhältnismäßig」，「vergleichsweise」，則「比較」一詞，當會慎用。

偽自由民主語：解放黑奴、自納粹手中解放歐洲可以說解放，但共產政權建立不能稱為「解放」，應言「共產政權建立」，或稱「勞役」；解放前是民國初年；解放後是共產中國建立之後；人民（公民）；人民英雄（草莽或義士）；各界代表（指定代表）；作風民主（開明）；民主協商（商議）；民主共和國（專政）；集體領導（寡頭政治）；集體決定（專權獨斷）。

偽哲學語：存在（有）；不存在（無）；反映（傳達）；落實（執行、履行、實行）；精神文明建設（文教）；辯證看待（審視）；發揮主觀能動性（立志）；從量變到質變（變化）；實踐是檢驗真理的唯一標準（分析述句用推理證明、經驗述句用觀察檢驗）；人民內部矛盾與敵我矛盾（中共黨內鬥爭與黨外暴政、黨爭與敵對）；通過現象看本質，抓住事物的主要矛盾（明辨事理）。

集「五四」一身之病

濫用「五四」的歐化中文或直譯：同志們（同志、各位同志）；進行着（進行）；對美國總統進行了一次友好的談話（與美國總統懇談）；把革命進行到底（貫徹革命）；開發改革之後，寺院得到了重新修復（重修寺院）；更好地（妥善）；更完美地（完善）；國度（國）；國家領導人（leader，國家元首）；普通話（common language）（國語、天下通語、通用中文）；扮演……角色（擔當）；首席執行官（總裁，Chief Executive Officer 或 Executive/General Director 的中譯）；外部性（externality，界外效應的直譯及誤譯）。近年大陸討論政府走資之後，提供的公共資源及服務不足（如公費醫療、義務教育），輿論議題竟稱「公共品匱乏」，直譯及誤譯經濟學名詞「public goods」（公用財）。一般討論，說「公共服務或設施不足」即可。

濫用北方的方言詞：濫用北方官話系統的方言，不單粗俗不文，而且截斷其他方言區的語言傳承。一把手（首領、首長）；抓好政策（如實執行政策）；抓緊時間（趕快）；搞活經濟（促進經濟）；咱們（我們）；啥（誰、甚麼）；不錯（好）、不少（多）；東西（物）；不一樣（不同）；管用（有用、用得着）；很大一部分（大部分）；哪怕……（儘管、即使等）；這樣那樣的（種種）；比××多（多於）。

冗詞：人民共和國（共和國）；人民群眾（民眾）；廣大群眾（群眾）；革命群眾（愚民／暴民）；人民代表大會（國會、議院）；虛假失實的報導（報導失實、假消息）；中式唐裝（唐裝）；高新科技（資訊科技、生物科技、精密技術）。香港回歸之後，則有民政事務局（民政局）與音樂事務處（音樂處）之名，中國漢代也有Music Office，稱「樂府」。

濫情詞：通常濫情與累贅兼備，如熱烈慶祝（慶祝、歡慶）；熱情接待（親迎）；親切交談（面談、懇談）；交心（表白）；在黨的親切關懷和領導的熱心過問下（上級批准）；偉大祖國文化裏的一顆璀璨的明珠（國寶）。

籠統詞：將語義尚稱精確的名詞當作流行語般濫用，如革命、鬥爭、路線等詞，在內地已超出正常使用範圍。被新政府弄得文化淪亡的香港，近來流行「文化」一詞。內地有文化大革命、音樂文化、旅遊文化、茶文化（茶事、茶藝）、關帝文化（拜關帝、關帝信仰）之類，已是離譜；香港則推而廣之，有反智文化（反智之風）、官場文化（官場風氣／政風）、AO文化（政務官心態）、奉承文化（奉承之風）、電視文化（電視口味）、訴訟文化（好訟之風）、偶像文化（追捧明星）等，真的不忍卒睹。籠統詞妨礙透徹的思考和精確的表達，少用為佳。

「白話文」自相矛盾

逆喻（Oxymoron）：自相矛盾的構詞，如民主集中制、人民民主專政、社會主義市場經濟、質量（品質）、「和平崛起」（中興、復興）等。香港近來則有「冰鮮雞」（既是冷藏，何鮮之有？）與「高官問責制」（用政治合約來任命局長）。民選內閣的部長才有問責，高高在上的官，問甚麼責？只是「局長合約制」而已。

其實五四時代慣用的「白話文」和「語體文」之詞，也是逆喻構詞。既是白話，如何入文？既屬語體，何以為文？當改稱「通用中文」、「現代中文」之類的合理構詞。至於如何從暫而名之的「白話文」，過渡到樸實通達、傳之久遠的「通用中文」，是建設現代中國文化的頭等大事，也是中國的「去共產化」的頭等要務。這篇文章是冒着極大危險的一個香港文人寫的，日後若中共迫害香港文人稍緩，我得以在中共的淫威之下保有一張寧靜的書桌，當再另文述之。

原刊於《信報》文化版，二〇〇二年五月十五至十七日，增訂版潤飾

香港的文化天下

華夏廣土眾民，長處是保存與融和，而非創發及孤守。漢字與史冊是華夏的兩大法寶，汗血寶馬、佛法以及邊疆外族的器物文明，都在舊華夏保存下來。正因為混雜與融和的文明策略，使唐人較為親近英國人的制度和做事方法。滿洲政府的洋務運動與試行立憲，採取的是混合策略：軍事及工業上仿效德國，行政及憲法仿效英國。以英國為體，以德國為用。當中，遊學英國皇家海軍學院的嚴復極力主張仿效英國的典章制度。英國可說是歐洲的遺民，文化主要融會盎格魯—撒克遜（Anglo-Saxon）與諾曼法國（Norman French）三族，雜有凱爾特（Celts）及維京（Vikings）的蠻風。英文是混雜語言（日耳曼與拉丁及法語），現今的國體是聯合王國（英格蘭、蘇格蘭、北愛爾蘭及威爾斯），是融和、漸進與散漫的一路，有世族及權貴階級，但整體社會和諧。德國則是急進、統制及集中的一路。滿洲政府即使是最腐敗的時期，其文官仍是舉止儒雅、知所進退的一群人。

可惜，清亡之際，革命黨放棄滿洲政府的融合選擇策略，急功近利，仿效日本和俄國的文明進化策略，共產黨更以俄為師，全盤赤化。日本的現代化策略源自德國，俄國的國家統制的發展策略也大體取自德國。德國的文明是創發和孤守的，入了蘇俄（蘇維埃時代的俄國民族），國家統制的成分加強了，文明創發仍是有的，蘇俄仍有不少文藝創新與科學發明。可惜華夏取法蘇俄之後，華夏並無相應的文化因子，致令國家統制過了頭，文明創發卻乏善可陳，都是有些人有我有的物事，有些是抄襲來的，有些是重複發明（如原子彈）。一次近代的文明大轉折，源於文化誤解及錯誤選擇，華夏由文化國家變了種族國家。這是近代華夏大陸的不治之症，如連綿不絕的大瘟疫。

近代華夏的幸運兒

民國的國體較為混雜，大體仿效法國與美國的共和制度，然而法政方面受到日本及德國的影響較多。國府遷台之後，既承接了日本在台灣的殖民地文化，法政上也繼續取法日本及美國。在兩岸三地的華夏文化體系之中，只有香港是作出了合適的文化匹配：華夏文化融合英國的文化與典章制度。香港在華夏大陸現代化所充當的角色和參考價值，無與倫比。前蘇共總書記戈爾巴喬夫說，華夏比蘇聯更容易走向市場經濟，就因為華夏有香港。

香港是首個率先實現整體現代化的華夏地方。託庇於英國的開明統治，香港得以保存民初華夏自由與創新的民氣，加上英國的自由主義、懷疑精神與理性處事之熏陶，才有今日香港人的精神面貌。

往昔華夏派學生出洋遊學，只能入洋人的某階層，學某學科的知識；請洋人專家來華，亦只能在某時期教某學科，接觸某部分人。香港則上至富豪大亨、法官醫生，下至跟班伙記、漁農商販，都能夠在現代的公共秩序之下生活，完成了社會的整體現代化，這是近世華夏的文化奇跡。正如史學家唐德剛先生所講，現代化的轉型，不能單靠一兩位思想家，「它要靠數不盡的智者和常人，乃至軍閥官僚、洋奴大班的綜合經驗、思想、試驗等過程，並配合主觀和客觀的機運，分期分段，累積而製造之。」而在近代華夏的土地上，有主觀和客觀的機遇，可以避開中原的政治動蕩，選擇了適合的模仿對象，可以分期分段來累積現代化經驗的地方，亦只有香港。

恰當地理解香港文化，需要一個時代脈絡，一個地域脈絡，更重要的是，一個人口脈絡。香港的時代脈絡是華夏近代史，地域脈絡是華夏嶺南，人口脈絡是遺民社會。華夏近代史的一大主題是現代化；華夏嶺南地區的文化風格是偏安一隅，自得其樂。至於遺民社會，則變動不居，有時苟且偷安，有時發奮圖強；有時為中原政權所撲滅（如滿清撲滅南明），有時反饋中原，復興文化（如齊魯遺民在漢朝復興周禮）。香港的文化天下與民俗江湖，乃綜合三者而成。

華夏人有家、國與天下的區分。家是統治的世家，如春秋戰國的諸侯世家、五代十國的豪門世族，有私心而無公義，以一地奉一家，謂之家。國則是有公共生活與公義彰顯之地，有《禮記》「天下為公」之公心。因此，無天下之觀念，不成其國。以此觀之，華夏大陸乃一黨之家，乃世家政治，國不成國。是故中共之愛國，只是愛黨，愛統治者之世家。香港目前則是「文化天下」、文化的共同體，待到華夏行憲，締造民主共和之日，香港便可復國。

遺民社會

英國的殖民官自是高傲的，但由於英國是遺民文化，殖民官對於香港的遺民社會有格外的寬容及悲憫。這是英國殖民統治與本地唐人可以融和的深層文化原因。東西冷戰的文化戰略需要中共的監視，也令英國人善待香港的唐人，然而這只是表面原因而已。

香港人來自五湖四海，加上英國的開明統治，社會服膺文明秩序多於服膺國家利益，居民的天下意識強於民族意識——一九六七年左派暴動，居民即歸心於維持文明秩序之港英政府而背離製造混亂之華夏政府，二〇〇三年的沙士疫症，大陸和台灣的醫療人員玩忽職守，但香港的醫療人員卻全體死守崗位，下自醫院清潔工人，上至醫生都有染病殉職者。香港的人口分三大部分，新界土生鄉民和水上漁民是滿清的遺民，民初時期移居香港的是民國的遺民——主要來自上海的創新之地的商人，而中共建政之後移居香港的是共產華夏的難民——主要來自廣東及福建的刻苦農民；其餘的歐美人士、南洋歸僑和南亞裔人士，隨商務、政務而來者，遭新政權排擠而避難香港者（如共產越南之難民），亦是移民或遺民。執筆之時，香港七百多萬香港居留者中，九十多萬人持有外國國籍[1]，部分立法會議員（限於功能組別）也可持有外國國籍。香港並無屬於國族意義上的公民（國民，national citizens），以前港英政府一向以管理一個國際社會的方式來經營香港，待民如客，懶得將華人教化為英國子民，任由港人保留華夏的遺民身份。是故以前的香港人自由浪漫，百花齊放，締造回歸之前的璀璨文化。

赤禍之下，民初華夏社會文明發軔之銳氣，在中原蕩然無存，在香港則全勢保存。民初嶺南的新興市民社會（如學會、商會、善社、宗族與鄉黨）與上海南來的新與資產階級受到英國法律的保護與滋養，逐漸建立香港的市民社會。香港保存了國學、正體字、舊式中文和粵語，清明重陽也放公假。因中原遭受蘇聯共產附庸政權之禍害，以致民初的常態（正）被撲滅，而保存於香港之華夏餘勢，五十年來，壯大之後，與內地的怪異共產文化比較，反而成為華夏文化之異數（奇）。

唐人唐山

以前的嶺南人，稱自己做唐人，講的是唐話，寫的是唐字，稱華夏故里為「唐山」，在海外開的是唐餐館，住在唐人街。香港市區的舊式洋樓，竟也叫作「唐樓」。一個「唐」字，就見天下之寬，沒有兩岸與國共之分，也沒有港英、美國與南洋諸國之分。一個「唐」字，也見嶺南人心胸之寬，唐朝本來是諸夏與蠻夷大融和的朝代。反而叫自己做漢人或漢族，就有面目血統之分。

1 當年的九十多萬外籍香港居留者，是計算旅居香港的外國人和外籍傭工在內，英國海外公民（BNO）仍未算入。參閱〈香港九十萬人持外國護照，人事顧問力撐副局長不限國籍〉，《頭條日報》，二〇〇八年六月二日。最新的數據，二〇一六年中期人口普查，在香港七百三十多萬人口中，有五十八萬四千三百八十三人持有外國護照，佔總人口數的百分之七點七。十年前，二〇〇六年的中期人口普查，外籍居民佔百分之五，人數為三十四萬二千一百九十八人。參閱〈潛伏在香港的「木馬」〉，《亞洲周刊》，第三十二卷四十五期，二〇一八年十一月十八日。

古代的明君賢士，都以「平天下」為究竟理想，「治國」只是達到短期目標的技術操作。用今日的情況來比擬，國家是主權國家，而天下則是民間社會，或稱市民社會、公民社會，是有共同文化價值與禮俗的社群，可以跨越國界和血統。古時的華夏人，就是以文明禮樂來區分蠻夷與諸夏的，並不是以血統。唐朝詩人李白，祖先也來自西域。

華夏是先有天下，始有國家的。那些舉起拳頭質問香港人是否華夏人，怪罪香港人何以不愛國的大陸人，不是華夏人，是蠻夷。因此，我歷來都是以北方蠻夷來稱呼中共的人。

清初顧炎武的《日知錄》，其中「正始」一條，闡述了「國家」與「天下」的分別：國家是政權建立的領域，國亡了，保衛的責任在君臣和貴族（「肉食者謀之」）；天下則是共同文化價值流布的區域，文化價值受到侵害，每一個人（「匹夫」）都有責任去捍衛。即使滿清入主中原，顧炎武依然認為，「保天下」為先，「保國」還在其次；國家安全不是天經地義，「天下安全」才是天經地義。香港人愛的天下在國之前，香港人愛國是要講求條件的，並非毫無理智地愛國的。

時代錯亂，面目全非，翻雲覆雨，反「正」為「奇」。香港看似華夏文化之異數，實為華夏文化之常態。香港回歸之後，中共恢復統治香港，有如往日北朝之人觀看南朝風物，時而仰慕，時而貶抑。對香港之股市金融趨之若鶩，但對股市金融後面之法治與商德，則不甚了了；對香港之公共秩序與規章管理讚歎有加，但對公共秩序背後之市民社會與初興之民主參政，則誠惶誠恐，不知所措。

大陸人對香港之愛恨交纏，其實就是對舊華夏的愛恨交纏。而且這個舊華夏在文明策略的正確選擇之下，經歷英國的殖民統治，已演變為一個新的華夏，新的唐山。大陸人在香港同時看到華夏的過去，也看到華夏的未來。當然，華夏的「現在」是掌握在大陸人手裏的，他們隨時可以大發癲狂，亂槍掃射，將香港的文化天下摧毀。畢竟，一九四九年那場文化大瘟疫，到現在還沒停下。羅湖的文化邊界，還須鎮守。

原刊於《字花》第十五期，香港，二〇〇八年八月，增訂版潤飾

語文程度低落的深層原因

香港立法局教育統籌委員會關於加強香港學生語文能力的第六號報告書，限於其工作範圍與官方假設的價值中立的立場，並不能說明香港學生語文水平普遍下降的深層原因。報告書概括了課程、學校、師資等問題，但影響學習外語的社會氛圍、校內言談方式與英語的政治地位等學術性的語文教育問題，亦即是說教育體制以外的文化問題，報告書並未充分討論。筆者從事大專與高中語文教學六七年，特將多年來的觀察所得，用語言學的言談（discourse）理論，概述一下香港學生學習英語或中文時，在多重語言合法性上所面臨的困擾。

口語夾雜英文

香港位於中西、新舊文化的交匯點，也是以廣東人為主的華南移民社會，日常語言交流，具有文化邊緣區的特色。即使是舊香港的白話文學，如粵曲、說書、通俗小說（如《倫文敘故事》）等，就以通俗方言夾雜高雅文言，比如粵劇，就常以文言為曲，以俚語為白，文言用以表意，方言用以傳情，觀眾也習以為常，毫不見怪，有時詼諧粵劇的白話也夾有時髦潮流用語，博觀眾一笑。新舊與雅俗夾雜而產生的詼諧效果，紓緩了邊緣地區人民的文化自卑感和文化交流頻繁的心理壓力。邊陲地區政府的模糊華文政策，也讓民間交流語放任自流，結果造成了香港本地交流語的尷尬地位。九七之後，一旦有強烈規範化傾向的中共政府影響本地語文政策趨向，一向暢所欲言的香港人就無所適從了。目下香港教育署在中方半推半就下推行的普通話教學與簡體字兼容政策，只是暴雨的前奏。

香港殖民地有了公民義務教育之後，英文投進了本地混合語的大雜鍋裏，香港青年更玩得不亦樂乎，日常言談滲入英文單字，為時髦與受過教育的表徵。起初滲入的只是翻譯不便的英文實詞（如專門術語 check-in 之類），用以表意，近日青年已經將英文的虛詞（如 so far、anyway）等掛在口邊，英語在某些人的使用看來，已具傳情功能，局部取代了方言虛詞的地位。

「粵文」具備正當性

中英與文白夾雜的本地交流語，勢不可擋，除了報章雜誌、通俗書籍與電視台

（如節目名稱《今日睇真D》與電影字幕）廣泛採用之外，連一向板起臉孔的香港政府也要順應民情，「語言下放」，且看近日的政府宣傳廣告：「生命冇 Take 2，請小心演繹！」這句勸青年人不要輕率犯罪的話，用了文白夾雜的中文、英語以至阿拉伯數目字。這句話，比過海隧道前的大標語「酒精害人，開車前咪飲！」更為可圈可點。這說明政府在民主潮流之下，不得不改變其高雅的（也有時是高壓的）言談方式，以符合「政治正確」的要求。可惜，在語文教育政策上，教統會面對混合語和書寫粵語（written Cantonese）的難題上，仍然用鴕鳥政策，以為用語言純粹主義的盾牌，就可阻流俗於校門之外（大多數英制學校的校徽就是作盾牌形的！）。當本地的混合交流語的合法性不斷受到傳媒和政府肯定時，學生對課堂上的語文教育，連帶其負載的公民及通識教育訊息，便容易持懷疑或者工具主義的態度。課堂上的純正語文，很多時淪為升學或謀生工具，與日常交流拉不上關係。畢業之後，純正中文的使用一般只限於閱讀，英文就只剩下對外商務英語，平日的行事日誌、便條以至電郵，就用廣東口語白話了。純正中文與日常「粵文」的分家，也令此地的學生的語言人格分裂——純正中文不關家常，又不敢用粵文來討論嚴肅事情。

夾雜的交流語的政治地位在香港一直上升，令語文老師逆潮流而行，教學工作吃力不討好，幸好九七之後香港特區有了共產黨的專政保障，否則在民主社會之下，語文老師的純粹主義態度，最終將受到「政治正確」的刁難。儘管如此，我對學校課程加入普通話的語文教育功能並不樂觀，香港的廣東人對北方政權的反叛，只會將普通話在生活交流上作詼諧使用，原本的中英、文白夾雜再加上「北方官腔」，將令吾等語文老師更頭疼。

兩套學科英語標準

執筆之日，香港很多事情都是打電話了事，街上的電話亭總是比郵箱多，青年學生的手提流動電話也日漸普及。期之以年，手提電話降價之後，該是人手一部吧。當現代社會的聲音與影像交流漸漸補替了文字交流的時候，要求學生琢磨文句與語法純正，在日後生活裏沒有多大的實際意義：用電傳發信不清楚，對方會馬上掛電話追問的。至於專門文書，自有專門人才來張羅。文字的社會用意是「書諸竹帛，傳之久遠」，香港一是個恆在過渡中的移民社會，這裏的太史公，地位很低。在德國，郵局佔有市中心的顯要位置，無論多偏遠，電話亭的旁邊一般都有郵箱，令人體察到政府保護文字通訊的苦心。

此外，課堂上也存在兩套英語：英語課的純正英語，與其他用混雜語授課的術科英語，兩者在不同的學術環境，同時具備合法性。老實說，香港的英語教學，只能在菁英教育時代才有教學意義。成功的英語教學，可令學生直接接收國際英文訊息，並且避免翻譯的轉折和誤解，在學術交流上有其意義。九年的義務教育實施之後，由於大部分學生英文水平不夠，術科老師的英文也有限，用外語教授術科的邏輯與概念也特別困難，所以不得不用混雜語言授課：術語用英文，邏輯解釋用本地白話。一九八五年以來的英文術科教本，也索性在頁旁加註中文，令英語教學失卻本來意義，變成虛偽的考試需要。結果很多學生上英語課時，有信心講出一大堆英文片語，但卻文理不通。術科考試的時候，學生只管寫出英文關鍵術語，老師考試改卷也不理文句通順與否，能猜出意思就給分數，若不是這樣，怎麼可以為不斷擴充的大學學額提供「及格」的高中畢業生呢？至於日後產生的「教育貶值」的學銜通貨膨脹問題，就留予後人處理了。

語言班的候鳥

或許將就的方法，就是連大學的術科都接受這種混雜英文，而據筆者觀察所得，確有不少大學講師在課堂上講混雜語，也接受學生用不通順的英文作答，只是在學期論文才有較嚴謹的要求。由於混雜英文也具有相當的合法性，所以學生不能花太多精神琢磨改進之道，術科課程與考試的沉重壓力，也不容許學生慢慢修飾應試的文句，結果惡性循環，「邊學邊錯」，萬劫不復，學生大學畢業了，最終受害的是社會。我以前在大學兼教英文班，就有不少年年都來，而年年都無大長進的「語言班候鳥」。現在大學要辦中文和英語補救班（remedial course），香港中文大學還建議「畢業語文考試」，不過自從大學錯誤地由四年制改為三年制之後，學生提高語文修養的時間就更少了，補救又從何做起？香港的語文教育一天不改變「低成本，高產出」的初級工業態度，難保學生將來的 Made in Hong Kong 的學銜成為笑話。

為了解決英語與混雜英語這兩種言談在教學與考試的雙重合法性的兩難，母語教學應廣泛推行，英語教學則只應在英語程度優良的學生裏推行。我相信香港回歸祖國後，母語教學能得到較高的民眾認受。不過，我所指的「母」語，是本地白話和本地的書寫習慣（繁體字和粵語文話），不是「公」語——北方普通話和大陸簡體字。既然警察局的原始紀錄和法庭的原始供詞都用本地白話，為此，港英政府應該踏踏實實地擬訂本地交流語的法定地位及其使用範圍。目前港英政府一方面嘗試推行普通話，一方面鼓吹使用本地書寫的白話，態度曖昧不清，企圖把責任推卸予將來的柔弱特區政府，既無視與香港人的文化權利，將來的特區政府也要背負麻煩。

原刊於《年青人周報》，一九九六年一月三十日，增訂版潤飾

推廣普通話與南北文化融和

現代世界瞬息萬變，為了與國內與國外的華人緊密交流，本來就書同文（正體中文）、話同音（港式粵語）的香港人，必須再擁有更多人使用的交流語。香港是華人接觸與交流的國際都會，在香港推廣普通話，本來就有深遠的文化意義。目前香港政府因為「九七」，才開始推行公事中文化與普通話教學，臨事周章，顯示殖民地政府一向忽視香港人的文化發展需要。不過，在以講粵語為主的香港推廣普通話教學，必須考慮文化融和的課題，不能照搬北京的教材。香港人是「有香港特色的中國人」，香港人（或者是廣東人）要講的普通話，也自然帶有地方特色，不能也不必強求與北京的一致。正如台灣講的國語，源自定都南京時期的南方官話，有明代官話的血脈流傳。

北方霸權，令人生厭

廣東人很多抗拒講普通話，其實與討厭北方人的文化霸權意識有關。各地的方言在中文的地位上是平等的，選北方話為普通話的基礎，自有其歷史偶然性（明朝遷都北京與清朝定都北京），並不表示北方話才是最好的中文語音。當年民國政府曾經就交流語言的問題在南京表決，結果北方話稍勝粵語，定為會議語言。美國立國之初，也曾表決交流語言，結果英語險勝德語，成為國語。可見交流語言的訂立，只是一時權宜方便，本質並無優劣之分。

根據中共官方的定義，普通話是以北京語音為標準音，以北方話為基礎方言，以典範的現代白話文為語法規範的現代漢族共同語。可是，連北京人都察覺到，北京人的語彙一直在變，上世紀八、九十年代的二十年間，由於影視普及，人物造型需要講土語而不是學院式的普通話，故此將北方口語帶向全國，甚至連語音都在變，比如漫無標準的「翹舌化」，有如喉嚨永遠有一團濃痰。至於所謂「典範的白話文」，更是學術上的迷思，根本沒這回事。好的白話文作品，從魯迅、老舍到現代的作家（如賈平凹、阿城等），都以文言、文話為準，也雜有用鄉土的語法和詞彙。聞一多先生講過，好的世界文學必然也是好的民族文學；同一個道理，好的白話文學，也自然是好的地方文學。真正的白話文，只是淺白的通用文言而已，與方言無大關係。

白話運動，粵人發起

說起白話文的老祖宗，廣東人也有一份，清末黃遵憲（廣東花縣人）的白話詩，

「我手寫我口」，與梁啟超（廣東新會人）的「新民體」，對現代白話文的貢獻，並不亞於胡適用文言寫的〈文學改良芻議〉。書面語與口語本來就有距離，北方話與廣東話，跟書寫的中文都有距離，要是你寫的是新民體，廣東話的語法與詞彙還要更近一點。

普通話要充當「天下通語」，必須取材於天下，不能定於一尊。瀏覽了香港市面的普通話教材，發現普遍缺乏對地方文化的照顧與寬容，擅自將北京話定為典範，將本來無阻交流的粵語表達方式斥為錯誤。廣東人說「我去上學」、「我穿少了衣服」、「我下街買（一）對鞋」、「一餐飯」、「一隻牛」、「雪條」、「減肥」、「的士」、「街市」等，其實北方人也能望文生義，聽得懂的，而「雪條」，「減肥」，「的士」等廣東語彙，今天已在北方與「冰棍（兒）」、「減胖」、「出租車」等平衡使用，北京人更融會貫通，創造了「打的」（乘搭的士）的動詞與「面的」（出租的麵包車）的名詞。

南北並重，交流會通

愚見以為，香港的普通話教學（甚至中文教學），都應該靈活適應地方方言，在不影響表意的情況下，使普通話與白話文多樣化與地方化，不必動輒拿甚麼漢語規範來打擊粵語裏的文話。如說「一生」或「一世」不好，非要改說「一輩子」不可；粵語的「面善」不能，北方話的「面熟」卻可，而「面善」卻比「面熟」年代久遠。香港的青少年與通俗報刊流行書寫本地話，並以此為榮，是對北方文化霸權的抵制與對所謂正統的反叛，因應之道，不是強硬灌輸標準國語，而是放寬現代中文的所謂典範。古之大學士韓愈，謂「非先秦兩漢之文不足觀」，仍不免流於迂腐；今之所謂大學畢業中文老師，硬要教人講標準的普通話，寫標準的白話文，又從何說起？

清朝光緒二十四年（西元一八九八年），廣東新會梁啟超議建京師大學堂（北大的前身），倡言「中學為體，西學為用，中西並重，觀其會通」。以筆者管見，普通話的教學，也應該是「北語為體，南語為用，南北並重，觀其會通。」這樣，中國文化的多元一體格局，起碼在交流語方面有了個底，普通話在將來也會成為全國各地人民共同創造的天下通語了。

原刊於《星島日報》，一九九五年九月二十四日，增訂版潤飾

何必刪去「敬啟者」與「謹上」——略論中文公函「白話化」

自白話文運動以降，現代中文語詞的敬語成分已隨傳統禮節之式微而日漸減少。在常用的應用文，趨勢最為明顯。近年中文公函的「白話化」，就將公函中的禮節語彙剔除，幾近無文之境。中文公函應否全盤白話化？白話化應到何種地步為合？

全盤白話，有否必要

一九八六年，本港布政司署在三月十一日曾就中文公函的文體的問題發出通告，指示日後政府部門向市民回信時不必用帶官僚色彩和過分謙虛的字彙。自此之後，政府公文便全盤白話化，連「逕啟者、敬啟者」等稱謂和「謹上、上」之類的字也省去了。取消過分謙卑和帶官僚色彩之詞彙，合乎時代精神和現代行政效率，但連「逕啟者」和「謹上、謹覆」之類的語詞也刪去，就未免過猶不及，有斲喪文化之嫌了。

在語言學的「言語行為」理論（speech act theory）看來，談話方式（manners of discourse）是有不同層次的，有正式的與非正式的，有隨便的、熟絡的、親密的等等層次，而公函的談話方式則屬「正式的或慎重的」層次。正式的或慎重的談話方式的其中一個特色是有很多「固定形式」（frozen forms），中文公函中的「逕啟者」或「謹上」等便是固定形式，有深厚的文化背景。此等固定形式由於時代久遠，後世的人只管用，不管它們的字面意義。我們改變之前，須探究有否必要，不要遽然行事。

縱觀萬國，公文皆從古禮。只需概覽英、法、德三國的現行公函形態，便可衡量中文公函的白話化應到達何種程度。筆者在大學主修英文，副修法文及選修德文，故可提供三國現行的公函格式。現代的英文公函雖然脫離了維多利亞時代的繁文縟節，但開首的「Dear Sir」及結尾的「Yours Sincerely」等仍免不了要作為「固定形式」而保留下來，儘管寫信人和受信人都不必把它們按字面解釋為「親愛的先生」或「你誠實的」。法國和德國公函比英國的更要保守，原因是法國人或德國人都各自以本國的文化傳統為榮，不甘過度白話化，致令傳統丟失。標準的法文信，開首用「Monsieur」（先生），結尾用「Je vous prie d'agréer, Monsieur, Mes hautes salutations」（「先生，我徵求你同意，接受我的崇高敬意」），而且「Monsieur」一字必定要用全寫，不能用縮寫

「M」。在信封上寫上「某某先生」收時亦然，否則會被人視為無教養、大不敬。標準德文公函開首用「Sehr geehrte Damen und Herren」(「頗崇敬的女士和先生」)，結尾用「Hochachtungsvoll」(「崇高敬意」)。「女士」放在「先生」前，是西方尊敬婦女的中世紀遺風。

既是禮節，也是格式

儘管這些「固定形式」不再被人當作字面解釋，但從「符號學」理論（semiology）看來，它們仍有其記號功能，即清楚地標示（mark）了一封信的起始和終結，於講究法律效果的公函而言，書信之始末尤其重要，猶如今日寫收據依然要用「茲」與「此據」為開始與終結，提防前後加字。「茲」是沒有意思的開聲詞，「此據」是沒有意思的收結詞。

以記號形式存在，這些公函中的稱謂語是具備其特定文化基礎的。現代英文公函沿用貴族之間以親愛為敬的傳統，sir 是先生，也是貴族（如稱呼 my Lord），「親愛的先生」表達了西方人熱情的個人關係，法文和德文書信的稱謂則保持人與人之間的距離，寄託了敬意和尊重。現行中文公函（政府的不算）保留的「敬啟者」有尊敬受信人之含意，而「謹上」或「謹覆」則包含中國人特有的謙謙君子的遺風。

儘管當今世代人與人的疏離感日益嚴重，但我仍找不到任何理由要取消「敬啟者」和「謹上」等稱謂語。難道現代的華人子孫不必再敬重受信人，不必再謙虛其詞？相反，現今機械文明日益囂張，人與人日趨疏離的年代，華夏文化之注重人倫和謙厚恭敬，更值得我們珍惜和保留。故此，中文公函白話化是有其限度的，過了度，便是過猶不及。

故此，建議公函應最少保留「敬啟者」和「謹上」等上下款，一可作為書信起始和終結的標記，二可保留華夏禮節。

原刊於《香港時報》，一九八七年三月二日，增訂版潤飾

識英文可以發達？

九七之後，香港遭逢金融風暴，市道蕭條，政府張皇失措，民間藥石亂投。高科技救港不靈之後，近日一群好為人師的治港學生，忽又倡導「英語救港」，還說「不講英文等於自殺！」，用粵語教學而不改行普通話教學，又是「等於自殺」云云。貧道這類講客家話的山村野老，聽了這群治港「塔利班」[1]（taliban，「學生」是也）的話，真是誠惶誠恐，縱是自殺，也不知從何死起。

不講英文等於自殺？

劉紹銘教授二〇〇一年十一月二十一日的文章〈高官亦人子耳〉，徵引前財政司司長梁錦松的記者答問，說「It is so pleasing to note that various parties working together has averted a crisis」。文章並說，《明報》編輯部的英文老師及時指出，「various parties」為眾數，應用「have」云云。政府事後的新聞公布，也用了「have」：

So it is pleasing to note that various parties working together have averted a crisis. It also shows that if all sectors of the community can work together, we can resolve any problem in Hong Kong and so I think today's exercise-the work of the Administration, the Executive Council as well as the Finance Committee has proven that by working together, we can really face almost any economic situation in Hong Kong.[2]

文法與文義

貧道遊學德國六年之後，幾乎「變文易服」，英治時期學來的英文退步了，因此只能在這裏雜談，請讀者專家指教。梁氏之句，因是口語，難免是急就之章，且可用語調和表情傳意，故句法是否純正，大可不必強求。此句的表面文法，在於主詞不

1 塔利班（羅馬拼音轉寫 Taliban），神學士也，發源於阿富汗坎達哈地區的遜尼派伊斯蘭原教旨主義游擊隊，又稱「伊斯蘭學生軍」。該組織於一九九四年興起，自一九九六年在阿富汗掌權後，以嚴厲的伊斯蘭法規統治阿富汗。二〇〇一年的九一一恐怖襲擊紐約事件之後，由於塔利班庇護賓•拉登領導的蓋達組織，他們被美國視為恐怖政權，在美國隨後展開的軍事攻擊下垮台。

2 原文取自 www.info.gov.hk/gia/general/200109/24/0924220.htm。

清，不知是「various parties」是子句的主詞（書寫時可用定冠詞表明：the various parties...have...），還是「various parties working together」是主詞（可用 has）。梁氏之口語英文，其實也反映了語文教育的問題：不是出在用中文或者英文教學與否，也不是出在語文教學堂數夠不夠多，更不是有否請外籍教師，而是出在大部分學生思考混亂，主從不分，以致語理不清。語理不清，任憑用的是母語還是外語，都是文義不明。文義不明，日常閑聊也不礙事，行文執事就會誤己誤人。梁氏之言，若用清晰語理，可作如是：「...with various parties working together, a crisis has been (or: crisis can be) averted」。這是殖民地時代中學程度的英文，毫不艱深。

中文、漢語與唐話

母語教學的目的，正是要學生語理清晰，思路通達，如此行文用句，即可情理通達，即使轉用外語，也是無往不利。回歸之前，不獨香港教育界認為如此，國際教育顧問團也認為如此，況且香港人用的粵語，源遠流長，世上有七千萬人使用，書寫的白話文和繁體字，比起大陸往日的「共產中文」（黨八股）和簡體字，更見正統，絕非弱勢言文。

香港人的母語，本地通稱廣東話，或稱廣府話、廣州話、粵語、白話，老一輩稱之為唐話，所謂「唐人講唐話」。甚麼是「唐話」呢？舉例，香港的火車到站，會提醒乘客從哪邊車門下車，摩登師爺草擬的廣播會這麼講：「請利用左邊的車門下車」或者「左邊的車門將會打開」。又「利用」，又「打開」，這確是中文，也是所謂漢語，但唐話是講「開左門」。所謂唐話，即是上接書史、下達里巷的清通中文。

粵語乃文化之基

廣府話在香港統一了各鄉方言，成為名副其實的「廣東話」，它歷經數十年的電台、公共廣播和教學用語的推廣，已成為香港人以至華南的「地區普通話」(國內稱「地方標準語」)，更是海外華人（特別是前期移民）的共同語。從政治而言，大有民族團結和海外統戰之功；從經濟而言，粵語文化保留了唐音和唐風，近代更糅合西洋風，既是中華文化的多元成分，更有濃厚的地方特色，形成消費遊樂的獨特魅力，也令外資和外才不容易完全佔領本地市場，在全球化的威脅之下，仍可形成相對性的 non-penetrable local market（情況有如日本的本地消費市場一樣），保護本地人的就業優勢。也許將來粵港兩地融合，香港的邊界象徵，就是海關所見的繁體中文與英文的雙語告示，以及語調鏗鏘的粵語。某些媚共之士，不止盲從中共吹捧英語，更說粵語教學沒有前途，可謂愛國不夠班，市儈也不夠格。以貧道愚見，在香港不獨要鼓勵用粵語的母語教學，而且更要克服北方土談和共產中文的不當影響，恢復「唐話」的醇厚，這樣香港才可在中國以文化立足，中華文化版圖多了一抹重彩，「一國兩制」多了個文化根底。至於學好英文和普通話，自是不在話下。

對於某些英文不錯的香港孩童，用英文教學是辦學團體的學術自由和家長與學生的選擇自由，學生也可直取國際資訊。學生要語理通達和思考清晰，才講得好的粵語，以此學習英文，講的也是清通的英文，而不是用英文詞語堆砌出來的籠統貨色。當然，用英文教學也一樣可以鍛煉語理通達和思考清晰，但對一般英文根底不好的學生而言，難度過大，勉強冒進，只造就一群頭腦閉塞、言不及義的可憐童子而已。香港沒有必要也沒有條件全面推行英文教學。那些認為英文必然語理清晰，中文則語意含混的人，則不知人們誤認為語理清晰的德文，竟也可以寫出語意含混的《資本論》，而令近代中國革命家以為「德文出品，必屬佳品」，以致禍延邦國。至於那些誤以為學好普通話就有助中文寫作的人，則混淆了「普通話」與「白話文」之別，況且現在國內的普通話也日益受到北方土談和俚語的侵佔，也不堪為白話文直接取材的典範。

要淡定，不要瘋狂

學外語，是開耳目，廣見聞而已，不要把英文吹得那麼神，以為識英文就發達。開英文補習學校的人可以這麼吹噓，從政的、制定教育政策的，不可如此輕率，亂開支票，言過其實。開了耳目，廣了見聞的人，自會知道路子怎麼走，不用政府寫發財包單，港英政府推行英文也是如此，這叫「淺白」。大陸先前因為親俄反美而輕視英文，那是「淺陋」；如今見錢眼開，舉國上下，「瘋狂英語」，這是「淺薄」。香港若不能復興漢唐威儀之高深，最低限度該保留英國政風之淺白。香港不少人的英文都很淡定，從不瘋狂。我們講「世貿組織」，不講WTO。

原刊於《信報》文化版，二〇〇一年十一月二十八至二十九日，增訂版潤飾

克服語文教育的「失敗經濟學」

回歸前後，香港的語文教育，已成了獨門的「失敗經濟」（戲稱而已，經濟學並無此詞）。幼稚園教小學英文，鬧着玩；小學教初中英文，冒充高水平，不及格照升級；中學開始補救小學英文；中學會考[1]將及格的標準放寬，為大學輸送足夠的教育消費者；進了大學，不成材的大學生便要修讀初中程度的英文，有些還要校長親自督促，重學幼稚園的課堂秩序和敬師禮儀。教育學院、大學教育系、政府教育署、校政人員和教師、補習社和補充教材出版社，一眾人物的衣食，仰仗於失敗的教育制度。由於全部使用公帑和政府壟斷了法規和資格審訂，因此教育失效恍如經濟學上的「破窗理論」——學生的程度愈爛，政府投入的資源愈多，官僚的權力更加牢固，教育事業更見蓬勃。

愈失敗，愈快樂

九十年代之前的香港教育制度是精英主義，明確分辨成功者和失敗者，並且將失敗者摒棄於主流高校之外。這是「獎賞成功者」的制度，但卻沒有為失敗者設想。分化社會，製造愚昧的下層民眾，此乃殖民政府慣技。踏進九十年代，回歸在即，走向另一極端，某些受過教育的愚人（educated fools）用教育平等權利之類的外國理論，改造教育制度，使它漸變為「遷就失敗者」的制度，但又沒有為主流教育的失敗者設計另外的培訓途徑和高校體系（反而將理工學院系統轉為正規大學），一眾失敗者憑着寬鬆的高考資格和大學收生標準，向新近「升格」的大學挺進，最終由社會接收。

這種制度的目的，不獨要繼續製造愚民，而且要消滅大部分精英，連原本的精英主義也要摧毀。取消公平分級的升中試、放寬中學會考的及格成績、一條龍計劃、分區就讀等措施，以至近期「教育亂改革」，都源自這套新的教學範式——將成功者模糊為平庸者，將失敗者偽裝為成功者，令優質學生不敢自豪，令壞學生 feel good about being bad。

1 此乃舊制。因應三三四高中教育改革，高中改為三年、大學改為四年之後，香港考試及評核局（考評局）在二〇一二年舉辦香港中學文憑考試（DSE），取代原有兩個公開考試——香港中學會考和香港高級程度會考或香港高等程度會考。

學好英文，一點不難

學英文不一定會發達，但可以與西人交流，也可閱讀英文書刊，親炙西學，在西方比中國先進而貿易與交流當道的年代，學英文（以及其他優勢外語）自然有助闖開謀生門路。求學有助謀生，但求學的目標遠遠超過謀生！某些影響香港語文政策的人，以增進謀生能力來推銷學英文，訓斥不講英文就「等於自殺」之類，可謂等而下之，有辱斯文。

學外語是增強固有能力，等於有基本視力的人有了望遠鏡，可以開眼界，但瞎子有了望遠鏡是無所用的。國民教育是培養基礎知識和學習能力，向英文程度不好的學生強制推行英文教學，是捨本逐末，基礎知識學不到，英文也學不好。要學生學好英文，要在英文科目內着手，而不是要調動其他科目用來教英文。英文不是甚麼大內秘技，有良好師資（得師）、有合適的教學方法（得法）、有好的課本和自修參考書（得書）、自己用功（得功），掌握基本英文，一點不難，再循文學路徑而入，讀蘭姆（Charles Lamb）、王爾德（Oscar Wilde）及伍爾芙（Virginia Woolf），便可一窺散文之堂奧。普通話是民族國語，更不須誇大其難度，甚至要把所有學科教育都賠進去，就是為了學好普通話！

故弄玄虛，自神其教

香港有超過一百年的英文教學傳統，但沒見本地的教授寫過幾本好的英文課本或參考書。英文出色的老師，多是自矜學問，自神其教，不見得有幾個能有系統地將學英文的技巧公開傳授，向學生推薦好書，反而鼓吹甚麼「聽歌學英文」、「明星教英文」之類的貨色。以前我念官立中學的時候，還用英國的文法參考書，又有文學名著可讀，可以揣摩琢磨；但踏進八十年代中期，學校多用本地出版社編的課本和考試「天書」，學不了文法和文采。我往德國遊學之前，只是略懂德文，在德國讀語言密集課程，只讀了四個半月，就具備了上大學的德文程度。同班同學多是來自第三世界，他們跟我一樣，都沒有特別的語言天分。我們進步神速，是因為教科書是文教出版社聘請語言教學名家編寫的，教師是資深的語言導師（其中一位是博士），考試嚴格把關，毫不弄虛作假。德文的文法比英文繁複，但我們在四個半月之後，足以閱讀德文報章，用德文上課和與教授辯論。這裏可見德國政府對待外國窮學生的平等精神，傾囊相授，也充滿自信，不怕我們把最好的德文學到手。

香港以前的殖民地政府有沒有這個平等精神和自信？現在的特區政府有沒有這個平等精神和自信？這都可以從教育制度所預設的成效看得出來，因為教育制度不但是社會流動和民眾啟蒙的重要一環，也是延續階級特權和控制平民思想的重要一環。開明的政府注重前者，集權的政府注重後者。港英政府雖然注重後者，好歹仍遵守淺白的遊戲規則（所謂 fair play），平民子弟仍可以靠考試的真功夫入讀名校，循序而上。九七之後，學校的遊戲規則就沒這麼「淺白」了，單看現在的甚麼「一條龍」學校網之類，便知道困住孫悟空的五指山已經一一豎立起來了。方便富商賺錢的稅制維持一貫簡單，但公費教育制度卻愈弄愈繁雜，當中玄機何在？

檢視制度，重訂規章

目下那些媚共之士，認為要學好英文，就要放棄母語教學，改用英文教學；要學好中文，就要放棄粵語，改用普通話教學。這是非此即彼的愚昧思維，既高估了學習外語的難度，也低估了兒童學習兩文三語的能力。語文教育失敗，問題不在教學語言，而在於教育制度的衰變。改動教學語言來成全語文教育，犧牲整套教學理想來屈就英文或者普通話，都是製造失敗者的教育制度，至於製造了失敗者之後再遷就失敗者，則是落井下石，惟恐百姓不愚。

改善香港的語文教育，要從整頓香港的教育制度着手，要將九十年代之前的教育制度改良，使之成為獎勵成功者，也為失敗者設想的制度。港府首先要敞開胸懷，要有執政的自信，不怕百姓學到真本領，然後解除教育的不當規管（deregulate），打破前朝留下的無能官僚在教育資源和權力上的壟斷。香港推行教育改革，要檢視制度，重訂規章，整治人事，這是執政的精細功夫，不是亂拋教育新理論，或叫囂更改教學語言就可了事的。

原刊於《信報》，二〇〇一年十一月二十九日，增訂版潤飾

附錄

共黨中文與傳統中文對照表

共黨中文	香港中文	註釋
一、官僚用語		
單位	機構、部門、公司	中共建政初年，國營經濟之下，甚麼都屬於單位
領導	首長、長官、董事長等等	軍事用語
領導人	元首、總統	革命黨的用語
最高領導人	元首、總統	中共官制的權力不明，故此當年退居二線，只是軍委主席的鄧小平仍然是最高領導人
國家主席	總統	共產國家的制度
發表講話	演講、演說	言之無物，不敢用演講一詞
人民群眾	（非黨員的）民眾	官家以外的老百姓
反映意見	傳達意見	當人如鏡子般的死物
打造	創造、興建、設立……	粗鄙之語
優化	改善、美化、維修、養護、整治、整頓、治理……	推卸責任的官僚曖昧詞

出台（政策）	推出、實施、實行	做一齣戲，大龍鳳
平台	環境、論壇	語詞貧乏
人民幣清算平台	人民幣計算服務	清算也是政治鬥爭的意思
上馬	推行、動工、開始	軍事用語
（公路）開通	通車	公路開通是有歧義的，不知道是落成還是通車
落實	推行、實施	政策有虛懸之虞
務虛	蹉跎歲月、不做實事	務實的反義詞
一系列措施、一籃子措施	連串措施、多項、整體	系列是模糊不清之詞，不如一連串
配套、配合	迎合、相配	政策前後脱節，才需要強調配套
人民內部矛盾	黨內鬥爭	革命鬥爭之詞
敵我矛盾	階級鬥爭	革命鬥爭之詞
加大力度	加強、促使	平時是無力的
絕不手軟（資助教育）	毫不吝惜	平時是軟弱的

共黨中文	香港中文	註釋
嚴打	嚴懲、制裁、撲滅、整肅、肅清、杜絕	嚴打貪官（整肅貪污） 嚴打犯罪分子（肅清匪類）
一把抓	統領、控制大局、總攬形勢	做到一把手，還是要用手來抓
一把手	最高領導人、首領、頭領、發號施令	匪幫用語
打假	掃蕩冒牌貨	暴力詞
打知名度	揚威、打響名堂、揚名立萬、闖出盛名	
掃盲	普及識字教育	暴力詞
掃黃打非	打擊淫褻物品及盜版	暴力詞
扭送公安局	送交警局、送官究辦	扭着手來送，暴力詞
零容忍	絕不姑息、絕無寬貸、杜絕	偽科學詞
有保留	不以為然、不盡然、斟酌、商榷	
表示關注	關注、關懷	

食水困難	缺水	
拳頭作品	代表作、傑作	暴力詞
堅定不移	果斷	故作高深
中央屠宰	統一屠宰	暴力詞
兩手準備	最壞打算	平常無準備的
兩條腿走路（經濟發展與政治穩定）	兼顧、平衡	暗示政府平常只用一條腿走路的
禮節性訪問	拜訪、官式訪問	
雙規	紀律處分、行政管制、軟禁	懲治貪官的方法，在指定時間到指定地方報告
貪腐	貪污與腐化	
裸退	清官退任、告老還鄉	
拆遷	徙置	劫掠土地
低端人口	都市流民、底層人民、流民、外來工人……	

共黨中文	香港中文	註釋
追尾	首尾相撞、追撞	好像玩具車追逐
基調	景氣、市場氣氛、綱領	不是玩音樂啦
微調	調整	不是調鋼琴啦
負增長	減低、降低、下跌	
下行壓力	下跌風險	將上升與下跌稱之為行，避開升跌
高度關注	注視	偽科學語
高度評價	讚揚	偽科學語，避免顯露感情
釋出善意	示好	
釋除疑慮	化解、諒解、體諒	
山體滑坡	山泥傾瀉	
道德滑坡	道德淪亡、人心不古	
立法會產生辦法	立法會選舉制度	

二、濫用軍事用語

班子	班底、隊伍、團隊	「班底」源自粵劇戲班
接班人	繼任人、傳人	
核心成員	骨幹、中堅	
走群眾路線	親民、愛民、體恤民情	
遺體告別儀式	喪禮、葬禮、弔唁	中共禮崩樂壞，不敢用禮字
精神武裝	決志	
做思想工作	游説、灌輸、洗腦	
統戰工作	拉攏、籠絡、招安、招撫	
崗位	職位	
上訪	陳情、申訴、上京告御狀	視百姓為下等人
下崗	失業	
口岸	關口、海關	
進軍、進駐	進入、投資（商人）	例如：台商進軍上海

共黨中文	香港中文	註釋
搶灘	競爭、爭先	
拍板	決定、定奪、一錘定音	
政策到位、資金到位	政策完成、資金及時	
商戰	（商業）競爭	
培訓基地	訓練學校、訓練班	
農業發展基地	農學院	
擴大市場陣地	推銷	
直營店	直銷店、本店	
發展基地	研究院	
第二梯隊	繼承人、少壯派、新生代	
首席執行官	總裁、行政總裁、總經理	首席執行官是美國海軍艦隊的軍階
勝利完成	如期完成、功德圓滿	

一簽一行	逐次簽證、旅客簽證	好像戰時的軍政府做事，簽了這次沒有下次
一帶一路	鄰近窮國	
三、偽科學語、偽哲學語		
搞衛生	打掃、清潔	
菜籃子工程	民生、利民之政	
精神文明工程	文化教育	
提高文化水平	進修	
靈魂工程師	教師	
溫飽工程	農政	
形象工程	宣傳計劃、宣揚	
零關稅	免稅	
零距離接觸	親近	
口岸零距離（樓盤）	貼近海關	
道路零意外	無車禍	

共黨中文	香港中文	註釋
全方位	全面、徹底、無有缺遺	
出現變數	有變、生變、有異、恐有差池	
結構性原因	主因、底細、內情	
自然災害	天災	
三年自然災害	人禍	毛澤東的大躍進的委婉語
特異功能	神通、奇能、異能	
寬帶	寬頻	不是寬衣解帶的簡稱啊
心理素質好	定力、鎮定、從容自若、把持大局、臨危不亂	
落差	對比、對照、差距	
跨度	幅度、差異	
強降雨	大雨、暴雨、豪雨、傾盆大雨	
微電影	（電影）短片	

視頻	（網絡）短片	
截取通訊	竊聽、偷聽	
自我感覺良好	自我陶醉、洋洋自得	
含金量高	真材實料、貨真價實	
立交橋	行車天橋、繞道、高架迴環路	視乎高架車道的類別而定
空間	太空	
航天飛行器	太空船	
宇航員	太空人	
高度評價	激賞、讚譽	
高度重視	關注、密切注視	
極度遺憾	震怒、怒不可遏	
比較完滿	尚可	
充分體現	彰顯、呈現、盡顯	
存在、不存在	有、無	存在是本體論的用語

共黨中文	香港中文	註釋
唯心主義	主觀、獨斷、偏見	來自上世紀五六十年代的毛澤東思想的政治學習班
辯證看待	反復思量	辯證法是馬克思主義的哲學方法
發揮主觀能動性	努力、立志	
發揮積極性	主動、勇於任事	
從量變到質變	逐漸變化	
透過現象看本質	明辨事理	
抓住事物的主要矛盾	辨別輕重	
四、社會名詞		
計生委	家庭計劃委員會	計劃生育委員會的簡稱
人流、人工流產	墮胎	委婉語
獻血	捐血	獻血好像是以身獻祭一般
知識份子	文人、文化人	來自俄語 intelligentsia
知識青年	高中學生、大學生	文革的名詞，上山下鄉的知青

富二代	世家子弟、二世祖	
官二代	官家子弟、官宦世家、紈絝子弟	官二代有諷刺之意，不復官宦世家之氣派
富餘人員	窮人、冗員、無業遊民	委婉詞
小資	中產（階級）	小資產階級的簡稱
一次性餐具、一次性用品	即棄餐具、一次用餐具、塑膠餐具	引人遐想，最經典的是「一次性收費」
文明禮貌	禮儀	精神文明建設運動的詞彙
尖子	精英、高材生	鄙俗之詞
方方面面	各方面、林林總總	土語取得雅言
抓緊時間	趕快、趕忙、從速	
搞活經濟	促進經濟	
茶文化	茶藝、茶事	濫用文化一詞
官場文化	官場風氣、政風	
質量	品質	在科學文獻，仍可用「質量」一詞

共黨中文	香港中文	註釋
品位	品味	兩詞略有差異
高檔、高檔次	貴格、高貴	
性價比高	廉價、便宜、價廉物美	Price-performance ratio，價格效能，俗稱 CP 值。然而一般的格價、問價，毋須用到 CP 值吧！
性價比低	昂貴、物非所值	
消費	購物、行街食飯	
五、費解的節縮語		
批鬥	批評	
態勢	事態	
表態	表明立場	
交心	表白	
協商	商議	不知是協議還是商量？
達標	及格	達到指標還是達到目標？
超標	過度、過量	「超」有好的意思，超標是褒詞

收編	吸納	收入編制的軍事用語
維穩	監察（動亂分子及滋事者）	維持穩定
創收	營利、牟利	公共部門創造現金收入
創匯	創造外匯收入	
操控	操縱	
掌控	掌握	
調控	調整	
監控	監視、監察	
珍稀	珍貴	珍貴已有稀有之意
稀缺	稀有	
體檢	驗身、身體檢查、體格檢查	
汽配	汽車零件、配件	
驗收	查收	檢驗之後交收，兩個程序合為一個，反而不妥
提速	提高速度	邁向高鐵的鐵路術語

共黨中文	香港中文	註釋
迅猛	猛烈	猛烈已有速疾之意
醉駕	醉酒駕駛	
招商引資	吸引外資	外資已是商人，毋須重複
三資企業	外來投資	中外合資、中外合作及外商獨資三種。在開放改革初期，此詞仍有必要，香港則不必用此詞，連「外資」也少用的
申遺	申請成為聯合國世界文化遺產	
申領	申請之後領取	
六、不提全稱的簡稱		
人大	人民代表大會	
軍委	軍事委員會	
政協	人民政治協商會議	
中全會	中央全會	

教委	教育委員會	
省委	黨的省委員會	
市委	黨的市委員會	
黨委書記	黨的委員會書記	
黨支書	黨支部書記	
勞模	勞動模範	
勞改	勞動改造	
勞教	勞動教養	
推普	普廣普通話	
推普滅方	消滅方言	推廣仍可保存方言
走資	走資本主義路線	
民工	農民工	
農轉非	入城落籍、落戶	農村戶口轉為非農村戶口
動遷	遷移、強迫遷移、逼遷	大規模的人口遷移，如興建三峽水庫期間

共黨中文	香港中文	註釋
調研	調查與研究	
研發	研究與開發	
中奧	中辦奧運	
博導	博士導師	
七、近義連稱		
黨政軍		
假大空	虛假	
坑騙害	欺詐、陷害、構陷	
冤假錯案	冤案	
封資修	封建殘餘、資產階級修正主義者	皆階級敵人也
老大難	積患、積習難返	
偉光正	偉大、光榮、正確的共產黨	二十世紀五十年代的宣傳語
多快好省		大躍進的口號

八、套式語

為人民服務	服務民眾、服務大眾	
向××學習	學習××	
把××進行到底	堅持	把革命進行到底（徹底革命）
為××創造條件	促成	
為××奮鬥終身	矢志	
做了大量的工作	貢獻良多	
不存在××的問題	絕無此事、查無此事、斷無此理、遑論、談不上	
站到××的對立面	敵對、對立、作對	
錢要用在刀口上	用得其所	
方方面面都照顧到了	面面兼顧、妥善處理	
完成歷史任務	告退	
亂搞男女關係	浪蕩、放浪、濫交	

共黨中文	香港中文	註釋
少數別有用心的人煽動不明真相的民眾	示威遊行	
緊密地團結在黨和政府的周圍	拱衛黨國	
發出了時代的最強音	吶喊、咆吼、奔走呼告、振聾發聵	
不以人的意志而轉移的	勢不可擋、沛然莫之能禦	
在歷史的長河裏	歷來	
釘在歷史的恥辱柱上	遺臭萬年、惡名昭彰	
走在時代的最前列	先鋒、先驅、前驅、前衛	
站好最後一班崗	貫徹始終	
發展才是硬道理	經濟發展優先	
心裏感到踏實	安心、放心	

一手抓經濟，一手抓政治，兩手抓，兩手都要硬	政治穩定與經濟發展並重，不可偏廢	
在黨的親切關懷和領導的熱心過問下	批准	
與美國總統進行了一次友好的談話	與美國總統懇談	
偉大祖國文化裏的一顆璀璨的明珠	國寶	

中文解毒

增訂版

作者 陳雲

總編輯 葉海旋

編輯 麥翠珏

書籍設計 Tsuiyip@TakeEverythingEasy Design Studio

出版 花千樹出版有限公司

地址 九龍深水埗元州街二九〇至二九六號一一〇四室

電郵 info@arcadiapress.com.hk

網址 www.arcadiapress.com.hk

印刷 美雅印刷製本有限公司

增訂版初版 二〇一九年七月

增訂版第二版 二〇二〇年九月

ISBN 978-988-8484-33-1